Klara G. Mini

Badezeiten

Für meine Mutter, die das Meer liebte.

Für meinen Vater, der mir Bücherwelten eröffnete.

Und für meine Zwillingsschwester mit riesengroßem Dank für vielfältige Unterstützung.

Klara G. Mini

Badezeiten

Langeoog Krimi

Prolibris Verlag

Die meisten Schauplätze dieser Geschichte sind real, die Personen jedoch frei erfunden; Ähnlichkeiten mit noch oder ehemals lebenden Menschen sind daher rein zufällig.

Originalausgabe 2. Auflage 2011

Tel.: 0561/766 449 0, Fax: 0561/766 449 29

Lektorat: Anette Kleszcz-Wagner
Korrektorat: Christiane Helms
Umschlagfoto: Olaf Luppes, Minden
Rückenvignette: Fotolia, DeVIce
Druck: GGP Media GmbH, Pößneck
ISBN: 978-3-935263-64-1

www.prolibris-verlag.de

Wer diese Geschichte erzählt:

Xenia Wiese feierte am 3. August 2008 zusammen mit ihrer Schwester Luise den »70.« Zwillings-Geburtstag. Xenia lebenskünstlert von einem Tag zum nächsten, vertraut gerne auf ihre Intuition und gerät vielleicht gerade deshalb immer wieder in gefährliche Situationen. Sie träumt davon, eine bekannte Krimiautorin zu werden. Auf Langeoog verbringt sie ihren Urlaub.

Luise Wiese geht als Kriminalhauptkommissarin überaus pflichtbewusst ihrem Beruf nach. Dabei verlässt sie sich auf ihre Intelligenz und ihr Kombinationsvermögen. Wie ihre Schwester hat sie lange, dunkle Haare, die sie aber fast ständig im Zopf bändigt. Für aufwändige Frisuren und Make-up bleibt ihr genauso wenig Zeit wie für ihr Privatleben. Auf Langeoog will sie einen Mörder stellen – und hofft, dass ihre Schwester ihr nicht in die Quere kommt.

Thoms Tönges Bernsen (1875-1962) war Oberlehrer in Lüneburg. 1910 kam er in den Ferien nach Langeoog. Hier entdeckte er nicht nur so manche merkwürdige Kuranwendung, sondern auch ein dunkles Geheimnis seiner eigenen Langeooger Familiengeschichte.

Wer in dieser Geschichte sonst noch eine Rolle spielt:

Emerich Neupert, passionierter Historiker, Gründer und Mäzen des historischen Forschungsinstituts Bensersiel (HIB)
Ariane Neupert, dessen Exfrau, lebt überwiegend auf Langeoog
Marlies Pommsen, Neuperts Lebensgefährtin
Sandra und Daniel Bauer, Neuperts Tochter und Schwiegersohn
Prof. Ernst Theodor Massmann, ehemaliger Leiter des HIB
Dr. Alexander Overberg, neuer Leiter des HIB
Frau Seesen, Sekretärin des HIB
Frau Jensen, Pensionswirtin der Dünenherberge auf Langeoog
Familie Stedeler, Moselwinzer im Ruhestand, Freunde Neuperts

Polizisten:
Tina, Huber, Lewinsky, Rubisch, Möllkamp, Kripo Kassel
Habbo, Inselpolizist

Angehörige der Familie Bernsen:
- zur Zeit der Schmuggler:
Thoms Tönges Bernsen (1768 - 1814) Schiffer auf Langeoog
Tönges (1791 - 1814) Sohn des alten Thoms
Felde (1792 - 1865) Sohn des alten Thoms
Frerich (1794 - 1862) Sohn des alten Thoms, kann gut zeichnen
Stientje (1796 - 1875) Lieblingstochter des alten Thoms
Trientje (1814 - 1889) Tochter von Frerich, kann gut zeichnen

- zur Zeit des Kuraufenthaltes von Lehrer Thoms Bernsen
Manno (1840 - 1915) Trientjes Neffe
Thede (1875 - 1945) Mannos Sohn
Elske (1875 - 1946) Thedes Frau

- zur Zeit des Urlaubs von Xenia
Doortje Bernsen (*1920) Thedes Schwiegertochter
Wilm Gerdekes (*1971), Enkel von Doortje, Restaurator in Esens
Ivo Baumann (*1972), Enkel von Doortje, führt eine Inselpension

Befehl des Reichsmarschalls Prinz von Eckmühl vom 7. März 1812 zum Schmuggel zwischen Ostfriesland und Helgoland

In der Absicht, diesem verbrecherischen Handel ein Ende zu machen und die Urheber desselben zu bestrafen, sind folgende Maßregeln zu ergreifen:
Jedwede Gemeinschaft mit den Engländern auf Helgoland soll als Verrat und Spionage angesehen werden.
Jedwedes Fahrzeug, überführt, auf Helgoland gewesen oder von dort zurückgekommen zu sein, soll beschlagnahmt und der Kapitän des Schiffes mit dem Tode bestraft werden.

* * *

Prolog: 17. September 1810

Sie liefen bei Ebbe aus. Thoms hatte ausgerechnet, dass sie so mit der Flut ans Festland getragen würden. Während er das Segel weit aufschwingen ließ, schmeckte Felde noch dem Grog nach, mit echtem Rum und Zucker, den er in der Gaststube auf Helgoland getrunken hatte. Sein Vater Thoms hatte das missbilligt. Aber er war schließlich schon 17 und ließ sich nichts mehr verbieten.Als eine Bö ihm die Haare ins Gesicht blies, fühlte sich Felde plötzlich ernüchtert. Er fröstelte sogar, obwohl er sonst nicht dazu neigte. Achterlicher Wind. Sie würden aufpassen müssen.

Es wurde dämmerig. Der Dreiviertelmond versprach, ein wenig Licht zu spenden. So hielt Felde Kurs und hatte flüchtig ein schlechtes Gewissen, weil er seinen Vater die Hauptarbeit allein hatte machen lassen. Andererseits hatte Thoms auch am meisten davon. Er hortete den gemeinsamen Gewinn in seiner Truhe in der Stube und schloss sie ab, ohne ihn, Felde, angemessen zu beteiligen. War das etwa gerecht? Felde sah zu Thoms hinüber. Der sagte nichts, wie üblich. Ein Schweigen, in das sich Verachtung mischte, das spürte er nur zu gut. Hin und wieder suchte Thoms den Horizont mit seinem Fernglas ab. Übertriebene Vorsicht, fand Felde, während er das Segel neu ausrichtete. Ob die Gelegenheit günstig wäre, seine Idee jetzt erneut anzusprechen?

»Vater, die Sache mit der Fährverbindung zum Festland …«

Thoms schaute ihn an, unverhohlene Ablehnung im Blick. »Eine Schnapsidee.«

»Wenn es eine regelmäßige Fähre gäbe …«

»Unfug. Wer will denn schon nach Langeoog? Niemand.«

»Wenn ich das machen würde, ich bin sicher, das wäre ein Erfolg! Ich bräuchte doch nur hundert Taler für die Schaluppe.«

»Die würdest du verlieren. Du würdest Geld verlangen für jede Schiffsreparatur, außerdem für deinen Unterhalt, weil du von der Hin- und Herfahrerei nicht leben könntest. Wie oft habe ich dir das schon gesagt? Mach du erst einmal die Aufgaben richtig, die ich dir gebe, da hast du genug zu tun! Aber die sind dir ja schon zu viel. Und dann willst du Kapitän spielen!«

Thoms war laut geworden, und Felde schwieg. Obgleich auch in seinen Adern eine große Wut über die erneute Niederlage brannte wie ein zu heißer Grog in der Speiseröhre.

Sie mussten sich nun auf die Fahrt konzentrieren. Hohe Wellen vor Helgoland zwangen dem kaum acht Meter langen Boot ihren Rhythmus auf. Einen eigenwilligen, ungeordneten. Das englische Kriegsschiff, das sie aus dem Hafen eskortiert hatte, drehte ab. Die anderen kleinen Fischerboote des Konvois begannen, die Abstände untereinander zu vergrößern. Von nun an war jeder auf sich allein gestellt. Aber es war sicherer, sie fielen so weniger auf.

Plötzlich war Nebel aufgekommen und hüllte sie zunehmend ein. Verdammt. Man konnte kaum noch den Bug erkennen. Eine Welle traf das Boot hart und spülte Wasser über die Reling. Felde hätte fast das Gleichgewicht verloren. Er klemmte die Füße unter die Sitzbank. Angst packte ihn und schüttelte ihn fast mehr als die Woge. Das Wasser übernahm die Führung, fuhr Attacke auf Attacke. Felde hörte seinen Vater fluchen, sah ihn aufstehen und schwankend zum Heck des Bootes gehen. Und wenn er nun über

Bord ginge ..., überlegte Felde einen Moment lang. Thoms entzündete ein Streichholz, eine wirklich praktische Erfindung, und warf einen schnellen Blick auf seinen Kompass: »Höher an den Wind gehen!« Thoms gab, wie immer, die Befehle. Widerrede zwecklos. Mit klammen Fingern zog Felde das Segel zu sich. »Wir werden westlich abgetrieben«, presste Thoms zwischen den Zähnen hervor.

Im Dunkel fuhren sie eine Weile dahin. Ausgesetzt. Hilflos. Durchgerüttelt. Nass gespritzt. Ein weiterer Span. Eine weitere Kurskorrektur. Der Junge schöpfte Wasser hinaus. Schließlich flackerte die Bootslaterne unruhig vor sich hin. Thoms hielt sie so, dass er den Kompass erkennen konnte. »Abfallen!« Im spärlichen Licht sah Felde, dass Thoms ihm grimmig zunickte. Sein Vater tat immer so, als wäre es schwierig, den Kurs nach Langeoog und daran vorbei durch die Accumer Ee zur Küste zu finden. Heute vielleicht, weil die Sicht so schlecht war, aber wenn die Laterne von Anfang an brannte und man über einen funktionierenden Kompass und Kenntnisse über die Sandbänke verfügte, konnte das so schwer nicht sein. Er, Felde, würde es schaffen. Keine Frage! Und wenn er erst einmal mit seinem eigenen Schiff zwischen Langeoog und Bensersiel hin- und herpendeln würde, müsste sein Vater ihn endlich akzeptieren. Er ließ dem Segel mehr Spiel. Es flatterte über den Fässern, deren Inhalt die »Commisen«, die holländischen Zöllner, bisher noch nie inspiziert hatten.

Vierzehn hölzerne, gut gesicherte Tonnen an Bord der *Stientje*, sieben an jeder Seite. Da war gerade noch Platz für zwei Leute.

»Du hast doch den Kaffee, den Tee und alles andere ordentlich verpackt?«, fragte Thoms plötzlich.

Felde nickte. Das war das Einzige, wobei er geholfen hatte. Das Gewicht der Pakete günstig zu verteilen sowie die Tonnen zu sichern, hatte er Thoms überlassen. Sie würden wieder einen ganz schönen Batzen Geld verdienen. Er hätte gern mehr davon ausgegeben. Wofür strengten sie sich sonst so an? Das Leben war kurz! Man sollte es genießen. Aber sein Vater teilte ihm nur wenige Taler zu und bezichtigte ihn der Verschwendung. Sie müssten Vorsorge treffen, denn wenn sie erwischt würden, würde mindestens das Boot eingezogen, man müsste ein neues kaufen. Und um einer

Gefängnisstrafe zu entgehen, wäre eine größere Summe fällig. Lauter solche Schwarzmalereien. Es war doch noch nie etwas passiert! Thoms hatte die Commisen, wenn sie trotz aller Vorsichtsmaßnahmen auf sie trafen, in eine freundliche, auf niederländisch geführte Unterhaltung verwickelt. Er erwähnte stets beiläufig, dass seine Schwester nach Holland geheiratet hatte. Außerdem »vergaß« Thoms regelmäßig das eine oder andere Paket Kaffee an gut zugänglicher Stelle. So waren sie bisher nie behelligt worden.

Leider wurde es jetzt gefährlicher. Die Commisen waren durch französische »Douanen« ersetzt worden. Brutale Gesellen, wie man hörte. Es hatte sich wie ein Lauffeuer herumgesprochen, dass die den alten Frerich Ottensen ohne viel Federlesens einfach erschossen und alle Güter einschließlich des Schiffs konfisziert hatten, und das nur, weil Frerich vorgeblich mit einer Knarre hantiert habe. Besaß der überhaupt eine? Sie durchstöberten Privathäuser. Es hieß, dass auf dem Festland ein Bauer, in dessen Scheune englische Waren lagerten, zum Tode verurteilt worden war. Aber vielleicht war der ein Anfänger im Schmuggelgeschäft. All die Erfahrung, die sie bisher schon gewonnen hatten, müsste doch ausreichen, um auch gegen die Douanen zu bestehen, dachte Felde.

Das Boot tanzte auf den Wellen. In dem verdammten Dunst konnte man kaum mehr die Hand vor Augen erkennen. Immer wieder musste Felde Wasser ausschippen. Er gähnte und fühlte sich plötzlich etwas schlapp. War der Seegang stärker geworden? Eine Welle schwappte über das Boot hinweg und hinterließ erneut eine Pfütze im Innern. Felde spürte seine nassen Füße, unfähig schon wieder zu schöpfen.

»Abdrehen!«, brüllte Thoms plötzlich und bewegte die Ruderpinne. »Pass auf, die Sandbank! Du und dein verdammter Grog. Das sage ich jetzt schon zum zweiten Mal.« Felde beeilte sich, dem Tau das nötige Spiel zu geben. Das Boot bewegte sich in einem Zickzackkurs.

»Wir sind in der Nähe der Küste«, sagte Thoms mit angespannter Stimme.

Der Nebel riss plötzlich auf. Ein dunkler Schemen gewann Kontur. Das französische Kanonenboot fuhr genau auf sie zu.

Montag, 6. Oktober 2008

Die untergehende Sonne spiegelte sich mit ihrer riesigen Aura orangerot im nassen, glatt gespülten Sand. Es war Ebbe, rhythmisch rauschend zogen sich die Wellen zurück und verbreiterten den hell glitzernden Streifen. Ich hatte es geschafft. Die Bundesbahn macht es einem nicht gerade einfach, von der Mitte Deutschlands, nämlich Kassel, in den hohen Norden zu gelangen. Über neun Stunden Fahrt und viermaliges Umsteigen – mit zwei Koffern – in diverse Züge, Bus, Fähre, Inselbahn! Nun stand ich versöhnt mit allen Widrigkeiten am Strand von Langeoog.

Zwei Meter neben mir beschloss eine Silbermöwe, ein abendliches Bad zu nehmen. Unerschrocken stakelte sie auf den Ufersaum zu, ließ ihre rosa Füße überspülen, mich noch einmal ihr schillerndes Spiegelbild auf dem nassen Sand sehen und schwamm wenig später dem offenen Meer entgegen. Brrr. Ich hatte eben mal kurz die Zehen ins Wasser gehalten. Frieren Vögel eigentlich nicht?

Schade, dass Milan nicht mitkommen konnte. Aber sein Restaurant war ihm wieder einmal wichtiger als ein gemeinsamer Urlaub. Nun, wenn der gnädige Herr was Dringenderes zu tun hat, kann ich mich auch allein amüsieren! Eigentlich war es sogar besser, dass Milan zu Hause geblieben war. Zeigte er doch für meine neuesten Urlaubspläne wenig Verständnis. Verschollene alte Reichtümer wiederfinden – das hörte sich ja an wie Schatzsuche auf Langeoog! Jetzt sei ich ja wohl total übergeschnappt!

Mein Handy spielte die kleine Nachtmusik.

»Hallo, meine Süße! Hast du die Golddukaten schon gezählt?«

»Mach dich nicht über mich lustig! Du wirst sehen, Milan, ich werde Recht behalten.«

»So wie ich übermorgen sechs Richtige im Lotto gewinne. Mit Superzahl. Und das, obwohl ich gar nicht spiele.«

»Mach dich nur lustig. Dann teile ich eben nicht mit dir! Ich werde Herrn Neupert hier so bald wie möglich besuchen. Er hat mich ja sogar dazu aufgefordert. Vielleicht überlässt er mir die alten Briefe zum Kopieren. Und wenn nicht, dann werde ich ihn nach allen Regeln der Kunst ausquetschen.«

Das dürfte kein Problem für mich sein. Befragungen sind sozusagen mein Spezialgebiet. Eine Krimischriftstellerin weiß doch, wovon sie schreibt. Auch wenn sie noch keinen Roman fertiggestellt, geschweige denn veröffentlicht hat. Und schließlich ist meine Zwillingsschwester Luise vom Fach: die jüngste Kriminalhauptkommissarin in Kassel. Da bekommt man so manches mit.

Aber auch Milan war mit einem Rat zur Stelle: »Nimm ihm eine Kiste sehr guten Wein mit. In vino veritas. Nach der vierten Flasche hast du eine echte Chance.«

Tatsächlich hatte Neupert bei seinem Besuch in Milans La Paloma nicht gerade wenig getrunken. Mindestens sechs Gläser habe ich ihm serviert. Und drei Gänge hat er verputzt, den Küchenchef über den grünen Klee gelobt und auch noch ein fettes Trinkgeld gegeben. Aber ich wollte mehr, ich wollte den »Schatz«, von dem in den alten Briefen die Rede war und von dem er mir in seiner weinseligen Stimmung erzählt hatte. Neuperts Telefonnummer und die vom Historischen Institut in Bensersiel hatte ich natürlich gleich nach meiner Ankunft nachgeschlagen. Aber weder an seinem Privat- noch an seinem Dienstanschluss hatte ich ihn erreicht.

»Was macht die Renovierung?«

»Hör uff!«, stöhnte mein Lebensgefährte. »Da ist noch eine zweite Frischwasserleitung marode. Die muss ebenfalls getauscht werden, sonst steht nicht nur das Damenklo, sondern auch noch die Küche unter Wasser.«

»Dann lass doch die Gäste in deinem Restaurant von einem Party-Service beliefern, bis du wieder an die Kochtöpfe kannst.«

Das war gemein, ich gebe es ja zu. Milan kocht super und strebt den ersten Stern an. Seinen guten Ruf würde er sich nicht durch Zulieferer zerstören lassen, die nicht seine Klasse hatten. Selbstverständlich war das Restaurant geschlossen für die Dauer der Reparaturarbeiten.

Ich hörte, wie er die Luft anhielt und dann langsam ausatmete. »Bist du sauer, dass ich nicht mitkommen konnte?«

»Ach woher? Auf der freien Doppelbetthälfte kann ich wunderbar meine Schatzkarte entfalten.«

Ich schob das Handy in die Jackentasche zurück. Mitunter sind Beziehungen nicht ganz so einfach wie in der Werbung.

Mit leisem Gluckern überholte eine schaumbekrönte Welle ihre Vorgängerin. Eine Brise fuhr mir durch die Haare, und ich schmeckte Salz auf den Lippen. Am Meer entspanne ich schnell. Das dynamische Branden, von Wind und Wasser immer neu gestaltete Sandlandschaften unter einem weißblau-türkisen Himmel schaffen Momente von Zeitlosigkeit, in denen ich regelrecht versinke. Ich kenne keine andere Landschaft, die eine solche Wirkung auf mich hat. Eine Weile ging ich am Ufersaum entlang. Ein paar Federn, hier und da auch ein Stück Müll. Viele Muscheln. Herzmuscheln mag ich am liebsten.

Mittlerweile war die Sonne abgetaucht. Und doch war die Atmosphäre noch lichterfüllt, auch wenn sich pink- und lilafarbene Schattierungen als Vorboten der tiefblauen Nachtfarben ausbreiteten. Ich fröstelte. Morgen würde ich mir einen dicken Sonnenuntergangspullover anziehen. Ich machte mich auf den Rückweg und stapfte zum Deichschart, den ich nur mühsam in der Dämmerung wiederfand.

Als ich die Dünen durchschritt, wurde das Meeresrauschen leiser. Dafür stieg mir der Geruch reifer Sanddornbeeren in die Nase. Mein Magen knurrte.

Brief des Lehrers Thoms Tönges Bernsen an Hinrich Herrmann
Montag, 11. Juli 1910

Lieber Hinrich!
Nicht nur Du, auch der Herr Professor, mein Schuldirektor, hat mich ermahnt, ich solle unbedingt eine Kur absolvieren. Ich könne den täglichen Unterricht nicht mit einer solch angegriffenen Stimme halten, ständig heiser und hustend. Und er fügte hinzu: »Nehmen Sie Vernunft an! In den Sommerferien können Sie ruhig fahren. Da ist kein Schüler da, den Sie mit Ihren Liedern und literarischen Vorlieben quälen können.« Letzteres hatte er mit einem Lächeln gesagt. Du schmunzelst wahrscheinlich ebenfalls. Weil Du nun einen Verbündeten hast, mich in das hineinzuschubsen, was Du »das Leben« nennst. Kein Rückzug zwischen die beiden Buchdeckel eines guten Romans und den immergleichen Alltag.

Hätte ich geahnt, welch eine Strapaze die Hinfahrt würde, hätte ich es mir vielleicht anders überlegt. Mit der ostfriesischen Kleinbahn über Leer und Aurich nach Esens. Dort mussten alle umsteigen in überfüllte, kleine Wagen der Dampfschifffahrtgesellschaft. Zum Glück dauerte die Tortur nur zwanzig Minuten. In Bensersiel am Ufer konnte man schon die Insel erkennen. Ein mit einer Dampfmaschine betriebener Stahlschraubendampfer neuester Bauart namens»Kaiserin Auguste Viktoria« brachte uns hinüber. Die Landungsbrücke reichte weit ins Meer. Von da aus mussten wir umsteigen in auf Schienen befindliche Wagen, die von Pferden gezogen wurden. Die geduldigen Tiere standen bis zum Bauch im Wasser, während sie warten mussten, dass wir die hochbordigen Gespanne erklömmen. Eine Dame stieß einen spitzen Schrei aus, als eine Windbö ihren weißen Hut hinwegtrug. Hätte sie die Bänder nur besser verknotet! Die Männer, die unsere Koffer in einen der beiden Gepäckwagen luden, schienen sich insgeheim darüber zu amüsieren, während der Herr, der in Uniform neben der Dame stand – wahrscheinlich ihr Gatte – das Ganze wohl eher genierlich fand.

Kaum dass ein jeder einen der offenen Sommerwagen bestiegen hatte, zockelten die zwei vorgespannten Pferde munter los. Links von den Schienen, mit flatternden Mähnen, liefen sie unserem Ziel entgegen. Der Kutscher trieb sie an mit kehligen Rufen. Sein Blick unter der tief ins Gesicht gezogenen Mütze hatte seltsamerweise vor Beginn der Fahrt mitunter verstohlen auf mir geruht. Aber ich sann nicht lange darüber nach, schon bald nahm mich die Fahrt in ihren Bann.

Ich nahm den Geruch von Meer wahr. Salzig, streng, rein. Zum ersten Mal seit Beginn der Sommerferien begann ich zu hoffen, mein Leben möge eine Wendung nehmen, die es herausführe aus dem immer Gleichen. Ja! Deine dauernden Einlassungen dazu haben eine Wirkung hinterlassen, lieber Hinrich!

An einzelnen Hotels hielt die Pferdebahn und entließ Passagiere und Gepäckstücke. Vor dem Hotel Flörke wurde ein stattlicher Herr mit Ziehharmonikamusik empfangen und der Oberkellner wartete mit einer Flasche Begrüßungstrunk auf. Wahrscheinlich ein spendabler Stammgast. Ich fuhr bis zur Endstation. Ganze 3,6 Kilometer. 5,30 Mark bis zum Hospiz. Du siehst, die Tage hier werden kostspielig. Ich muss aufpassen, dass mir noch genügend Geld für die Heimreise bleibt.

Eine recht merkwürdige Begebenheit trug sich zu, als ich den Wagen verlassen wollte. Da sprach mich der Kutscher an, fragte nach meinem Namen. Ich fand nichts dabei, ihm diesen zu nennen, da geriet der gute Mann aus dem Häuschen. Was für ein Zufall! Er hieße Thede Tönges Bernsen, und er wolle mich gern in den nächsten Tagen zu einem Tee einladen. Ob ich kommen würde? Ja, ich werde ihn besuchen. Schon allein, weil ich außer Kuranwendungen sowieso nichts zu tun habe. Und ein wärmendes Getränk schien mir eine rechte Belohnung für eine solche Tortur.

Soweit der von Dir angeforderte Bericht für heute. Ich sehe Dich wieder lächeln. Weil ich entschlossen bin, wildfremde Leute zu besuchen. Dir würde das gefallen. Du weißt, dass es mich etwas Überwindung kostet.

Dir, Lotte und den Kindern meine allerherzlichsten Grüße!

Dein Thoms

Urlaub! Endlich! Weiß gar nicht, wie lange ich schon keinen mehr hatte.

Und dann das. Das Telefon klingelte. Fricko, mein Pflegeschäferhund, hob den Kopf. Wartete er genau wie ich auf einen Anruf seines Herrchens?

»Frau Wiese, wie schön, dass ich Sie erreiche!« Diese Aussage meines Chefs Möllkamp verband sich in der Regel mit einem Haufen Arbeit. Ich war alarmiert!

»Ich habe frei!«, erinnerte ich ihn, man soll ja nichts unversucht lassen.

»Ich weiß. Und ich hätte Sie auch nicht angerufen, wenn es nicht so dringend wäre. Sehen Sie, Lewinsky ist heute schon früher nach Hause gegangen. Magen-Darm. Rubisch hat es mit der Lendenwirbelsäule und ist zu einer Intensiv-Behandlung beim Physiotherapeuten. Wenn ich ihn da nicht hingehen lasse, fällt er womöglich noch ganz aus. Die Fenske und der Huber führen gerade eine wichtige Befragung in der Nähe des Hohen Meißners durch. Sie wissen ja, wie dünn wir besetzt sind.«

Verdammter Mist! Hätte ich bloß den Hörer nicht abgenommen! Fricko meditierte, den Kopf auf die Pfoten gelegt, vor sich hin, während ich mein Gehirn nach Argumenten durchforstete.

»Frau Wiese, ein Jogger hat eine männliche Wasserleiche in der Fulda gefunden. Es ist Ihnen doch bestimmt möglich, wenigstens die ersten Formalitäten zu erledigen. Danach können Sie Ihren wohlverdienten Urlaub genießen.«

Konnte er das nicht mal selbst erledigen? Wurde man vielleicht befördert, weil man für das Alltagsgeschäft nicht taugte? Dann müsste ich mich jetzt dumm stellen. Stattdessen hörte ich mich sagen: »In Ordnung, Herr Möllkamp«, und schrieb wie auf Autopilot die bisher bekannten Daten mit, die er mir durchgab.

Natürlich rief ich zunächst den neuen Rechtsmediziner an. Was heißt hier neu? Schon etwa zwei Jahre trieb der Mann sein Unwesen.

»Guten Tag, Herr Geier, Wiese hier. Ich bin zuständig für die Wasserleiche. Was können Sie mir dazu sagen?«

»Da haben Sie aber Glück, dass Sie mich noch erwischen. Bin auf dem Sprung. Ich kann das Aufheben nicht verstehen, das Möllkamp davon macht. Tod durch Ertrinken. Der Mann, übrigens etwa 55 bis 65 Jahre alt, hatte auch eine erhebliche Menge Alkohol intus.«

»Wie viel?«

»Um die zwei Promille. So genau kann man das nicht feststellen. Der hat immerhin eine Weile im Wasser gelegen.«

»Wie lange?«

»Das ist so genau nicht festzustellen. Ein bedauerlicher Unfall! Da ist ein Nichtschwimmer alkoholisiert auf das rutschige Ufer gelangt. Ist hingefallen, hat sich den Kopf angeschlagen.«

»Kopf angeschlagen?«

»Es gibt da entsprechende Verletzungen, ja.«

»Welche?«

»Frau Wiese, der Mann hat längere Zeit im Wasser gelegen. Sieht nicht sehr appetitlich aus. Da ist jetzt nichts mehr so genau festzustellen. Obwohl wir ihn schon verhübscht haben. Meine Sekretärin mailt Ihnen das Foto zu. Dann haben Sie heute Nacht was zum Träumen. Ich muss jetzt los. Wenn ich mich nicht umziehe, nimmt meine Freundin mich nicht mit ins Theater. Auf Wiederhören!«

Ich mochte den Kerl nicht, und ich konnte im Gegensatz zu ihm auch ganz genau feststellen, warum. Herr Doktor Geier entledigte sich seiner Dienstverpflichtungen immer mit routiniertem Schwung. Er sah alles auf den ersten, sehr flüchtigen Blick, erzählte es zügig seinem Diktiergerät, setzte eine ausufernde Unterschrift unter die von der Sekretärin abgetippte Version, ohne sie nochmals eines genaueren Blickes zu würdigen. Wahrscheinlich könnte man ihm auf die Art auch einen neuen Kühlschrank unterjubeln oder ein Abo für den Playboy, falls er das nicht ohnehin schon hatte.

Als nächstes kontrollierte ich meinen Maileingang, tatsächlich war das Portraitfoto der geschminkten Leiche bereits eingetroffen. Ein intuitiv arbeitender Ermittler hätte es sich jetzt ganz genau betrachtet, ach was, hätte versucht hineinzutauchen, um sich in die Person hineinzuversetzen, und auf eine Eingebung gehofft. Ich glaubte an solchen Firlefanz nicht und leitete das Foto zusammen mit einer kurzen Pressemitteilung zügig an die HNA weiter. Mit etwas Glück würde es morgen schon in unserer Zeitung erscheinen. Dann rief ich die Kollegen von der Spurensicherung an, ob sie vielleicht noch was Neues hätten. Sie konnten mit einem Knopf aufwarten, oder vielmehr gerade nicht, denn ein solcher fehlte am Mantel des Toten. Die abgerissenen Fäden steckten noch im feinen Stoff. Ich begann nachzudenken und wählte schließlich die mir seit Jahren vertraute Nummer von Doktor Werners.

»Frau Wiese, wie schön, von Ihnen zu hören! Haben Sie ein wenig Zeit für mich, weil Sie ausnahmsweise mal keinem Mörder auf der Spur sind?«

»Deshalb rufe ich doch an. Wir haben da eine Wasserleiche in der Fulda.«

»Und Sie meinen, es wäre Mord im Spiel?«

»Möglich. Eine dubiose Wunde am Kopf. Ach! Geier ist einfach nicht gründlich. Der wurschtelt so rum.«

»Ich weiß. So genau ist nichts festzustellen.«

Zuerst musste ich lachen, doch dann brach es aus mir heraus: »Ich versteh nicht, wie der Kerl mit so einer Arbeitsmoral durchkommt. Ich könnte es mir ja auch einfach machen, mich mit Geiers Oberflächlichkeiten zufriedengeben. Aber ich mache das nicht, selbst jetzt nicht, da ich Urlaub habe. Doktor Werners, können Sie sich die Leiche nicht einmal angucken?«

»Ich bin pensioniert, liebe Frau Wiese. Ich kann doch nicht einfach im Revier meines Nachfolgers wildern. Und stellen Sie sich vor, ich finde was. Dann ist Ihr Ferienprogramm vollends im Eimer.«

»Es fehlt ein Knopf an dem Mantel. Scheint frisch abgerissen zu sein«, setzte ich nach.

Er reagierte erst einmal nicht, nach einem kurzen Schweigen erwiderte er schließlich: »Heute Abend kann ich sowieso nichts mehr erreichen. Da sind die Toten schon in ihren Kühlschubladen verschwunden, die Lebenden sitzen zu Hause vor den Fernsehern, und die Türen sind abgeschlossen.«

Da wusste ich, morgen früh würde Werners dynamisch wie eh und je ins Arbeitsfeld seines yuppiehaften Nachfolgers eindringen.

»Danke, Herr Werners. Bis morgen dann.«

Ich hörte ihn lachen, als ich das Gespräch beendete.

Ich schlenderte ins Inselzentrum zurück und las unschlüssig alle aushängenden Speisekarten. Am häufigsten wurde »Kutterscholle« angeboten. War Scholle nicht schon seit Jahren auf der roten Liste von Greenpeace? Kerzenschein drang von den Tischen nach draußen, wo die Dämmerung mich langsam einhüllte. Ich schaute durch die Fenster den Touristen beim Schmausen zu, sah, wie sie lebhaft miteinander sprachen, und hörte Fetzen ihrer Gespräche, wenn die Türen sich kurz öffneten.

Allein essen macht keinen Spaß. Aber wenn man einen Freund hat, der Koch ist, kann man sich nicht einfach schnell irgendwelche Pommes im Stehen reinhauen. Außerdem hatte ich Lust, mir etwas zu gönnen. Gegrillter Wolfsbarsch mit Tomatenkruste und Blattspinat auf Butterreis an Dillrahm. Läuft Ihnen da nicht auch das Wasser im Mund zusammen? Ich betrat das Restaurant im Nordseehotel Kröger. Ganz schön voll. Ein dunkelhaariger Mann kam mir vage bekannt vor. Woher bloß? Ach ja, auf der Fähre hatte er schräg gegenüber gesessen. Ich nickte hinüber.

»Tut mir leid«, bedauerte die Oberkellnerin, »es ist kein Tisch mehr frei.«

»Die Dame kann sich zu mir setzen«, bot der Typ an. »Ich bin sowieso gleich fertig.«

Warum nicht? Er wirkte sympathisch. Knapp über 40. Dunkle Haare. Blaue Augen. Eckige, schwarze Metallbrille. Selbstbewusst, ohne aufgeblasen zu erscheinen. Ein gediegenes Outfit. Über einer Stuhllehne lag ein Kaschmirmantel. Erinnerte mich ein bisschen an Knut, meinen Exfreund, der in Kassel eine sehr erfolgreiche Anwaltskanzlei unterhält. Der Traum aller Schwiegermütter.

Mein Gegenüber lächelte mir zu. »Sie machen Urlaub auf Langeoog?«

»Ja, soeben eingetroffen. Den ersten Sonnenuntergang habe ich schon genossen.«

»Da werden sicher noch einige hinzukommen. Die Wetterprognose ist gut.«

»Wunderbar. Sie sind wohl auch Tourist.«

»Nein, ich wohne hier. Ich arbeite auf dem Festland in Bensersiel. Aber auf der Insel ist es schöner. Entschleunigt.«

»Ist Ihr Job so stressig?«

»Wie man es nimmt. Ich bin Leiter des Historischen Forschungsinstituts Bensersiel. Ich habe mich noch gar nicht vorgestellt. Entschuldigen Sie. Alexander Overberg.«

Donnerwetter! Genau das richtige Stichwort! Hatte ich ein Glück, den Typen zu treffen! Vielleicht könnte ich über ihn was rauskriegen. »Xenia Wiese. Was für ein Zufall! Letzten Freitag war ein Historiker aus Bensersiel bei uns im Restaurant essen. Neupert heißt er. Sie müssten ihn kennen.«

»Neupert? Selbstverständlich kenne ich ihn. Der ist bei uns im Institut.«

»Letzte Woche nicht. Da war er auf einer Napoleon-Tagung in Kassel.«

»Napoleon ist sein Lieblingsthema.« Er grinste. »Sie wissen doch sicher, dass Jérôme, dieser König Lustik, der in Kassel von 1807 bis 1813 residierte, von seinem Bruder Napoleon dort als Herrscher eingesetzt wurde?«

Ja, darüber hatte mich auch Neupert zu belehren versucht, fast mit denselben Worten. Als ob wir das in Kassel nicht selbst wüssten! Aber ihm habe ich es nicht übel genommen. Vor meinem inneren Auge erschien der Endfünfziger mit roten Apfelbäckchen und einer ebensolchen Nase. Er erinnerte mich ein bisschen an meinen Opa Felix, so wie ich ihn als Kind erlebt hatte. Chaotisch, kreativ, etwas verrückt. Der Mann von Oma Xenia eben.

»Ja, sehen Sie!«, versuchte ich, den alten Herrn zu imitieren, »und das hat Napoleon überall gemacht. Zum Beispiel hat er Ostfriesland Holland zugeordnet. Dort gab es natürlich auch einen französischen König von Napoleons Gnaden. Stellen Sie sich vor, Sie müssten, außer saftigen Steuern auf alles Mögliche und Unmögliche zu zahlen, auch noch von einem Tag auf den anderen neue Monatsnamen lernen: Louwmaand, Spokkelmaand …«

»Sie haben gut aufgepasst!«, lächelte mein Gegenüber. »Eine überzeugende Schauspielerin sind Sie außerdem. Ich höre Herrn Neupert quasi selbst sprechen.«

»Er hat mich auch sehr beeindruckt, vor allem durch seine Begeisterungsfähigkeit. Er hat sich etwas von einem Kind bewahrt. Das gefällt mir. Wie er mir von der Kontinentalsperre erzählt hat!«

»Ja, dieses Thema fasziniert ihn sehr. Und er weiß eine Menge darüber.«

»Das habe ich gemerkt, besonders über den Schmuggel. Hatte das eigentlich auch Auswirkungen auf Langeoog?«

»Ich sehe schon, Herr Neupert hat Sie für sein Steckenpferd entflammen können!« Overberg lächelte amüsiert. »Napoleon hatte von 1806 bis 1814 eine Wirtschaftsblockade verfügt. Es durften keine englischen Waren auf das Festland eingeführt werden. Kein Kaffee, Zucker, Tee, keine Textilien und Metallwaren. Besonders die Sache mit dem Tee hat die Ostfriesen hart getroffen.« Er lächelte. »Da blühte natürlich der Schmuggel.«

»Wo haben die denn die Schmuggelwaren herbekommen?«

»Von Helgoland. Das war zu der Zeit englisch. Die Felseninsel war nicht nur ein Stützpunkt der englischen Flotte. Mitunter sammelten sich dort so viele Waren an, dass die Lagerhäuser nur so überquollen. Es war nahezu ein Volkssport zu jener Zeit, in den unmöglichsten Booten überzusetzen und Schmuggelgut zum Festland zu befördern. Aber ein gefährlicher. Nicht nur wegen der Tücken des Meeres. Die Kontrollen wurden immer engmaschiger und die Strafen drakonischer. Als die Holländer, später die Franzosen, dazu übergingen, Schwarzhändler hinzurichten, ebbte das Ganze langsam ab.«

»Kein Wunder. Meinen Sie, dass jemand dadurch reich werden konnte? Wenn er wie ein Wilder geschmuggelt hat, aber nicht erwischt wurde.«

»Eventuell. Wenn man die historischen Quellen genau studieren würde, fände man möglicherweise den einen oder anderen Schiffer, der plötzlich ein neues, teures Boot sein Eigen nannte und ein großes Geschäft aufzog.«

»Vielleicht gibt es ja auch Geschichten über alte Langeooger Familien, die den Grundstock ihres Vermögens während der Kontinentalsperre machten.«

Overberg reagierte gar nicht auf meine Andeutungen. Hatte Neupert wirklich nicht mit ihm über seine Vermutung gesprochen, auf Langeoog gäbe es einen Schatz, den ein Schiffer durch Schmuggel erworben und anschließend gut versteckt habe? Neupert hatte zahlreiche Hinweise darauf gefunden. In Briefen, von einem Oberlehrer, der um die Jahrhundertwende eine Kur auf Langeoog gemacht hatte. Und der hatte damals wohl so allerhand herausgefunden. Leider hatte Neupert mir nicht verraten, was! Ich musste dringend an diese Briefe herankommen.

»Warum fragen Sie nicht Herrn Neupert selbst? Der lebt schon viel länger hier als ich. Er wird diese Woche im Institut zurückerwartet. Und er ist sicher hocherfreut darüber, dass Sie seine Begeisterung für die alten Zeiten teilen.« Er schaute auf die flache, elegante Armbanduhr. »Oh, schon so spät? Sie entschuldigen mich? Vielen Dank für das anregende Gespräch. Ich wünsche Ihnen noch einen schönen Abend. Und wenn Sie historische Fragen haben, bei denen ich Ihnen helfen kann, können Sie sich gerne an mich wenden.«

Er gab mir lächelnd seine Visitenkarte. Dr. Alexander Overberg. Gerk-sin-Spoor 10, mit Telefonnummer. Ein Sitzriese, wie ich feststellte, als er sich erhob. Kaum 1,70 m. Nahm seinen Mantel und verabschiedete sich. Netter Mensch. Vielleicht bräuchte ich wirklich seine Hilfe, wenn ich aus Neupert nichts herausbekäme. Ich hatte nämlich vor, das Rätsel um den Briefeschreiber und seine Vorfahren zu lösen. Mir liegt es nicht, im Urlaub nur im Strandkorb zu sitzen oder im Wellenbad herumzuplantschen. Ich brauche eine Aufgabe! Außerdem hatte Neupert sehr überzeugend gewirkt, als ich skeptisch nachgefragt hatte: »Auf Langeoog Schätze erwerben? Kann ich mir kaum vorstellen außer durch Tourismus vielleicht.«

»Das kam später! Schleichhandel konnte sehr lukrativ sein. Weil er verboten war, war es natürlich klug, den daraus gewonnenen Wohlstand zu verbergen.«

Die Kellnerin riss mich aus meinen Gedanken. Sie stellte einen dampfenden Teller vor mir ab. Der Wolfsbarsch, kunstvoll inmitten der Beilagen platziert. Und lecker! Fast so gut wie bei Milan.

Dienstag, 7. Oktober 2008

Am Morgen betrat ich, noch etwas umdüstert, den Frühstücksraum meiner Pension. Normalerweise schlafe ich spät ein. Da ist 8:30 Uhr verdammt früh, aber um neun wurden hier die Tische wieder abgeräumt. Sechs Augenpaare richteten sich erwartungsvoll auf mich, vier davon unter grauen Haarschöpfen.

»Dies ist Frau Wiese aus Kassel!«, stellte mich die Pensionswirtin Frau Jensen vor.

»Moin allerseits«, sagte ich, mich schnell an die örtlichen Gegebenheiten anpassend. Da ich weiter nichts hinzufügte, wandten sich alle freundlich lächelnd wieder ihren Tellern und Gesprächen zu. Ich schnitt ein Brötchen auf und ließ mir die kurzen Telefonate noch einmal durch den Kopf gehen, die ich soeben mittels Handy geführt hatte. Ich hatte die Nummer von Neuperts Privatanschluss in Bensersiel eingegeben. Eine Frau Pommsen meldete sich.

Die Dame klang nach Vorzimmerdrachen. An denen kam man am besten mit einer gehörigen Dosis Freundlichkeit bis hart an der Schleimgrenze vorbei. »Wiese mein Name. Ich forsche über Schifferfamilien in Ostfriesland zur Zeit der Kontinentalsperre. Als ich Herrn Neupert letzte Woche in Kassel getroffen habe, bot er mir an, ihn zu Hause aufzusuchen, weil er Material für mich habe. Könnte ich ihn vielleicht sprechen?«

»Es tut mir leid, er ist noch nicht von der Tagung zurück, er hat anschließend noch private Termine.«

»Wissen Sie, wann er wiederkommt?«

»Leider nicht. Ich rechne aber im Laufe der Woche mit ihm.«

»Vielen Dank, und entschuldigen Sie die Störung.«

Wer war Frau Pommsen? Hausdame? Putzhilfe, die in Abwesenheit des Hausherrn die Bude in Schuss brachte? Freundin? Auf jeden Fall half es unter diesen Bedingungen wenig, wenn ich im Institut anrief. Oder hatten die eventuell andere Informationen?

»Historisches Forschungsinstitut Bensersiel, Seesen am Apparat. Was kann ich für Sie tun?«

»Wiese. Herr Neupert hat mir für diese Woche einen Termin zugesagt. Den möchte ich gern konkretisieren.«

»Es tut mir leid, Frau Wiese, aber Herr Neupert ist noch auf einer Tagung.«

Genaues wusste die also offenbar auch nicht. Hoffentlich traf sich Neupert nicht mit einer jungen Geliebten und kehrte erst an die Küste zurück, wenn mein Urlaub vorbei wäre. Naja, ich hatte ehrlich gesagt den Eindruck, als sei er dem Wein eher zugetan als den Frauen.

»Frau Wiese, sind Sie immer so in Gedanken? Ich habe gerade gefragt, ob Ihnen der Kaffee schmeckt?«

Ich blickte in die forschenden blauen Augen von Frau Jensen. »Perfekt. Genau richtig!«

Die Augen bekamen Strahlenkränze. »Dann bin ich ja zufrieden. Manche Gäste mögen ihn nämlich gern etwas stärker. Aber für mich mache ich ihn auch immer so, eher noch etwas schwächer. Und was haben Sie heute vor, Frau Wiese?«

»Ich interessiere mich besonders für die Geschichte der Insel. Haben Sie da Tipps für mich?«

»Da ist das Seemannshus genau das Richtige für Sie. Die haben aber erst morgen Nachmittag auf. Heute können Sie das Schifffahrtsmuseum besuchen im Haus der Insel. Warten Sie mal!« Sie verschwand, erschien kurze Zeit später mit einer abgegriffenen Inselkarte. »Hier ist das, mitten in der City.« Sie kniff mir ein Auge zu.

Danke, Frau Jensen.« Mal sehen, ob ich ihre Auskunftsfreude nutzen konnte, um etwas herauszubekommen, was mir auf der Seele brannte. »Kennen Sie zufällig eine Frau namens Sophie, die in eine Schifferfamilie eingeheiratet hat?« Neupert hatte zwar den Namen des Schmugglers genannt, dummerweise aber bevor er den verborgenen Schatz erwähnte. Deshalb hatte ich ihn mir nicht gemerkt. Ich war jedoch ziemlich sicher, ihn wiederzuerkennen, wenn ich ihn hörte.

»Nein. Wieso?« Frau Jensen stapelte am Nebentisch die gebrauchten Teller aufeinander.

»Das ist eine alte Klassenkameradin von mir«, improvisierte ich weiter, »die würde ich gern besuchen, aber sie hat einen Langeooger geheiratet und …«

»So viele alte Schifferfamilien gibt es auf der Insel nicht. Leiss, Pauls, Bernsen.«

Da klingelte es ganz gewaltig!

»Ich glaube Bernsen war das. Kennen Sie irgendwelche Angehörige?«

»Nur Doortje. Die arbeitet übrigens im Seemannshus. Aber sie ist an die Neunzig. Die kann unmöglich Ihre alte Schulfreundin sein. Sind Sie ganz sicher, dass Ihre Sophie verheiratet ist? Ich meine, ein Enkel von Doortje hatte mal eine Freundin, die so hieß, die sind aber wieder auseinander.« Sie wischte die Wachsdecke mit einem feuchten Tuch ab, ehe sie mich erneut ins Visier nahm. »Es interessieren sich ja nicht viele junge Leute für Geschichte ...«

Geschickte Impuls-Fragetechnik. »Ich studiere dieses Fach.«

»Ach?«

»Ich schreibe meine Diplomarbeit über alte Schifferfamilien dieser Gegend.«

»Dann müssen Sie ja wirklich in den Anfängen stecken, wenn Sie nicht einmal die Namen kennen.«

»Genau!«, schluckte ich die Kröte. »Ich beginne gerade mit der Aufarbeitung.«

Frau Jensen hatte währenddessen die Stühle ordentlich an den Nachbartisch gestellt und verschwand in der Küche. Meine Pensionswirtin war so recht der Typ einer umtriebigen Langeooger Miss Marple. Intelligent, wissbegierig, intuitiv. Ich würde aufpassen müssen, was ich ihr erzählte.

»Komm, Fricko, wir gehen jetzt ins Präsidium. Ist doch egal, wo wir herumsitzen.«

Wenig später hockte ich an meinem Schreibtisch, Fricko darunter.

»Ich dachte, du hast Urlaub!« Tina spähte durch die offene Tür.

»Tja!«, entgegnete ich derart tiefschürfend, dass sie mir kurz darauf mitleidig einen Cappuccino mit Plätzchen aus der hauseigenen Gaststätte servierte. Als ich mich bedankte, klingelte das Telefon.

»Frau Wiese, sagen Sie nicht, ich hätte Sie nicht gewarnt«, verkündete Werners. »Sieht ganz nach Arbeit für Sie aus. Das Opfer hat etwa 19 bis 21 Stunden im Wasser gelegen. Der Alkoholpegel entspricht 1,8 Promille. Zweifelsfrei ist er im Fluss ertrunken. Aber ich habe eine Wunde entdeckt, der Mann hatte das Pech, mit dem Kopf auf einen Stein zu schlagen oder umgekehrt. Vermutlich hat er dadurch das Bewusstsein verloren, als er ins Wasser fiel. Und er hat ein paar Prellungen, die auf eine körperliche Auseinandersetzung schließen lassen. Der Fundort der Leiche ist jedoch nicht der Tatort. Ich habe ein wenig herumtelefoniert und vom Angelverein einen Tipp gekriegt, wo er aufgrund der Strömungsverhältnisse hineingefallen sein könnte. Vielleicht könnten Sie sich das mal anschauen. Wäre möglicherweise hilfreich, wenn wir den Stein hätten. Ich mache die Unterlagen soweit fertig und bringe sie Ihnen dann ins Büro.«

Freizeit ade!

»Ja, da müssen wir natürlich sofort eine Soko einrichten«, stellte Möllkamp fest, als ich ihn in seinem Büro aufsuchte, um ihn über die vorläufigen Ergebnisse zu informieren. »Frau Wiese, da Sie sich schon so weit engagiert haben, wäre es mir sehr lieb, wenn Sie die Leitung übernehmen würden. Keine Angst, ich vergesse Ihren Urlaub nicht. Vielleicht können Sie zu einem späteren Zeitpunkt, wenn mal nicht so viel los ist ...«

Wann war das, bitteschön, der Fall? Vielleicht im Sommerloch, aber da dann alle Kollegen mit kleinen Kindern freinahmen, wurde mein Urlaubsantrag zu dieser Zeit regelmäßig abgelehnt.

Ich knirschte leicht mit den Zähnen, als ich antwortete: »Selbstverständlich, Herr Möllkamp.«

Das hatte ich nun davon, dass ich immer tief grabe. Aber Pfusch kann ich nun einmal nicht ausstehen. Auf der anderen Seite waren meine ursprünglichen Pläne durchaus unspektakulär. Morgens etwas länger schlafen und ausgiebige Spaziergänge mit Fricko rund um Kassel. So viel hatte ich also nicht zu verlieren.

Ich berief eine erste Soko-Sitzung ein.

»Und was sollen wir jetzt machen?«, fragte Rubisch während er hinter vorgehaltener Hand dezent in den Zähnen pulte. Wahrscheinlich hatte er wieder ein halbes Schnitzel in der Lücke, die der Dentist ihm vor ein paar Tagen gerissen hatte. Ansonsten hielt er den Rücken gerade, wahrscheinlich ein Tipp seines Krankengymnasten. »Ich müsste nämlich eigentlich zum Zahnarzt ...«

»Nur wenn du die Röntgenbilder vom Gebiss des Toten mitnimmst und herausfindest, ob irgendetwas Besonderes festzustellen ist?«

»Jetzt gleich?«

»Wann sonst?«

»Hat der Rechtsmediziner dazu denn nichts gesagt?«, ließ sich Lewinsky vernehmen, der, wundersam geheilt, im Präsidium erschienen war und Kaffee schlürfte. Das ideale Getränk für einen gerade genesenen Magen-Darm-Patienten.

Ich schnaubte. »Geier eiert wie üblich um den heißen Brei.« Dann erzählte ich den anderen, was Werners herausgefunden hatte. »Wir müssen erst einmal dahinterkommen, wer überhaupt das Opfer ist. In Kassel ist niemand vermisst gemeldet, auf den die Beschreibung passt. Vielleicht erkennt ihn ja noch jemand. Immerhin war das Bild heute Morgen schon in der Zeitung. Tina und Huber, könnt ihr einen bundesweiten Abgleich starten?«

»Machen wir. Hatte der Mann spezielle Kennzeichen?«

»Nur eine Blinddarmnarbe, aber da ist er ja leider nicht der Einzige. Ansonsten war er einfach ein wohlgenährter, älterer Herr mit einer etwas zu großen Leber. Er trug keinerlei Gegenstände oder Papiere bei sich, die zu einer Identifizierung führen könnten.«

»Wenn sich bisher keine Angehörigen aus Kassel und Umgebung gemeldet haben, denen er fehlt, wird er vielleicht in irgendeinem Hotel vermisst?«, fragte Lewinsky.

»Finde es heraus!«

Ich verteilte die Fotos, auf denen ein Angestellter der Rechtsmedizin versucht hatte, den Toten so weit wiederherzustellen, dass jedermann das Bild anschauen konnte. »Dr. Werners geht übrigens davon aus, dass der Mann am Sonntagabend zwischen 19:00 Uhr und 21:00 Uhr gestorben ist.«

»Welchen Grund hatte der Kerl, am Ufer herumzuspazieren?«, überlegte Huber. »Sonntag hat es dauernd geregnet, wer geht denn da freiwillig raus?«

»Keiner, aber Hundehalter gezwungenermaßen. Das sind auch die Einzigen.« Ich sprach aus Erfahrung.

»Er ist auf einen anderen Gassigeher gestoßen, die Köter haben Zoff angefangen, die Herrchen sind aufeinander losgegangen und plumps ...«, grinste Lewinsky.

Ich schaute ihn strafend an.

»In den nächsten Tagen werden wir noch zwei ineinander verbissene Tierkadaver aus dem Wasser fischen. Gibt's eigentlich schon eine DNA-Bank für Tölen, über die wir dann die Halter ermitteln können?«, führte Lewinsky unverdrossen fort.

»Bei so einem Wetter geht man nur raus, wenn man extremer Frischluftfanatiker ist oder nicht nach Hause gehen kann, weil man irgendetwas verbergen will«, erklärte Tina, die sehr wohl merkte, dass ich kurz vor einer ziemlich spitzen Bemerkung stand.

»Eine Freundin, die Ehefrau soll nichts merken«, schlug Rubisch vor.

Manchmal denke ich, wenn Außenstehende uns bei einer Soko-Sitzung hören könnten, würden sie den Glauben an die Polizei verlieren.

Ich hatte genug. Mit einem Pfiff weckte ich Fricko auf. Er wackelte mit den Ohren, stand auf und reckte sich. Ich freute mich auf den Spaziergang mit ihm. Tiere bringen eine Menge Ruhe und Realität ins Leben.

Wenig später schritten wir am Fuldaufer aus. Fricko tänzelte am Ufer entlang, die Nase am Boden. Irgendwo hier musste das Opfer hineingestürzt sein. Wo genau, war bisher unklar. Werners hatte ein ungefähres Gebiet eingekreist. Sein Nachfolger hatte sich beleidigt zurückgezogen und befunden, dass er zum Thema Wasserleiche nichts mehr sagen würde, was an sich nicht weiter schlimm war. Der Weg verengte sich durch Sträucher an der flussabgewandten Seite. Ein aufgescheuchter Erpel floh laut schnatternd in die Fluten, eine Bugwelle hinter sich herziehend. Fricko wollte, seinem Jagdinstinkt folgend, hinterher, hielt aber dank meines Kommandos inne. Bis zu den Knien im Wasser, drehte er sich folgsam um.

»Lass die Ente in Frieden! Komm!«, entschied ich. Der Hund schaute traurig hinterher, ehe er den Kopf zu mir drehte. Fricko hörte mittlerweile fast so gut auf mich wie auf sein Herrchen Ferdi.

Ferdi, mein Lieblingskollege, war gerade abkommandiert nach Frankfurt. Ihm war ein deutlicher Karrieresprung in Aussicht gestellt worden, wenn er dort undercover die Halbwelt erkundete. Der Job war haarsträubend. Gefährlich. Warum nur hatte er sich wieder auf so etwas eingelassen? Wo er den letzten Einsatz dieser Art nur knapp überlebt hatte. Ich wusste nicht einmal, wie es ihm ging. Er meldete sich nicht, weil jedes Telefonat nachverfolgt werden und ihn auffliegen lassen konnte.

Etwas beigefarbenes blitzte aus dem bräunlichen Gewirr aus Pflanzen, Ästen und Schlamm am Ufersaum hervor. Ich zog eine kleine Plastiktüte, die ich immer dabei hatte, um Frickos Hinterlassenschaften einzusammeln, über meine Hand und fischte ihn aus der Brühe. Es war ein Knopf. Er glich denen am Mantel des Opfers.

»Brav, Fricko!«, lobte ich Fricko reichlich spät für seine Folgsamkeit. Er legte den Kopf schief und ließ sich streicheln, während ich mein Handy zückte, um die Spurensicherung herbeizurufen.

Gegen 10:30 Uhr rief Milan an. »Du weißt gar nicht, was dir entgeht!«, schwärmte ich, »Habe gestern Abend im Strandkorb gesessen und einen traumhaften Sonnenuntergang genossen. Auch heute ist das Wetter fantastisch. Ich werde mir gleich ein Fahrrad ausleihen und die Insel genauer erkunden.«

»Hast du eigentlich deine Bekanntschaft vom Freitagabend schon getroffen?«

»Nein, warum fragst du?«

»Ach, irgendwie ist das merkwürdig. Man hat eine Leiche aus der Fulda gezogen. Die Polizei, deine Schwester ist übrigens zuständig, weiß wohl noch nicht, wer das Opfer war. Ich finde aber, er hat Ähnlichkeit mit dem Mann, mit dem du dich am Freitag unterhalten hast. Sein Foto war heute in der Zeitung.«

Das war ein linker Schwinger in die Magengrube.

»Hast du Luise Bescheid gesagt?«

»Nein. Ich bin mir nicht sicher. Du hattest doch viel mehr mit ihm zu tun, als ich. Guck mal ins Internet und schau dir das Foto an. Irgendwo findest du sicher einen Zugang. – Und sonst? Alles in Ordnung?«

»Klar.« Ich war noch damit beschäftigt, diese Neuigkeit zu verdauen. Hoffentlich war sie keine.

»Natürlich können Sie bei mir ins Internet, Frau Wiese.« Frau Jensen schaltete den Rechner ein. »Solange Sie keine kostenpflichtigen Seiten aufrufen.«

»Nein, nur die Tageszeitung in Kassel.«

Viel zu langsam öffnete sich die Seite. Aber ich musste nicht lange klicken, bis ich die Berichterstattung über die unbekannte Leiche fand. Unbekannt nicht für mich. Das heißt, als Leiche war er mir unbekannt, aber ich hatte ihn lebendig erlebt, diesen Mann, er hatte bei uns im Restaurant gesessen und viel zu viel Wein getrunken: Neupert. Schöner Mist! Wieso war der auf einmal tot?

»Wir wissen noch nicht, wer er ist, verfolgen aber eine heiße Fährte«, wurde meine Schwester zitiert. Das hatte Luise so bestimmt nicht gesagt. Sie neigt eher zum Understatement. Selbst wenn sie einem Täter schon die Handschellen anlegt, würde sie eher kommentieren:»Wir überprüfen verschiedene Spuren.« Oder: »Noch ist nichts erwiesen.«

Ich musste sie anrufen, jetzt sofort, ich ging zurück auf mein Zimmer.

»Du kennst die Wasserleiche?«

»Ja. Neupert heißt oder hieß der. Er war Historiker aus Bensersiel und auf einer Tagung in der Kasseler Stadthalle. Über Napoleon.«

»Wo hast du ihn überhaupt getroffen? War er in Begleitung? Hat er noch mehr erzählt?«

»Er war Gast in Milans Restaurant am Freitag, ist allein gekommen. Nö, wir haben über nichts Besonderes gesprochen. Er hat ein bisschen über Napoleons Herrschaft referiert. Kannst dir vorstellen, was mich das interessiert hat.«

Die Briefe erwähnte ich nicht. Meine Schwester hätte mir einen Vogel gezeigt. Schatzsuche auf Langeoog! Sie hält sich für eine Realistin, was immer das heißen mag. Ich hörte, wie ein Stift über Papier kratzte. Wahrscheinlich machte Luise sich eifrig Notizen.

»Was hattest du für einen Eindruck von Neupert?«

»Ein verschrobener Egozentriker. Hatte etwas Leutseliges. Ähnelte irgendwie Opa Felix nach dem dritten Glas Wein, aber nicht so gemütlich. Der konnte bestimmt ganz schön unangenehm werden, wenn etwas nicht nach seiner Fasson ging. – Was ist mit dem Mann eigentlich passiert? In der Zeitung stand ja nicht gerade viel.«

»Das war in etwa das, was wir bisher wissen. Er ist im Wasser gelandet. Vermutlich hat jemand nachgeholfen. Er ist mit dem Kopf auf einen Stein geschlagen oder der Stein auf seinen Kopf.«

Ich bekam einen Heidenschreck. »Mord?«

»Möglich. Wir haben ja gerade erst angefangen mit der Untersuchung. Und du hältst Neupert für einen Typen, der in eine Rauferei geraten könnte?«

»Definitiv ja! Er hatte schon was Explosives, was er unter seinem jovialen Verhalten verborgen hat. Ich glaube, wenn ihm das Essen nicht geschmeckt hätte, hätte er Milan mindestens eine Szene hingelegt. Hast du schon mal an einen Raubmord gedacht?«

»Nein. Immerhin hatte er noch Münzen in den Taschen, wenn auch keine Scheine. Aber ein Raubmörder hätte doch wohl alles mitgenommen.«

»Es gibt noch andere wertvolle Dinge außer Kohle. Konntet ihr feststellen, ob ihm irgendwas fehlt?«

»Wie denn? Wo wir nicht einmal wussten, wer er war. Keine Papiere.«

»Hatte er sonst nichts bei sich?«

»Nein. Keinen Schlüssel. Nichts. Worauf willst du hinaus?«

Ich überlegte fieberhaft. Wie sollte ich etwas aus ihr herausbekommen, ohne dass sie Verdacht schöpfte? »Na ja, die meisten Menschen haben doch irgendwelchen Krempel in den Taschen. Den Bon vom letzten Einkaufen, einen Parkschein, Tempotücher, manche sogar Pflaster und eine kleine Taschenlampe.«

Das war ein Seitenhieb auf Luise die, in der Pampa ausgesetzt, mithilfe ihrer umfassenden Survival-Ausrüstung wahrscheinlich mindestens drei Wochen überleben könnte. Aber sie war so im Ermittlungseifer, dass sie ihn nicht bemerkte.

»Nein, gar nichts, und das ist etwas merkwürdig. Da hast du Recht.« Und dann fing sie an, die möglichen Erklärungen abzuwägen. Nur nichts überstürzen, immer alles gründlich durchdenken. So war meine Schwester. »Legt vielleicht den Schluss nahe, dass jemand seine Taschen ausgeräumt hat. Oder er hat seinen Mantel gerade frisch aus der Reinigung geholt und noch keine Zeit gehabt, die Taschen vollzustopfen. Oder das Zeug ist herausgefallen und liegt jetzt auf dem Grund der Fulda. Ein Einkaufsbon wäre sowieso gnadenlos durchweicht und nicht mehr zu lesen.«

Ich schluckte und hoffte inständig, dass er die wertvollen Schriftstücke vorher im Hotel aus der Tasche genommen hatte und dass sie nicht im Fluss gelandet waren. Dann überlegte ich, ob es wohl besser sei, Luise von meinen Telefongesprächen mit Neuperts Frau und mit dem Institut zu erzählen. Sie würde mir verdammt unangenehme Fragen stellen. Also besser nicht. Und die Telefonnummern würde sie auch allein herausfinden. Ich konnte nur hoffen, dass Frau Pommsen und Frau Seesen kein gutes Namensgedächtnis hatten und Luises Stimme nicht mit meiner verwechseln würden, sodass meine Schwester etwas von meinen Nachforschungen mitbekam. Sonst gnadete mir Gott!

Neupert also. Verrückt, dass Xenia das potentielle Mordopfer kannte. Hoffentlich fühlte meine krimibegeisterte Schwester sich nicht berufen, irgendwelche laienhaften Ermittlungen anzustellen. Das führt regelmäßig zu Chaos. Zum Glück war sie weit weg. Auf einer Insel konnte sie vermutlich wenig Blödsinn anrichten.

Ich schlug das bundesweite Telefonbuch auf meinem Rechner zu Rate. Neupert ergab zwei Treffer. Einmal offensichtlich ein Privatanschluss. Und ein Verweis zum historischen Forschungsinstitut Bensersiel. Auf dessen Homepage entdeckte ich auch ein Foto von Neupert. Er sah unserer Leiche ziemlich ähnlich.

Gerade als ich die Nummer des Privatanschlusses wählen wollte, hörte ich Schritte auf dem Gang. Fricko hob den Kopf und knurrte leise. Also war es Lewinsky. »Gut, dass du da bist, Lewinsky. Es gibt Arbeit. Du hattest doch die Idee mit dem Hotel. Prüfe nach, ob in irgendeinem Kasseler Hotel ein Emerich Neupert eingecheckt hat. Vorher musst du noch die anderen zusammentrommeln. In fünf Minuten ist Soko-Sitzung.«

»Aber ...«

»Neupert ist unsere Leiche, also gib Gas!«

Tief befriedigt schaute ich ihm nach, als er betont langsam in sein Büro zurückschlenderte. Ich wählte Neuperts Telefonnummer. Es rauschte kräftig in der Leitung, als ich mich vorstellte, immerhin konnte ich verstehen, dass eine Frau Pommsen abgenommen hatte. Ich fragte nach Herrn Neupert. Der war, wie erwartet, nicht da.

»Ihre Stimme kommt mir bekannt vor. Haben wir schon einmal miteinander gesprochen?«

»Nein, wohl kaum. In welcher Beziehung stehen Sie zu Herrn Neupert.«

»Ich wüsste nicht, was Sie das angeht. Was wollen Sie überhaupt?«

»Ich arbeite bei der Polizei in Kassel«, wiederholte ich meine in der technischen Störung untergegangene Vorstellung. Polizei kommt immer besser als Kripo. »Wir benötigen ein paar Auskünfte.« Nur nicht gleich mit der Tür ins Haus fallen, dann fing die vielleicht hysterisch an zu schreien, und es war nichts mehr aus ihr rauszubekommen. »Herr Neupert war hier ja auf einer Tagung. Hat er einen Termin genannt, wann er wieder nach Hause kommen wollte, Frau Neupert?« Wollen doch mal sehen, ob ich nicht rauskriegen konnte, was die Frau mit Neupert zu schaffen hatte.

»Nein, Pommsen ist mein Name, Herr Neupert ist mein Lebensgefährte. Er hat gesagt, dass er nicht so genau wüsste, wann er zurück sei, aber spätestens am kommenden Sonntag nach Hause käme, er wollte mir eigentlich Bescheid geben, aber er hat sich noch nicht gemeldet. Und er geht auch nicht an sein Handy. Hören Sie, ich verstehe nicht ...«

Sah ganz danach aus, als habe meine Schwester Recht gehabt. Ich hasse es, Angehörige über den Tod eines Familienmitglieds zu informieren. »Frau Pommsen, hier in Kassel ist ein Mann in der Fulda ertrunken. Es besteht der Verdacht, dass es sich dabei um Herrn Neupert handelt.«

»Um Gottes willen! Sind Sie sicher? Es könnte doch vielleicht eine Verwechslung sein. Emerich kann doch nicht ...«

»Nein, ich bin nicht zu hundert Prozent sicher, deshalb brauche ich Ihre Hilfe. Wäre es Ihnen möglich, morgen nach Kassel zu kommen.«

»Um die Leiche anzuschauen.«

»Ja.«

Eine Weile wirkte das Rauschen im Hörer überlaut.

»Ich komme. Ich rufe Sie an und sage Ihnen, wann genau ich eintreffe.«

»In Ordnung.«

Meinen Kollegen in der Soko-Sitzung gegenüber musste ich kein Blatt vor den Mund nehmen. »Unsere Leiche ist vermutlich Emerich Neupert, Historiker aus Bensersiel. Er hat in der Stadthalle eine Fachtagung besucht«, informierte ich diejenigen, die es noch nicht wussten. »Tina und Huber, könnt ihr genauere Daten beschaffen? Ich wollte das eben noch erledigen, aber die Zeit war zu knapp.«

»Du musst nicht alles machen! Immerhin hast du eigentlich frei!«

Nett, dass Tina mich daran erinnerte, ich hatte es schon ganz vergessen.

Brief des Lehrers Thoms Tönges Bernsen an Hinrich Herrmann
Dienstag, 12. Juli 1910

Mein lieber Freund!
Heute habe ich mich an Deine Lebensweisheit erinnert: »Wer zum Arzt muss, kann gleich das Grab ausschachten». Es ist nämlich Bestandteil der Kur, denselben aufzusuchen. Der Mann mit Abhörrohr und Zwicker, der jeden Sommer auf der Insel ist, und im Winter, wie man mir sagte, wieder verschwindet, sagte zu mir nichts, was ich nicht schon wüsste. Ich leide an chronischer Bronchitis. Ob ich schon mal einen Asthmaanfall gehabt habe? Damit sei nicht zu spaßen! Er verordnete mir Abreibungen mit »unserem guten Meerwasser«, empfahl mir, im Meer zu baden und viel in der gesunden Luft spazieren zu gehen. »Aber kommen Sie dem Damenstrand nicht zu nahe. Haha! Wenn Sie mich dann in ein paar Tagen wieder aufsuchen, werden Sie sehen, dass es Ihnen schon viel besser geht!«

Das Wasser, mit dem ich abgerieben wurde, war kalt. Ich biss die Zähne zusammen. Dem kräftigen Einheimischen mit den wettergegerbten Zügen erschien ich wahrscheinlich ohnehin wie ein verweichlichter Städter mit ungesunder, blasser Gesichtsfarbe. Und es stimmt ja auch, dass ich zumeist in der Stube sitze und lese, wie Du weißt.

Ich begab mich allerdings danach nicht zum Strand, sondern suchte das Haus, das mir der Kutscher Thede beschrieben hatte. Eine einstöckige Kate mit angebautem Stall. Mein Gastgeber bot mir Tee an, kaum, dass ich die niedrige Tür durchschritten hatte. Ich nahm dankend an und ließ meine Blicke schweifen in der gemütlichen, jedoch sehr warmen Küche. Der Raum würde Dir gefallen. Tisch und Stühle aus Holz. Ein Herd stand in der Ecke, darauf ein Topf mit Wasser. Passend dazu an der Wand eine kunstvolle Stickerei: Denn wo euer Herz ist, wird auch euer Schatz sein. (Lukas 12,34) Mein Gastgeber warf noch ein Stück Torf in den Herd. Aus einer Dose gab er reichlich Teeblätter in die

Kanne. Eine Weile lang musterte er mich nur stumm, bis das Wasser auf dem Herd blubberte. Ich wunderte mich nicht mehr über die Situation, beobachtete meinerseits den Mann. Er übergoss die Teeblätter mit wenig heißem Wasser und stellte das Ganze aufs Stövje, wie er sagte. Dann sahen wir den Teeblättern beim Ziehen zu. Schließlich goss er noch mehr Wasser in die Kanne und holte Kandiszucker und Sahne heran. Der Mann wäre so recht nach Deinem Geschmack. Mit wenigen sparsamen Bewegungen und in großer Ruhe verrichtete er sein Werk. Und schaffte es, ohne große Worte ein Gefühl von Behaglichkeit und Bodenständigkeit zu vermitteln.

Er schaufelte ein paar Stückchen Kandis in seine Tasse, mir bedeutend, ich solle es genauso machen, hob die Kanne vom Stövchen und schenkte zunächst sich selbst ein, dann mir. Er schob die Sahne zu mir hinüber. Während er geräuschvoll einen Schluck Tee schlürfte und mich wiederholt musterte, bekundete er schließlich: »Ich glaube, dass du mit mir verwandt bist.«

Mein Erstaunen, das kannst Du Dir vorstellen, konnte kaum größer sein. Er aber sagte ernst zu mir: »Du heißt Bernsen, ich auch. Bei uns gibt es ein paar Kennzeichen, die schon seit langem in der Familie sind. Viele haben rötliche Haare zu blauen Augen, eine Nase wie ein Raubvogel und große Ohren mit deutlichen Ohrläppchen. Das ist bei mir so, das ist bei dir so.«

Damit hat er Recht, wie Du bestätigen kannst. Seltsam nur, dass mir die Ähnlichkeit bei ihm zunächst nicht aufgefallen ist. Vielleicht liegt es daran, dass er bei freiem Kinn einen Backenbart trägt, der sich etwas wild kringelt, und ich einen leicht nach oben gezwirbelten Schnurrbart. In der Tat hatte es, wie Du ja weißt, über die männliche Linie meiner Familie geheißen, der Urgroßvater habe, um dem Militär zu entkommen, eine Insel verlassen und den Weg in die Großstadt Hamburg gefunden, wo er dann, kurz nach meiner Geburt übrigens, im Hafen von einer herunterfallenden Ladung erschlagen wurde.

Ich erzählte Thede davon. Er zeigte mir eine vergilbte Zeichnung, die eine Ansammlung großohriger Menschen rund um einen Tisch darstellte. Das Bild war seltsam unsymmetrisch, an der rechten Seite sah man noch einen kleinen Teil der Stube, und links schien es fast so, als habe jemand ein Stück abgeschnitten. An der Kopfseite saß ein Mann mit strengem Blick, außerdem eine Frau mit Haarknoten und einige Kinder.

»Das hat mein Urgroßvater Frerich gemalt.« Er tippte mit dem Finger auf einen vielleicht 14-jährigen Jungen. »Und das ist dein Urgroßvater Tönges. Der war drei Jahre älter.«

Kannst Du Dir ein merkwürdigeres Ereignis vorstellen, als plötzlich dem eigenen Ahn als Kind zu begegnen? Ernst sah er aus, zwar kräftig, aber seltsam unfertig. Wie einer meiner Schüler!

Da musste ich mich also zur Kur nach Langeoog begeben, um der Verwandtschaft meines Vaters zu begegnen. Bislang hatte ich nicht viel von ihr erfahren. Mein Vater spricht wenig über seine Familie. Ich glaube, das ist ihm zu weibisch. Mein Vater ist ein sehr stolzer Mensch, herrisch geradezu. Er wirft mir immer vor, nur als Reserveoffizier ohne wirkliche militärische Laufbahn zu dienen, was meiner schon als Kind kränkelnden Konstitution geschuldet sei. Habe ich Dir davon schon einmal erzählt? Vielleicht nicht, weil es mir ein wenig peinlich ist.

Immerhin wusste ich schon, dass in der väterlichen Familie die Namen immer getauscht wurden, andernfalls wäre es mir unmöglich gewesen, Thedes Ausführungen zu folgen. Mein Vater heißt Tönges Thoms, übernahm seinen Namen von meinem Großvater Thoms Tönges, der wiederum auf Tönges Thoms zurückgeht, eben jenen Flüchtling der napoleonischen Armee, wie mir nun mein neu gewonnener Cousin erläuterte.

Bei der fünften Tasse des guten mit Rum gewürzten Tees fühlte ich mich schon ganz zu Hause.

Mein Freund, ist es nicht ein Wunder, dass ich hier am Ende der Welt plötzlich Verwandte entdecke? Oder besser sie mich?

Meine allerbesten Grüße an Dich , Lotte und die Kinder!

Dein Thoms

Kein Wunder, dass Neupert nicht ans Telefon gegangen ist. Mein Gefühl sagte mir, dass er umgebracht worden war, weil er dem Falschen von den alten Briefen erzählt hatte. Und das bestärkte mich in meiner Überzeugung, dass der Typ auf eine entscheidende, goldträchtige Spur gestoßen war. Er wäre schließlich nicht der Erste, der wegen des schnöden Mammons ins Gras beißen musste. Mit wem hatte er noch darüber gesprochen? Wenn ihm das Herz immer so auf der Zunge gelegen hatte wie bei mir, konnte da eine ganz schöne Menge zusammenkommen. Meine Schwester würde gut zu tun haben, um den Falschen, nein den Richtigen, also den Mörder, da herauszufinden.

Erst einmal musste ich mich um vordringliche Dinge kümmern. Ich wollte mobil sein. Dank Frau Jensens Tipp, nicht im Zentrum, sondern an der Peripherie nach einem Leihfahrrad Ausschau zu halten, sparte ich glatt zehn Euro. Mein orangefarbenes Dreigang-Rad machte einen ziemlich soliden Eindruck. Es klapperte nicht wesentlich, war knallvoll aufgepumpt, und die Klingel funktionierte.

Um meine Gedanken in Bewegung zu halten, radelte ich drauflos, holperte über die Barkhausenstraße und die Willrath-Dreesen-Straße bei Gegenwind in Richtung Osten. Neupert war in Kassel ermordet worden. Möglicherweise von einem seiner zahlreichen Tagungskollegen. Frau Pommsen hatte jedoch auch etwas von privaten Terminen erzählt. Gab es alte Freundschaften oder auch Feindschaften, die gar nichts zu tun hatten mit dem Kongress in der Stadthalle?

Anfangs musste ich dauernd irgendwelche Freizeitsportler überholen. Da waren vielleicht Schnecken unterwegs! Wahrscheinlich fuhren die nur im Urlaub Rad. Für mich ist das zu Hause das Hauptverkehrsmittel. Deshalb bin ich ganz gut im Training. Ich kurvte zügig zwischen den kanaldurchzogenen Salzwiesen auf der rechten, den bewachsenen Dünen mit orange leuchtenden Sanddornsträuchern auf der linken Seite und einigen Touristenpulks auf dem Weg hindurch.

Neupert war so stolz auf die Briefe gewesen, sie seien wertvolle Zeugnisse des Lebens einfacher Leute aus vergangenen Tagen. Wenn er sie seinen Kollegen so angepriesen hatte, dann werden sie vielleicht kaum Interesse geweckt haben. Wenn er sich aber vielleicht interessant machen wollte und bei dem einen oder anderen durchblicken lassen hatte, dass sie einen Hinweis auf einen bislang nicht gehobenen Schatz enthielten, dann konnte er natürlich auch Begierden geweckt haben.

Als links auf einer Wiese schottische Hochlandrinder mit beeindruckenden Hörnern auftauchten, machte ich eine kurze Pause, um ihnen beim Wiederkäuen zuzusehen. Mein erneutes Durchkauen aller bekannten Fakten war leider weniger erfolgreich. Allerdings drängte sich ein neuer, beunruhigender Gedanke auf: Falls Neupert wegen der verborgenen Reichtümer sterben musste, waren dann nicht alle gefährdet, die ebenfalls danach Ausschau hielten?

Aber vorerst dürfte ich nicht in Gefahr sein, denn ich war in meinen Recherchen ja noch gar nicht weit gekommen. Doortje Bernsen war meine heißeste Spur. Mit ihr müsste ich dringend Kontakt aufnehmen. Morgen im Seemannshus. Im Telefonbuch stand sie nämlich nicht, wie ich eben bei einem kurzen Stopp an der Postfiliale im Supermarkt herausfand. Wem gehört eigentlich ein wiederentdeckter Wertgegenstand? Dem, der danach gesucht hat? Wäre fair, aber es gibt vermutlich eine Regelung, dass die noch lebenden Nachfahren was abkriegen. Womöglich sogar den Löwenanteil. Oder das Ganze wird als historisch wichtig für die Allgemeinheit angesehen und landet in einem Museum. Und der ehrliche Finder bekommt nur einen feuchten Händedruck zum Dank. Das geht natürlich nicht. Ich war wild entschlossen, in diesem Urlaub reich zu werden.

Ich hängte mich ans Telefon und schaffte es, nach zahlreichen Gesprächen zu einem Organisator der Historikertagung vorzudringen, der auch noch sofort Zeit für mich hatte. Ich besuchte ihn in seiner mit Büchern vollgestopften Gelehrtenwohnung.

Herr Elba erwies sich als ein älterer Herr mit grauem, in alle Richtungen wild abstehendem Haarkranz. Ein offener, zerknitterter Hemdkragen, darüber ein Wollpullunder.

»Kriminalpolizei? Du meine Güte! Wieso denn das?«

»Einer Ihrer Kongressteilnehmer, Herr Neupert, ist möglicherweise in der Fulda ertrunken. Lesen Sie denn keine Zeitung?«

»Doch, aber nicht die Kasseler HNA. Neupert tot?« Elba strich sich hektisch über die Glatze.

»Kennen Sie Herrn Neupert?«

»Ja, aber nur flüchtig.«

»Ist er ein bekannter Mann in Historikerkreisen?«

»Nein, er ist ja, streng genommen, nicht einmal richtiger Historiker, eher ein interessierter Laie. Obwohl er ein paar Semester Geschichte studiert hat. Er hat vor zehn Jahren das historische Forschungsinstitut in Bensersiel gegründet, das die lokale Geschichte ein wenig aufarbeitet.«

»Was muss ich mir darunter vorstellen?«

»Dokumente aus vergangenen Zeiten. Angefangen vom Einkaufszettel, Fahrscheinen für die Pferdekutsche, Plakate von Veranstaltungen, private Briefe, Tagebücher, auch ein paar gut restaurierte Bücher, die es aber teilweise bereits in Bibliotheken gibt. Eine Mischung interessanter, aber aus Historikersicht wohl eher unbedeutender Funde.«

»Es ist bestimmt nicht ganz billig, so ein Institut zu unterhalten.«

»Das ist, pardon war, für Neupert kein Problem. Der schwamm im Geld. Er muss Unsummen da hineingesteckt haben.«

»Woher hat er so viel?«

»Geerbt. Seine Familie hat viele Millionen gemacht. Manche behaupten hauptsächlich zu Zeiten des Zweiten Weltkriegs, aber ich möchte da keine falschen Verdächtigungen schüren.«

»Hat Herr Neupert Feinde?«
»Nein, aber gewiss Neider. Und davon jede Menge.«
»Wen zum Beispiel?«
»Das kann ich jetzt wirklich nicht …«
»Gehören Sie dazu?«
»Also wirklich! Unverschämtheit!«
»Wissen Sie etwas über Neuperts familiäre Verhältnisse?«
»Nein. Ich kenne ihn nicht sehr gut. Nur von Tagungen.«

Um reich zu werden, musste ich erst einmal investieren. Nach der Rückkehr von der Ostspitze, die mich mit ihrem breiten Strand und dem vielstimmigen Möwenchor sehr beeindruckte, begab ich mich auf die Suche nach inselspezifischer Literatur in die Buchhandlung Inge Krebs. In diesem herrlich opulenten Angebot fand ich wahre Schätze, Bücher mit alten Postkarten und Fotos, zusammengetragen von einem ehemaligen Lehrer der Inselschule. Weitere alte Chroniken. Und Reiseführer mit zeitgenössischen Tipps. Die junge Buchhändlerin informierte mich, dass ein brandaktuelles Werk über das Leben auf Langeoog in vergangenen Zeiten, dargestellt am Beispiel einer Familie, gerade ausverkauft sei, sie aber in den nächsten Tagen einen neuen Stapel erwarte. Ich war nicht wirklich böse deswegen, da die ausgesuchten Bücher sowieso schon ein gehöriges Loch in die Urlaubskasse rissen. Immerhin hoffte ich, damit unterm Strich ein sattes Plus einzufahren.

Da mein Magen wie verrückt knurrte, ging ich erst einmal essen. Natürlich wieder ins Nordseehotel Kröger. Die Kellnerin erkannte mich freundlich lächelnd und wies mir einen kleinen Tisch mit gestärkter weißer Decke zu, auf dem eine Kerze romantisch vor sich hin flackerte. Ich entschied mich für ein Fischgericht und orderte die Weinkarte. »Ihr Restaurant ist mir übrigens besonders empfohlen worden«, ließ ich einen Versuchsballon los, »von Herrn Neupert.«

»Ach! Das freut mich. Denn er hat sich letztes Mal beschwert, dass ihm die Gnocchi etwas zu fest waren.« Die dunkelhaarige, zierliche Kellnerin war noch sehr jung und wahrscheinlich frisch im Geschäft, sonst hätte sie mir das mit den Gnocchi garantiert nicht erzählt. Zumal ich welche bestellt hatte. Mein Puls beschleunigte sich leicht. »Es ist manchmal nicht ganz einfach mit einigen Gästen. Ich kenne das aus Erfahrung. Ich arbeite in einem Restaurant in Kassel.«

Das Lächeln der Kellnerin wurde noch breiter und herzlicher. »Das war wirklich unangenehm. Er verlangte den Küchenchef zu sprechen, dabei waren die Gnocchi völlig in Ordnung, und er hatte sie schon häufiger bestellt, ohne jemals etwas zu beanstanden. Seine Frau hat ihn dann zurückgehalten. Der war das wohl voll peinlich.«

»Kommt er öfter hierher?«

»Ja, mit seiner Frau. Frau Pommsen und er machen manchmal einen Kurzurlaub auf Langeoog. Geht ja auch schnell, wo er in Bensersiel wohnt.« Da war Frau Pommsen also seine Frau!

»Wohnt er dann hier im Hotel?«

»Nicht, wenn ihre Freunde auch auf der Insel sind, die hier ein Ferienhaus haben.«

»Sie wissen nicht zufällig, wie die heißen?«

»Doch, das ist das Ehepaar Stedeler. Die haben ein Weingut an der Mosel, das wird aber von den Kindern bearbeitet. Er macht gelegentlich noch den Vertrieb. So haben sie oft Zeit für einen Inselaufenthalt. Normalerweise schenken wir den flaschenweise aus, aber ich kann ja mal fragen, ob ich für Sie eine Ausnahme machen darf.«

»Da sag ich doch nicht nein. Herr Neupert hat mir erzählt, dass er nächste Woche wieder herkommen wollte.«

»Stimmt genau. Wir haben schon den runden Tisch mit dem Sofa für ihn und die Stedelers reservieren müssen. Ich hole Ihnen mal den Wein.«

Ich lächelte freundlich und beschloss, dass weiteres Nachbohren strategisch unangebracht wäre. Dann könnte die Kellnerin Verdacht schöpfen und gar nichts mehr sagen.

Der Wein war sehr edel, optimal zum leckeren Fisch mit wunderbar weichen, frisch gekochten Gnocchi und lieferte mir den Vorwand, nach Stedelers Adresse zu fragen.

»Genau kann ich Ihnen das nicht sagen. Aber das ist hier in der Nähe.«

Hoffentlich standen die im Telefonbuch der Insel. Sonst müsste ich an der Rezeption nachfragen.

Nach dem Essen las ich mich, immer wieder an dem Wein nippend, kreuz und quer durch die neu erworbenen Bücher. Äußerst interessant, wirklich, nur leider nicht sehr aufschlussreich im Hinblick auf Schiffer Bernsen. Aber ich entdeckte mögliche Familienmitglieder von ihm: Es gab alte Fotos von 1908, auf denen ein gewisser Thede Bernsen auf einem Kutschbock saß und sein ernstes, wettergegerbtes Gesicht in die Kamera hielt. Manno Bernsen war dabei abgebildet, wie er eine Wagendeichsel reparierte, während zwei kleine Kinder um ihn herumsprangen. Und eine Elske Bernsen hielt einen kleinen Garten in Schuss. Keiner von ihnen sah wohlhabend aus, als habe er einen Schatz entdeckt.

Brief des Lehrers Thoms Tönges Bernsen an Hinrich Herrmann
Donnerstag, 14. Juli 1910

Mein lieber Freund!
Mir ist eingefallen, dass meine Großmutter Berta vor längerer Zeit etwas über die väterliche Verwandtschaft erzählt hat. Ich war vielleicht elf Jahre alt. Als Bube war mein Interesse für verblichene Angehörige nicht sehr ausgeprägt, wie Du Dir denken kannst, trotzdem fallen mir jetzt nach und nach wieder einige dieser Geschichten ein. Berta verstand sich außerordentlich gut mit ihrer Schwiegermutter, deren Namen ich nicht mehr weiß. Die hatte anfangs kein sehr einfaches Leben geführt. Allein mit ihrem kleinen Jungen, musste sie sich nach dem plötzlichen Unfalltod ihres Mannes auf viele Arten durchschlagen, bis sich ein recht wohlhabender, älterer Schiffer in sie verliebte, sie zu seiner zweiten Frau machte und für den Sohn Thoms Tönges, meinen Großvater, Sorge trug. Dessen Vater Tönges Thoms war Berta zufolge die große Liebe ihrer Schwiegermutter. Stundenlang hatte sie Berta von ihm berichtet. Was mich jetzt irritiert, ist folgendes. In diesen Gesprächen war von drei Söhnen und vier Töchtern der Familie die Rede gewesen. In Thedes Erzählungen gab es jedoch nur Stientje, Martje, Aatge und Jantje, sowie Tönges und Frerich. Aber vielleicht habe ich das auch falsch in Erinnerung.

Kannst Du Dir eigentlich vorstellen, wie es hier zugeht? Dann lies mal, was ich in meinem Grieben Reisebuch gefunden habe:

»Aus dem Dorfe, dessen ursprünglich weit zerstreute Häuser mit Neubauten sich immer dichter um die freundliche, vom Kloster Loccum erbaute Kirche drängen, führt der wohlgepflasterte Weg vorüber an der Kaap-Düne, wo sich abends die Badegäste zu sammeln pflegen, um die Sonne im Meer versinken zu sehen. Großstadtgenüsse werden auf Langeoog nicht geboten, wohl aber die Möglichkeit, in ländlicher Ruhe, bei regem geselligen Verkehr der Gäste untereinander, lediglich dem Zwecke geistiger und leiblicher Erholung zu leben.«

Ich muss zugeben, dass solcher Müßiggang mir zu gefallen beginnt.

Während ich noch überlegte, ob ich meine neu gewonnene Verwandtschaft schon wieder behelligen könne, hatten meine Beine schon eine Entscheidung gefällt und schritten munter dorthin.

Tatsächlich war Thede anwesend, sichtlich erfreut, mich zu sehen. Er bot mir gleich einen Tee an, den ich dankend nahm. Natürlich kamen wir nach kurzer Zeit wieder auf unsere Familiengeschichte zu sprechen. Ich erzählte von den Erinnerungen meiner Oma.

»Wenn Geschichten um so viele Ecken herumgehen, hat man schnell mal ein oder zwei Brüder mehr oder weniger«, sagte Thede.

Da eine fröhliche, resolute Frau den Raum betrat, wurde unser Gespräch unterbrochen. Ich hatte den Eindruck, das sei Thede ganz recht. Es hatte eine Reserviertheit in seiner Stimme mitgeklungen, die mich irritierte. Außerdem verstand ich ihn nicht. Die Schwiegermutter hatte meiner Oma berichtet und die mir. Das war doch nahezu eine Mitteilung aus erster Hand. Als Thede die Vorstellung übernahm, klang er jedoch wieder ganz herzlich: »Meine Frau. Elske. Und das ist Thoms Tönges.«

Elske lud mich sogleich zum Essen ein. Sie kletterte auf einen Stuhl, um den Schinken herunterzuholen, der in Gesellschaft merkwürdiger gelbgrüner Gebilde hing. Sie waren auf Bindfäden quer von Holzbalken zu Holzbalken gespannt. Elske erklärte mir, es seien Bohnen, die durch das Auffädeln und Trocknen unter der Decke haltbar gemacht würden. Sprach's, kletterte erneut auf den Stuhl, schnippelte einige Fäden ab und legte die geschrumpelten Früchte in Wasser ein. Die gäbe es morgen zu essen. Ich würde doch kommen? Dann schnitt sie großzügig vom Schinken ab, ebenso von einem Brotlaib. Die selbstverständliche Gastfreundlichkeit dieser Menschen gibt mir ein warmes Gefühl von Zusammengehörigkeit. Rührt mich geradezu. Familie! Sonst habe ich ja nur meine Mutter und meinen sehr spröden Vater. Und Dich natürlich. Gott sei es gedankt!

Dein Thoms

Mittwoch, 8. Oktober 2008

Morgendliche Soko-Sitzung.

»Lewinsky, was hast du in Sachen Hotel herausgefunden?«

»Emerich Neupert war in Kaisers Wellness-Oase einquartiert. Das ist das neue Hotel am Fuldaufer. Nobler Schuppen mit Swimmingpool und Sauna.« Lewinsky hob seinen Kaffeebecher an, um die darunter liegenden Zettel in Augenschein zu nehmen. »Der ist zwar offiziell immer noch da eingecheckt, aber keiner hat ihn mehr gesehen seit Sonntag.«

»Die Historiker-Tagung ging bis Sonntagmittag. Habe ich in der HNA nachgelesen.«

»Hast du die extra aus dem Altpapier gefischt?«, grinste Lewinsky.

»Man fragt sich, warum ist Neupert hiergeblieben?«, erwiderte ich unbeeindruckt. Wenn ich mich über jede unangemessene Bemerkung von Lewinsky aufregen würde, käme ich nicht mehr zu wichtigen Dingen.

»Keine Ahnung. Er wollte den Abreisetermin flexibel halten, was dem Hotel in den Kram passte, weil es nach der Tagung nicht gerade an Überfüllung litt.«

»Wann am Sonntag haben sie Neupert zuletzt gesehen?«

»Irgendwann am Nachmittag ist er ins Hotel zurückgekommen, aber wohl nur für kurze Zeit.«

»Hast du eine Liste der übrigen Hotelgäste?«

Lewinsky legte einen Zettel auf den Tisch.

»Hast du die Spurensicherung verständigt?«

»Ich mache immer das, was du als *Chefin* mir aufträgst. Von Spurensicherung habe ich nichts gehört. Aber ich habe dafür gesorgt, dass das Hotelzimmer abgeschlossen wird.« Er grinste frech.

Wahrscheinlich hatte er mal wieder ein Date mit einer aufgedonnerten Blondine und deshalb weder Zeit noch Lust gehabt, länger als bis zum offiziellen Dienstschluss zu arbeiten.

»Das hättest du gestern gut noch schaffen können. Während einer Morduntersuchung gibt es keine festen Dienstzeiten. Notfalls geht die rund um die Uhr.«

»Besonders wenn man, wie du, kein Privatleben hat.«

Ich schluckte meinen Ärger hinunter. »Nimm jetzt endlich mit einem Team der Spurensicherung Neuperts Hotelzimmer auseinander. Lewinsky, wir brauchen eine Liste sämtlicher Gegenstände in Neuperts Besitz. Tina und Huber, könnt ihr das Hotelpersonal befragen?« Ich war mir nämlich ziemlich sicher, dass Lewinsky, außer mit dem Angestellten an der Rezeption mit niemandem gesprochen hatte. »Danach wäre es gut, wenn ihr euch alle zusammen die Liste der Hotelgäste vornehmen würdet. Rubisch, kannst du damit schon anfangen? Telefonnummern ermitteln, Leute anrufen.«

»Gib mal her, den Zettel.«

»Es ist nicht klar, ob wir es mit einem Mord zu tun haben. Vielleicht auch mit Totschlag und unterlassener Hilfeleistung. Nur Selbstmord und Unfall können wir inzwischen wohl ausschließen. Die Spurensicherung hat einen Stein gefunden, der einige Meter neben dem Fundort des Knopfes in einem Gebüsch lag. Vermutlich dort hineingeworfen. Zu unserem Glück ist er in einer Astgabel hängen geblieben. So haben sich auf seiner Unterseite trotz des Regens einige Blutflecken erhalten, die gerade untersucht werden.«

»Wenn ich jemandem den Schädel einhauen wollte, würde ich den Stein anschließend in die Fulda schmeißen«, verkündete Lewinsky. »Das wäre eine sichere Sache. Keine Fingerabdrücke, keine Spuren. Reste vom Blut wären einfach abgewaschen. Selbst ein Taucherteam, das man in die Brühe runterschicken würde, könnte nichts Verdächtiges finden.«

»Das würde jeder Idiot so machen, der den Mord geplant hat. Wir können deshalb davon ausgehen, dass der Täter im Affekt gehandelt hat und keineswegs planvoll vorgegangen ist«, gab ich zurück. »Ansonsten haben die Experten übrigens wenig Hoffnung, dass brauchbare Indizien vom Flussufer eingesammelt worden sind. Vielleicht gewänne das eine oder andere an Bedeutung, wenn wir einen Tatverdächtigen präsentieren könnten, also gebt Gas!«

»Sind keine Fingerabdrücke an dem Stein?«, wollte Rubisch wissen.

»Raue Oberfläche und Regen. Da findest du nichts mehr, was der Beweisaufnahme dienen könnte.« Ich pfiff nach Fricko. Er musste dringend raus, und vielleicht würde ein Spaziergang meinen Kopf freipusten.

Beim Frühstück überlegte ich, was Luise wohl herausbekommen hatte. Sie hatte sicher gestern gewissenhaft das gemacht, was ich auch getan hatte, nämlich Neuperts Nummer nachgeschlagen. Danach hatte sie vermutlich angerufen.

Ich zückte mein Handy.

»Guten Tag, Frau Pommsen.«

»Frau Wiese, ich will gerade losfahren.« Auf Luise war doch Verlass!

»Ganz kurz nur, Frau Pommsen. Hatte Herr Neupert in der letzten Zeit Probleme oder Konflikte mit anderen?«

»Nicht, dass ich wüsste.«

»Hatte er Feinde oder Neider?«

»Hören Sie, ich bin ganz durcheinander. Gestern haben Sie gesagt, dass ich nach Kassel kommen soll, um eine Wasserleiche in Augenschein zu nehmen, und jetzt scheinen Sie doch ganz sicher zu sein, dass die Leiche mein Lebensgefährte ist.«

»Entschuldigen Sie, das muss hart für Sie sein, ich weiß. Aber je schneller wir weiterarbeiten, desto eher können wir herausfinden, was genau geschehen ist Und da im Moment nur Herr Neupert als Opfer in Betracht kommt, ermitteln wir in dieser Richtung weiter, auch wenn Sie seine Identität noch nicht bestätigt haben. Wir müssen den Mörder so rasch wie möglich finden. Das verstehen Sie doch.«

Pause. Dann: »Mörder? Emerich ist nicht einfach so ertrunken, sondern ermordet worden? Um Gottes willen!«

Hatte Luise das vergessen zu erwähnen? »Frau Pommsen, es tut mir leid. Wir sind keineswegs sicher. Es kommen verschiedene Möglichkeiten in Betracht. Totschlag, vielleicht auch ein unglücklicher Unfall. Auf jeden Fall müssen wir schnell handeln, sonst werden die Spuren kalt.«

»Bitte lassen Sie uns nachher darüber reden, ich muss los, sonst komme ich nicht mehr rechtzeitig zu unserem vereinbarten Termin in Kassel. Bis später.«

Nicht sehr ertragreich.

Ich rief im Institut an, mit etwas tieferer Stimme als gestern.

»Historisches Institut Bensersiel, Seesen am Apparat. Was kann ich für Sie tun?«, flötete es.

»Guten Tag, Leu hier«, das war der Mädchenname meiner Oma, »könnte ich bitte Herrn Neupert sprechen?«

»Es tut mir leid, der ist im Moment nicht da. Worum geht es denn?«

»Ich bin Studentin, schreibe an meiner Diplomarbeit und würde gern historische Quellen einsehen. Als ich Herrn Neupert letzte Woche bei der Tagung in Kassel traf, berichtete er mir von alten Briefen eines Lehrers, der um die Jahrhundertwende zur Kur auf Langeoog war. Und hat gesagt, dass ich die verwenden könne.«

»Das wird sicherlich möglich sein. Allerdings hat Herr Neupert meines Wissens die Dokumente mitgenommen. Er hat leider nicht gesagt, wann genau er zurückkommt.«

»Das ist aber schade!« Mich durchzuckte ein Gedanke. »Sie haben nicht zufällig eine Kopie?«

»Das kann ich Ihnen nicht sagen. Vielleicht weiß das unser Leiter, Herr Dr. Overberg. Aber der ist heute noch nicht im Haus. Wenn Sie möchten, notiere ich Ihre Nummer. Dann kann Herr Neupert oder vielleicht auch Dr. Overberg sie zurückrufen.«

»Danke, ich probiere es einfach noch einmal.« Gerade noch rechtzeitig war mir eingefallen, dass es keine gute Idee wäre, wenn Frau Seesen die Telefonnummer von Frau Leu notierte. Außerdem wusste ich im Gegensatz zur Vorzimmerdame, dass Neupert nicht zurückkehren würde. Oder tat sie nur so? Ein Duplikat der Briefe wäre hilfreich gewesen. Vielleicht hatte Neupert zu Hause eins. Als ich die Nummer eingeben wollte, erinnerte ich mich daran, dass Frau Pommsen soeben in ihr Auto gestiegen war. Trotzdem ließ ich es klingeln. Man kann ja nie wissen. Aber sie war tatsächlich ausgeflogen.

Wenn Overberg nicht im Institut war, war er vielleicht noch zu Hause. Nichts wie hin. Die Dünenherberge, wo ich wohne, trägt ihren Namen zu Recht. Sie liegt am äußersten Ende der Mittelstraße noch hinter dem Wasserwerk mit dem kleinen Museum. Ich schwang mich auf meinen Drahtesel und flitzte los. Die Sanddornbüsche machten schnell Häusern Platz. Als ich in die Barkhausenstraße einbog, rief ein Opa hinter mir her: »Sie müssen absteigen!« Wieso denn das? Die Straße war doch breit genug für mich und ein paar herumstromernde Touristen, auch wenn ich wegen herumliegender Pferdeäpfel Slalom fahren musste. Über holpriges Pflaster rumpelte ich an der Abzweigung zum Kurbetrieb vorbei und an einer weiteren zum Hospiz, wo sich früher kranke Pastoren kurieren sollten. Schließlich links hinein zum Gerk-sin-Spoor. Leider gab es keinerlei Reaktion auf mein Klingeln. Ich müsste es später probieren.

Mit Neupert kam ich anscheinend gerade nicht weiter. Ich beschloss, dem Schifffahrtsmuseum einen Besuch abzustatten. Vielleicht gab es dort etwas Interessantes, das mir bei der Schatzsuche weiterhalf. Zunächst versuchte ich, mir einen Überblick zu verschaffen. Das Ganze erschien mir ziemlich kriegslastig. Gab es denn hier keine spezielle regionale Abteilung? Mit schön komprimierten, wesentlichen Informationen? Das Museum hatte sich mittlerweile gefüllt. Eltern mit Kindern, ältere Herren mit Halbglatze und Bauch, die ihre Lesebrille aus der Tasche zogen und näher an die Exponate herangingen. Plötzlich ein Riesengeschrei. »Haltet den Dieb!« Bewegung. Einige Personen rannten an mir vorbei, mich unsanft zur Seite stoßend, dass ich beinahe auf eines der sorgfältig geklebten Schiffsmodelle gefallen wäre. In letzter Sekunde konnte ich mich an der Wand abstützen.

Meine kriminalistische Neugierde erwachte. Berufskrankheit, Sie wissen ja, Krimiautorin! Ich wandte mich an den Museumswächter: »Was ist denn los?«

»Ich glaub, der hat was geklaut. Er hatte etwas in der Hand, als er losgerannt ist.«

»Was war es denn?«

»Ich weiß es noch nicht«, musste der Wächter zugeben.

Ein junger, sportlich wirkender Mann, gefolgt von einem stark schnaufenden Herrn in den vermeintlich besten Jahren, kam leicht außer Atem zurück: »Wir haben ihn nicht gekriegt.«

»Der Raum ist ab sofort gesperrt.« Der Herr des Museums schloss die Tür zu. »Tut mir leid!« Gleichzeitig hob er sein Handy ans Ohr »Habbo, komm mal schnell her. Hier hat einer was mitgehen lassen. – Ja, richte ich aus.« Dann wandte er sich wieder an die Besucher: »Sie werden gebeten hierzubleiben, bis zum Eintreffen der Polizei.«

Cleveres Kerlchen, dieser Habbo, hätte ich der Inselpolizei gar nicht zugetraut. Aber weggehen wollte ohnehin keiner. War doch spannend! Stattdessen begann man, aufgeregt miteinander zu diskutieren. Selbst ein pubertäres Mädchen, das sein Desinteresse an dem Museum – war es zu einem Familienausflug mitgeschleppt worden? –mit dem Tragen von Ohrstöpseln demonstriert hatte, beteiligte sich an den Gesprächen. Wenig später erschien Habbo, dunkelblau gekleidet in einer besonders gut gebügelten Polizeiuniform. Irgendwie wirkte er eher wie der Kapitän eines Ausflugsdampfers. Der seemännische Eindruck wurde verstärkt durch den sorgfältig geschnittenen blonden Vollbart. Das Gesicht mit den wasserblauen Augen darüber war ziemlich jung.

Der Museumswärter blieb zurück, wohl um eine Bestandsaufnahme zu machen, während Habbo uns zu den im Viereck aufgestellten Bänken außerhalb der Museumsräume führte und uns bat, dort Platz zu nehmen.

»Hat jemand von Ihnen den Dieb gesehen?«

»Ja«, sagte der sportliche, aber erfolglose Verfolger, »der Museumswärter schrie, da ist der Typ losgerannt, ich bin gleich hinterher.«

»Ich auch!«, betonte der weniger dynamische, aber doch entschlossene Mann. »Ich bin der Meinung, dass es auch eine Frau gewesen sein könnte. Er oder sie hatte einen Fleece-Pullover an, einen Schal im Gesicht und eine Kappe auf.«

»Welche Farbe?«

»Dunkelblau, glaube ich.«

»Nein, der war schwarz«, widersprach der andere.

Inselpolizist Habbo zog die Augenbrauen zusammen. »Können Sie den Dieb genauer beschreiben?«

»Also, der war blond.«

»Glaube ich nicht. Den Eindruck hatte man nur, weil die Mütze gelb war.«

»Eine Sonnenbrille hatte er auf.«

»Er war ungefähr 1,80 Meter groß.«

»Da muss ich Ihnen widersprechen. Er war kleiner. Und es war eine Frau.«

»Nein, ein untersetzter Mann.«

»Keinesfalls. Er war schlank, sportlich und durchtrainiert.«

Habbo guckte etwas ratlos von einem zum anderen.

»Sie hatte zierliche Füße und die coolen Puma-Schuhe an, die ich auch haben will. Weiß mit schwarzen Streifen «, meldete zu aller Überraschung das Mädel mit den Ohrknöpfen. »Das war ganz sicher eine Frau«, fügte sie hinzu.

»Ich hatte angenommen, das wäre ein Mann, weil er so schnell weglief«, rechtfertigte sich der Sportliche.

Dann sagte niemand mehr was.

»Sie haben also einen ziemlich dunkel gekleideten Menschen, wahrscheinlich eine Frau mit Kappe, weißen Turnschuhen und Sonnenbrille weglaufen sehen. Das ist alles?«

Ein paar Leute nickten.

Da kam der Museumsleiter angestürzt. »Habbo, er hat den Kompass geklaut und das Fernglas.«

»Was für'n Fernglas, Frieder?«

»Ich habe doch einen neuen Raum aufgebaut, Geschichte der Langeooger Schiffer. Da habe ich ein paar Exponate zusammengetragen, hier aus der Gegend. Ein altes Boot, original, nicht restauriert von 1814. Ein paar Netze, Gerätschaften, mit denen die früher losgezogen sind. Transportfässer. Was die halt so brauchten. Und da war auch ein altes Fernglas bei und ein Kompass. Die sind jetzt nicht mehr da. Dabei waren beide kaputt, das Glas blind, die Nadel vom Kompass hing fest. Waren auch von 1814.«

»Das klingt sehr interessant. Den Raum würde ich gern sehen.« Meine ganze Aufmerksamkeit war jetzt wieder bei der Zeit, über die ich unbedingt mehr erfahren wollte. Aber Frieder holte mich schnell in die Gegenwart des Museumsraubs zurück.

»Nicht jetzt, junge Dame. Da muss ich noch ein paar Sicherheitsvorkehrungen ergreifen, ehe ich den wieder aufmache.«

Herr Elba hatte mir kommentarlos eine Liste mit 150 Namen gefaxt. Wahrscheinlich war er immer noch beleidigt, dass ich ihn als Menschen einschätzte, der Neupert beneidete. Also stimmte es vermutlich. Ein Vergleich mit Lewinskys Übersicht der Hotelgäste erbrachte, dass das Hotel von Historikern ausgebucht war, die nun alle zu kontaktieren waren. Das sah nach echter Fleißarbeit aus.

»Die Befragung des Hotelpersonals hat aber nichts ergeben, was wir nicht schon wussten. Sie mussten die Hotelbar in Neuperts Zimmer regelmäßig nachfüllen«, informierte uns Huber.

»Viele Gäste haben an dem Sonntagmittag ausgecheckt, wahrscheinlich damit sie am Montag wieder pünktlich bei der Arbeit erscheinen können«, ergänzte Tina, »aber ein paar sind auch geblieben. Weil sie sich Kassel anschauen wollten, wie der Mann an der Rezeption mitteilte.«

»Das sind die interessanteren Kandidaten«, befand ich.

»Nicht unbedingt.« Alles, was ich sage, reizt Lewinskys Widerspruchsgeist. »Wenn jemand vorhatte, Neupert eins über die Rübe zu geben, wäre es schlau gewesen, auszuchecken und in einem anderen Hotel zu übernachten, womöglich außerhalb von Kassel. Vielleicht irgendwo auf dem Weg nach Hause. Oder, noch besser, abseits vom Heimweg. Ein Umweg, der komplett ablenkt. Wo wir hundert Jahre suchen müssten, um das rauszukriegen«, fügte er vorsichtshalber hinzu.

»Unser bisheriges Täterprofil spricht gegen deine Theorie. Es sieht mehr nach spontanem Totschlag als nach geplantem Mord aus.«

»Oder es ist ein als Totschlag getarnter vorsätzlicher Mord.«

»Wie du selbst bemerkt hast, hat sich der Täter nicht sehr professionell des Steins entledigt.«

»Vielleicht hat er ihn absichtlich ins Gebüsch geschmissen, damit wir an einen Totschlag glauben.«

»Und wie willst du ihm das beweisen, wenn es so sein sollte?«

»Also, die Liste«, beendete Tina dieses sinnlose Scharmützel.

»Wenn wir wissen, wann die Leute ausgecheckt haben, können

wir das vergleichen mit Angaben darüber, wann sie zu Hause angekommen sind«, erläuterte ich.

»Logisch!« Lewinsky war offenbar der Ansicht, dass das nicht erwähnenswert war. Der Typ wurde immer unangenehmer. Hoffentlich baute er bald mal so großen Mist, dass ich ihn so richtig zusammenfalten könnte.

Ein Blick auf die Uhr zeigte, dass in Kürze Marlies Pommsen, die Lebensgefährtin des Opfers, zu erwarten war. »Teilt euch die Namen auf der Liste auf und ermittelt, mit wem Neupert geredet, ein Bierchen getrunken, vielleicht abends etwas gegessen hat. Versucht herauszufinden, welche Rolle Neupert bei dem Kongress gespielt hat. Hat er sich aktiv eingeschaltet? Ist er mit jemandem in Streit geraten? Und klärt, wann die anderen Teilnehmer zu Hause angekommen sind und wer das bezeugen kann.«

»Dem Typ gehörte praktisch das historische Forschungsinstitut Bensersiel«, warf Rubisch ein. Er drehte seinen Zettel zwischen den Händen. »Aber geleitet hat er es nicht. Auf ihrer Homepage habe ich eine Mitteilung gefunden, dass sie seit letztem Monat einen neuen Chef haben, einen gewissen Dr. Alexander Overberg. Er hat Professor Massmann abgelöst.«

»Was macht Massmann jetzt?«

Rubisch zuckte die Achseln. Ich warf Tina einen entnervten Blick zu. Sie verstand, nickte und machte sich eine kurze Notiz.

»Und was macht die Chefin während wir arbeiten?«, Lewinsky zog forsch die rechte Augenbraue nach oben.

»Ich erwarte die Lebensgefährtin des mutmaßlichen Opfers und fahre sie zur Identifizierung in die Rechtsmedizin. Möchtest du das gern übernehmen?« Ich erhob mich. »Fricko, du bleibst brav unter dem Schreibtisch liegen!«, bestimmte ich, als der aufstehen wollte. »Vielleicht hat die Dame ja Angst vor Hunden.«

Wie sich herausstellte, war diese Sorge unbegründet.

Marlies Pommsen war eine etwas füllige Frau Ende 50. Blonde, am Ansatz weißgelbe Haare. Sie wirkte robust, wenn auch leidend.

»Schön, dass Sie kommen konnten.«

»Sie meinen wohl eher: kommen mussten. Sie würden sicher

auch alle Termine hinten anstellen, wenn Ihr Lebensgefährte möglicherweise ermordet wurde.«

Moment mal! Das hatte ich ihr gar nicht erzählt. Wie kam die denn auf die Idee? Das machte sie verdächtig! Ich würde sie auf Herz und Nieren prüfen müssen.

Bald steuerten wir die Rechtsmedizin an.

Er war es. Natürlich. Ich beobachtete Frau Pommsen genau. Sie blieb relativ gefasst. Vielleicht war es der Schock. Oder sie war eine gute Schauspielerin.

»Wie ist er …? Ich meine, warum …«

»Ihr Lebengefährte wurde tot im Wasser aufgefunden. Über die Umstände seines Todes, sofern wir sie bereits ermitteln konnten, würde ich gerne an einem anderen Ort mit Ihnen sprechen. Soll ich Sie zu einem Hotel bringen? Ich halte es für keine gute Idee, heute nach Bensersiel zurückzufahren.«

»Ich möchte in das Hotel, wo Emerich war.«

Wir holten ihr Auto ab und fuhren zu Kaisers Wellness-Oase. Vor der unbesetzten Rezeption im dezent teuren Ambiente, mussten wir einige Minuten warten. Schließlich erschien ein Hotelangestellter in Anzug und eleganter Krawatte, schenkte uns ein strahlendes Lächeln und überreichte Nr. 13, auf Frau Pommsens ausdrücklichen Wunsch. Für Emerich Neupert, der in diesem Zimmer gewohnt hatte, war das definitiv keine Glückszahl gewesen.

Ehe ich Frau Pommsen ihrer echten oder vorgeblichen Trauer überließ, musste ich jedoch dringend an Informationen kommen. Ich begleitete sie hinauf. Nachdem ich die Reisetasche auf die Ablage gestellt und ein Mineralwasser aus dem Kühlschrank eingeschenkt hatte, setzte ich mich zu ihr in die geräumige Sitzecke.

Sie drehte das Glas zwischen den Händen hin und her. »Ich verstehe überhaupt nicht, was passiert ist.«

»Das versuchen wir gerade herauszufinden. Herr Neupert hatte eine Verletzung am Kopf und war möglicherweise nicht bei Bewusstsein, als er ins Wasser fiel.«

»Eine Verletzung? Woher?«

»Von einem Stein.«

»Vielleicht ist ihm schwindelig geworden, und er ist gestürzt.«

»Möglich. Haben Sie eine Idee, warum er abends im Regen am Fuldaufer herumlief?«

»Nein. Überhaupt nicht. Emerich geht, ging nicht gern spazieren.«

Sie schloss gequält die Augen.

»Es tut mir wirklich leid, Sie jetzt damit behelligen zu müssen, aber es ist wichtig.«

»Was wollen Sie denn unbedingt wissen, ehe Sie mich endlich allein lassen?«

»Hier ist eine Liste mit den Gegenständen, die wir im Hotelzimmer gefunden haben. Können Sie die vergleichen mit dem, was er mitgenommen hat?«

Sie streckte ihre Hand aus und ließ sie mitsamt dem Zettel kraftlos sinken.

»Das können Sie auch später machen», half ich schnell, wobei ich mich fragte, ob ihre Schwäche gespielt war. »Wann wollte Herr Neupert eigentlich nach Hause kommen?«

»Das war nicht so klar. Er hatte vor, nach der Tagung seine Tochter in Söhrewald zu besuchen.«

»Seine Tochter?«

»Ja, aus erster Ehe.«

»Name und Adresse?«

»Sandra. Heißt jetzt Bauer. Adresse weiß ich nicht auswendig. Müsste ich nachgucken.«

Da wäre ich vermutlich schneller. »Wie war die Beziehung von Herrn Neupert zu seiner Tochter?«

»Normal. Mal verstanden sie sich gut, mal schlechter.«

»Wann schlechter?«

»Wenn Emerich Sandra versetzte, zum Beispiel. So ist, so war Emerich nun einmal. Er folgte seinen Impulsen. Und vergaß dabei alles andere.«

»Gibt es zu der Tochter auch eine Mutter?«

Frau Pommsen verspannte sich sichtlich. »Frau Neupert lebt in Bad Zwischenahn«, erklärte sie kühl, »Oft auch auf Langeoog bei ihrem Freund. Der leitet da ein Hotel.«

Da konnte ich ja nur hoffen, dass Xenia diese Dame nicht zufällig traf und inkompetent befragte. »Wie war Neuperts Beziehung zu seiner Ex-Frau?«

Frau Pommsen schnaubte. »Die hat sich doch überhaupt nicht für Emerich und seine Arbeit interessiert. Die Beziehung ging nur übers Konto, wenn Sie verstehen.«

»Nicht wirklich.«

»Die wollte an sein Geld. Und bekam dann jeden Monat eine ordentliche Unterhaltszahlung, obwohl sie nur zehn Jahre verheiratet waren. Dabei hätte sie doch spätestens, als Sandra erwachsen war, wieder einen Job annehmen können.«

Interessant. Ließ die Tatsache, dass Frau Pommsen sich darüber so aufregte, den Rückschluss zu, dass es ihr ebenfalls ums Finanzielle ging?

»Wie hat sich Herr Neupert vor der Abreise nach Kassel verhalten? Hat ihn irgendetwas beunruhigt? Hat er Ihnen von Kollegen erzählt, mit denen er sich treffen wollte? Sie sind doch bestimmt der Mensch, der ihn am besten kannte.« Immer schön Honig schmieren, das macht oft gesprächig. »Gibt es irgendetwas, das Ihnen merkwürdig vorkam?«

Sie schluchzte auf, hatte sich aber schnell wieder gefangen.

»Emerich hat sich auf den Kongress gefreut. Napoleon interessierte ihn wie kein anderes Thema der Geschichte. Er wünschte sich Austausch mit Gleichgesinnten. Bestimmt hat er auch Bekannte wieder getroffen. Der Kreis dieser Historiker verändert sich doch kaum.«

»Sie gehören nicht zu diesem Kreis?«

»Nein, ich war Sekretärin in einer großen Firma. Da wurde dann rationalisiert und mir nahe gelegt, mich früh pensionieren zu lassen.«

Eine leichte Bitterkeit schwang mit. Ich konnte sie mir gut als Vorzimmerdame vorstellen, die im Zweifelsfall den Chef eisern abschirmt. »Sind Sie schon lange mit Herrn Neupert befreundet?«

»Ja, zwölf Jahre.«

»Verstanden Sie sich gut? Entschuldigen Sie, ich muss Sie das fragen.«

»Ja, sicher. Wenn man so lange zusammen ist.«

Komische Antwort. »Wo waren Sie eigentlich am letzten Sonntag zwischen 19:00 und 21:00 Uhr?«

»Zu Hause. Warum wollen Sie das wissen?«

»Reine Routine. Gibt es jemanden, der das bestätigen kann?«

»Nein, ich war allein. Ist Emerich um die Zeit ertrunken? Sie verdächtigen mich doch nicht etwa, irgendetwas mit seinem Tod zu tun zu haben?« Ich antwortete nicht, ich kann schlecht lügen.

»Hatte Herr Neupert Feinde?«

»Nein, nein. Ich wüsste keinen. Manchmal gab es kleine Unstimmigkeiten mit Kollegen über fachliche Fragen. Nichts von Bedeutung.«

»Mit wem zum Beispiel?«

»Naja, mit dem Herrn Massmann, dem Leiter im Forschungsinstitut, da hat er sich neulich gestritten. Das haben die aber öfter gemacht und sich immer wieder vertragen.«

»Haben Sie mitbekommen, worüber es bei dem Streit ging?«

»Das war am Telefon. Ich habe ja nur Emerich gehört. Und auch nicht lange. Nur so lange, wie ich brauchte, um die Blumen in seinem Zimmer zu gießen. Da ging es um irgendwelche Informationen über die Kontinentalsperre, glaube ich.«

»Die Kontinentalsperre?«

Sie muss mir mein Unwissen ziemlich deutlich angesehen haben. »Das war die Zeit, als Napoleon versucht hat, den Handel mit England zu unterbinden. Da hat Emerich einfach jede kleinste Spur fasziniert.«

Ich nickte, als ob ich verstünde, und merkte innerlich Wikipedia vor.

»Deswegen war er doch auch so begeistert über die Briefe.«

»Welche Briefe?«

»Hatte er die denn nicht bei sich?«

Ein Blick auf die Uhr zeigte mir, dass es noch ein Stündchen dauerte, bis das Seemannshus öffnete und ich endlich Doortje kennenlernen konnte. Also noch Zeit für einen Sanddorntee und ein paar strategische Erwägungen.

Als ich gerade mit meiner Tasse aus dem Aufenthaltsraum herauskam und den Rückweg zu meinem Zimmer antreten wollte, trat Frau Jensen mit einem Körbchen voller Altglas vor die Küchentür. Gewohnheitsmäßig warf ich einen Blick hinein. Mein kriminalistischer Spürsinn. Zeige mir deinen Abfall, und ich sage dir, wer du bist. Frau Jensen war nicht besonders gesundheitsbewusst. Sie aß Gemüse aus dem Glas. Erbsen und Möhren. Außerdem Sauerkirschen. Ein leeres Glas Erdbeermarmelade und Nutella, was wahrscheinlich der kleine Gast-Bengel verschuldet hatte, dessen Opa ihm die Creme fingerdick aufs Brot strich. Und was war das? Müller-Thurgau von Stedeler! »Das ist ein leckerer Wein!«, sagte ich anerkennend. »Den habe ich gestern im Nordseehotel Kröger probiert.«

»Eine ganze Flasche?«

»Um Gottes willen.«

»Ich dachte, die schenken den nur flaschenweise aus.«

»Ich musste versprechen, heute wiederzukommen und den Rest zu trinken.«

Frau Jensen lachte.

»Davon würde ich wirklich gern eine Kiste kaufen. Das wäre vielleicht sogar etwas für das Restaurant meines Freunds«, legte ich nach.

»Dann gehen Sie doch direkt hin zum Stedeler, und bestellen Sie bei ihm. Der ist gerade da mit seiner Frau.«

»Wo wohnt der denn?«

»Am Wasserturm 17b.«

Am besten fragte ich demnächst immer erst Frau Jensen. Die war ja ein wandelndes Langeoog-Lexikon.

14:40 Uhr. Keine Besuchszeit bei alten Leutchen. Womöglich machten die einen Mittagsschlaf, und ich fiel in Ungnade, wenn ich schellte. Dann würde ich nichts mehr rauskriegen.

Ich schwang mich auf meinen Drahtesel. Das Seemannshus machte auf den ersten Blick einen ziemlich alten Eindruck. Die energische, betagte Dame mit dem grauen Dutt musste wohl Doortje Bernsen sein. Sie hatte mir freundlich zugenickt, dann aber das Gespräch mit einem jungen Pärchen weitergeführt.

»Wenn Sie sich hier trauen lassen, können Sie in den Terrassenboden einen speziell angefertigten Stein mit ihren Initialen einbauen.«

Die blonde Frau warf ihrem Freund einen verliebten Blick zu. »Das ist doch ein schönes Symbol, findest du nicht auch, Schatz?«

Der knurrte nur leise. Vermutlich war die Sache mit dem Heiraten ihre Idee. Meine Güte, wie lange palaverte Doortje denn noch mit den beiden? Ich begann, die Exponate in Augenschein zu nehmen. Ein Skandalfoto aus dem Jahre 1905, auf dem zwei Damen am Strand ihre Röcke ein wenig hoben und tatsächlich mit nackten Füßen im Wasser standen. Es hagelte Beschwerden von Gästen. Hingegen gab es wohl niemanden, der sich lauthals dafür ausgesprochen hatte. Verbot des Barfußlaufens am Strand! Das hielt sich tatsächlich bis 1914. Erstaunlich!

»Haben Sie eigentlich schon Eintritt bezahlt?«

Ich beeilte mich, einen Euro zu überreichen. »Sie sind doch bestimmt Doortje Bernsen. Frau Jensen hat Sie mir empfohlen.«

»Wofür?«

»Als Expertin der Langeooger Vergangenheit. Ich möchte meine Diplomarbeit in Geschichte über die Lebensumstände Langeooger Schifferfamilien schreiben.«

»Ich bin kein Fachmann, aber über meine eigene Familie kann ich Ihnen etwas erzählen. Kommen Sie mal mit.«

Sie führte mich durch die Küche mit Dielenfußboden, Holzbalkendecke, antikem Herd, ostfriesischem Teegeschirr, alten Stickereien, Waschschüssel. Ich fühlte mich in eine andere Zeit versetzt, das würde meine Gedanken inspirieren. Im angrenzenden Ausstellungsraum hingen leicht verblichene Zeichnungen an der Wand. »Das ist mein Urahn Thoms Tönges Bernsen!«, erzählte Doortje. Thoms hatte etwas Haudegenhaftes, Griesgrämiges, Abweisendes. Zugleich wirkte der Ausdruck seiner Augen wach und intelligent. Interessanter Typ auf alle Fälle. Ich überflog den Text unter dem Bild. »Der Schiffer Thoms Tönges Bernsen 1768-1814, war ein Langeooger Original. Er kam zu einigem Wohlstand, hartnäckig hielt sich das Gerücht, er besäße noch viel mehr, als sein Lebensstandard vermuten ließ. Thoms wurde ein Hang zur Eigenbrötlerei und Starrköpfigkeit nachgesagt. Er hatte eine Schwäche für Kautabak und rauchte gern Pfeife. Zeichnung von seinem Sohn Frerich.«

»Hier ist die ganze Familie.« Merkwürdige Zeichnung. Der linke Rand wirkte wie abgeschnitten. Na, vielleicht hatte da jemand ein Stück Papier zum Anfeuern des Ofens gebraucht. Die Familienähnlichkeit war recht ausgeprägt. Sehr konturierte Typen, alle hatten eine scharfe Nase und ziemlich große Ohren.

»Das Familienoberhaupt ist ja nur 46 Jahre alt geworden. Weiß man, woran der so jung gestorben ist?«

»Er ist ertrunken. Seemannslos.«

»Stimmt es, dass Thoms Tönges Bernsen reich war?«

»Das kann man heute nicht mehr so genau feststellen. Die Familie hatte wohl ein ziemlich gutes Auskommen, was schon viel war. Es gab Zeiten, die waren allerdings noch früher, da mussten die Langeooger nicht einmal Steuern zahlen, weil die meisten so arm waren.«

»Ihr Urahn hat gelebt zur Zeit der Kontinentalsperre. Da haben die Leute doch geschmuggelt wie die Wilden!«

»Ja, das haben alle gemacht. Sonst hätten die gar nicht überleben können bei den vielen Steuern und Abgaben. Einen Moment bitte.« Zwei ältere Damen hatten das Museum betreten. Doortje knöpfte ihnen Eintritt ab und gab ein paar Informationen. Währenddessen studierte ich ein paar Skizzen an der Wand. Sie stammten von Frerich und auch von seiner Tochter Trientje, beide sehr talentiert. Erstaunlich, dass Trientje dem nachgehen konnte zu dieser Zeit. Da war auch ein Selbstportrait von ihr. Keck, lebendig, war mir sofort sympathisch. Sie hatte den Dorflehrer geheiratet. Und natürlich in einer Zeichnung verewigt. Er wirkte nicht so hart wie häufig die Männer dieser Zeit. Schließlich kam Doortje zu mir zurück und überreichte mir einen Zettel. »Hier meine Adresse und Telefonnummer. Im Museum ist es immer so unruhig. Sie können mich gerne anrufen. Wenn Sie wissen wollen, wie die sich früher eingerichtet haben, schauen Sie sich doch mal dieses Bild an.« Thoms in seiner Stube. Offensichtlich hatte er ausgestopfte Tiere gemocht: In einer Ecke sah man einen sich aufrichtenden Seehund, auf einem Regal eine Möwe. Thoms saß an einem Tisch, vor ihm ein ziemlich großes Schiffsmodell. Und damit man auch wirklich erkannte, dass er ein Seemann gewesen war, hielt er in den Händen einen Kompass und ein Fernrohr.

»Das Modell hat er selbst gebaut. Er hing eben sehr an seinem Boot und hat es nach seiner Lieblingstochter Stientje benannt. Das Original können Sie sich übrigens anschauen. Das habe ich wie auch den Kompass und das Fernrohr dem Schifffahrtsmuseum überlassen.«

Brief des Lehrers Thoms Tönges Bernsen an Hinrich Herrmann
Freitag, 15. Juli 1910

Mein lieber Hinrich!
Sei froh, dass Du noch keine Badekur hinter Dich gebracht hast. Heute wurde ich nämlich nicht nur mit dem kalten Meerwasser abgewaschen. Ich musste auch noch ein kleines Glas davon trinken. »Zur Durchschwemmung des Körpers und des Gemüts.« Wahrscheinlich war die durchschwemmende Wirkung in erster Linie auf den enormen, dadurch ausgelösten Durst zurückzuführen: Ich nahm anschließend fast drei Liter Wasser zu mir. Die Langeooger sind übrigens ganz stolz auf ihren soeben fertiggestellten Wasserturm, in dem sie hundert Kubikmeter speichern können. Es gibt auf der Insel auch mehrere Brunnen, in Niederungen des Dorfes oder in den Dünen angelegt. Vielleicht 1,50 bis 2 Meter tief. Da versorgen sich viele Inselbewohner mit Trinkwasser. Mit einem Tragejoch über den Schultern, rechts und links je einem Eimer voll, kann der Weg nach Hause lang werden.

Mittags erwarteten mich Thede, Elske und die Kinder zum Essen. Mit uns am Tisch saßen noch Thedes Vater Manno und Elskes Mutter Aatge, die zum Haushalt gehörten, und zwei Herren aus Esens, die Thede als Pensionsgäste vorstellte. Sie wohnten in der Stube, in der sonst die Kinder ihre Butzen hatten, die Kleinen schliefen teils bei den Eltern, teils bei Aatge. Wie angekündigt gab es die »Updröögt Bohnen«, gemischt mit Speck, Mettwürstchen und Kartoffeln. Das Essen war lecker und liebevoll zubereitet. Die Gespräche drehten sich hauptsächlich um die Jagd. Kaninchen waren hier seit etwa 35 Jahren erfolgreich ausgerottet. Aber es gab Hasen und, das fand ich sehr interessant, Seehunde. Es folgte der Tee. Nach der dritten Tasse verabschiedeten sich die Pensionsgäste höflich. Die Kinder Klaas, Steffen und Martje hatten gehört, dass ich Lehrer sei, und wollten mit mir Buchstaben malen, lesen und rechnen. Ich vertröstete sie und trank eine vierte und fünfte Tasse Tee mit Manno Bernsen, meinem Großonkel oder Urgroßonkel, wir haben das auch gemeinsam nicht vollkommen aufschlüsseln können. Wir begnügten uns schließlich mit Oheim. Thede, demnach mein Vetter, musste derweil seinen Pflichten im Fuhrbetrieb nachgehen.

Manno ist eine wettergegerbte Version von Thede, die Ähnlichkeit zwischen den beiden ist außerordentlich groß. Als einziger männlicher Nachfahre unseres Urahns Thoms Tönges, der auch heute noch auf Langeoog lebte, war er im Besitz des Familienarchivs, das seinen Platz in einer geräumigen Holztruhe hatte. Manno strich liebevoll über den geschnitzten Deckel, ehe er sie öffnete. »Hier sind alle Bilder drin, sogar ein paar Fotos.« Er zeigte mir Zeichnungen seines Großvaters Frerich, die dieser von seinen Geschwistern angefertigt hatte. Das waren bewegende Momente für mich. So sah ich meinen Urgroßvater Tönges, stolz auf einem Segelboot, die Ruderpinne in der Hand. Sein kantiges Gesicht gefiel mir. Und dann seine Schwester Stientje. Wenn die Skizze auch nur ansatzweise die Realität spiegelte, war sie eine sehr reizvolle Frau. Nicht schön, oh nein, aber außerordentlich lebendig. »Stientje war wohl das Lieblingskind des alten Thoms. Vielleicht weil sie ihrer Mutter so ähnlich gesehen hat. Er soll sie stets mein Sonnenschein genannt haben.«

Stientje war beim Sticken porträtiert worden. Strahlend stichelte sie den letzten Buchstaben. »Denn wo euer Herz ist, wird auch euer Schatz sein«, konnte man erkennen. Und stell Dir vor, genau unter dieser Stickerei saß ich mit meinem Oheim in dem Moment. Das berührte mich sehr, ich konnte nicht anders, ich erhob mich, um mit meiner Hand darüber zu streichen. Hier lebt die Vergangenheit wirklich noch fort und ich war mitten darin und hörte fasziniert Manno sagen: »Der alte Thoms hat das häufig zu Stientje gesagt. Was uns wirklich wichtig ist, woran wir unser Herz hängen, darin sind wir gut und erfolgreich.«

Wir schauten uns weitere Dokumente aus der Kiste an. Die Zeichnung von einem mürrischen Jungen wollte Manno gleich zurücklegen.

»Wer ist das denn?«, fragte ich.

»Ein Nachbarskind«, sagte Manno schnell.

»Der sieht aber Tönges und Frerich sehr ähnlich. Sind die Nachbarn auch mit euch verwandt?«

»Nein. Felde hieß der.«

»Besonders zufrieden sieht er nicht aus.«

»Er war wohl so etwas wie das schwarze Schaf der Familie. Mein Großvater sagte, Felde sei mitunter jähzornig gewesen, habe getrunken, hoch fliegende Pläne gemacht, aber sonst nicht viel.«

»Was ist aus ihm geworden?«

Manno zuckte die Achseln. »Aufs Festland gegangen.«

Irgendetwas Verhaltenes war in seiner Stimme. Das mich davon abhielt, weiter zu fragen. Manno musste ohnehin aufbrechen, um Thede abzulösen.

Wenn ich in den nächsten Tagen am Abend käme, könnten wir uns noch mehr alte Dokumente gemeinsam ansehen.

Am Nachmittag überredeten mich ein paar Mitbewohner im Hospiz, an den Männerstrand mitzukommen. Das Baden in der Nordsee sei ungemein erfrischend. Ich solle es doch einmal probieren. Und eine Badehose sei wochenweise zu leihen oder käuflich zu erwerben. Widerstrebend ging ich mit. Zunächst steigt man in einen schrankartigen Kasten, in dem sich Spiegel, Bänkchen und Wasserkübel befinden. In dieser Badekutsche zieht man sich um, lässt sich von einem Wärter für 30 Pfennig ans Wasser rollen, öffnet erst dort die Tür und gleitet kurz in die Nordsee. Das Ganze ist so ähnlich wie die Abreibungen mit dem Wasser, nur kälter. Und so fühlte ich mich erfrischt, als mir der Wärter das Laken reichte. (Wenn man das eine Woche lang immer wieder getrocknet haben möchte, sind noch einmal mindestens 60 Pfennig fällig, für die Badehose extra.). Ich sah, dass einige andere Kurgäste die Kutsche nur zum Umziehen verwendeten und selbst ins Wasser gingen. Die Idee war gar nicht dumm und halbierte sicherlich den Obulus für die Bademeister.

Wieder angezogen wanderten wir ein wenig am Meeresufer entlang, wobei wir vom abgetrennten Männer- auf den neutralen Strand gerieten, der auf der anderen Seite an den streng abgeschirmten Damenstrand grenzte. Gruppen von Jungen in Seemannsanzügen und Matrosenmützen bauten mit ihren Spaten Sandburgen, von Wassergräben umgeben und mit Wimpeln und Fahnen geschmückt. Sie waren ganz eifrig bei der Sache, als gelte es, ein Bauwerk für die Ewigkeit zu schaffen. Dabei reichte es nur bis zur nächsten Flut! Sie hatten rote Wangen und lachten vergnügt. Kleine Mädchen schauten meist lieber zu oder dekorierten die Burgen mit Muscheln. Schicklich mit hochgeschlossenen langen Kleidern angetane Frauen saßen fröhlich schwätzend in den Strandkörben oder gingen mit einem Sonnenschirm auf und ab, während die Herren, überwiegend in weißen Anzügen oder marineblauen Jacken gekleidet, plaudernd ein Pfeifchen rauchten.

Die Idylle wurde jedoch jäh gestört durch das Geschrei eines Jungen, der sich unbemerkt ins Wasser begeben hatte und nun weit vom Strand entfernt mit den Armen ruderte. Entsetzen packte alle. Hilferufe wurden laut. Noch ehe der Bademeister vom Männerstrand herübergelaufen war und auch nur den Meeressaum erreicht hatte, bemerkten wir, wie sich dem Jungen im Wasser eine Gestalt näherte, ihn um die Brust fasste und ihn, neben ihm schwimmend, auf den rettenden Strand zuschob. Kaum hatte auch der Junge wieder festen Boden unter den Füßen, bewegten sich beide schwerfällig auf das Ufer zu, an dem Trauben von Schaulustigen ihrer Ankunft harrten. Insbesondere ein hochrotes, die Hände ringendes Kindermädchen, dem der Junge wohl entwischt war.

Anerkennung wurde laut ob der Fähigkeit des Retters, nicht nur schwimmen, sondern auch noch einen anderen mit sich ziehen zu können. Umso größer war die Überraschung aller, als sich der Retter als eine junge Dame erwies. Die in einem verwirrend freizügigen, gestreiften Badeanzug ohne Scheu den Strand betrat und den Buben dem Kindermädchen übergab. Die Blicke der Herren, Du vermagst gewiss, es Dir vorzustellen, wanderten von den zierlichen Füßen bis zu den kaum bedeckten wohlgeformten Knien hinauf, weiter nach oben zu den nackten Schultern. Mir war plötzlich peinlich zumute. Und da die Frau nur wenige Meter von mir entfernt stand, fragte ich sie: »Mein liebes Fräulein, darf ich's wagen, Ihnen meine Jacke anzutragen?«

Sie lächelte. »Die Jacke nehm ich gerne an, geh ungeleit' in die Pension.«

Das war der Moment, an dem mich die Liebe zu diesem Wunderwesen mit der Kraft einer Flutwelle traf.

Ich habe nie verstanden, was Du mir seinerzeit über Deine Begegnung mit Lotte erzählt hast, aber nun habe ich eine Ahnung davon. Ein Augenblick kann das Leben verändern. Verweile doch! Du bist so schön!

Dein Thoms

Nicht zu fassen. Die geklauten Gegenstände, Kompass und Fernglas, gehörten dem alten Thoms. Sein Schiff als Ausstellungsstück! Ich beschloss, umgehend dem Schifffahrtsmuseum einen erneuten Besuch abzustatten.

Frieder erkannte mich nicht wieder. Zur Fahndung nach dem Museumsdieb wollte er mir nichts verraten, behandelte mich einfach wie eine gemeine Touristin, wenn auch sehr freundlich: »Sie können mit der Karte auch noch ins Nordsee-Aquarium gehen.«

Die Tür zum Langeooger-Schiffer-Raum stand offen. Mir schien, als würde Frieder etwas nervös, wenn sich ihr jemand näherte. Deshalb schaute ich mir erst ein paar andere Sachen an. Fotos von der alten Pferdebahn zum Beispiel. Das grenzte ja schon an Tierquälerei! Die armen Viecher bis zum Bauch im Wasser. Als eine Schulklasse mit Lehrer einfiel, war Frieder voll gefordert und meine Stunde gekommen. Mit leichtem Herzklopfen begann ich, das Schiff zu inspizieren. Es war nicht besonders groß und sah sehr alt aus. Betrieben mit Segel und mit Ruder. Offen natürlich. Da bekamen die sicher manche Welle rein und mussten schöpfen. Die Erklärungstafel besagte: »In solchen Booten kämpften Langeooger Schiffer gegen die Naturgewalten. Dieses ist ein besonders gut erhaltenes Exemplar, das Thoms Tönges Bernsen gehörte. Auch die Ausrüstung stammt von Bernsen, der mit dem Kompass eigenhändig die Position seines Schiffes bestimmte und mit dem Fernglas den Horizont absuchte.« Darunter ein kleines handschriftliches Schild: »Geräte leider gestohlen.«

Ich spähte vorsichtig durch die Tür. Frieder hielt einen Vortrag vor weitgehend desinteressierten Schülern und aufmerksamem Lehrkörper. Das würde sicher noch eine Weile dauern.

In dem Schiff standen einige Fässer. Ich beugte mich vor und schaute hinein. Auf dem Grund eines Exemplars lag ein Papier. Ich langte mit dem Arm hinein und fischte es heraus. Nichts Besonderes. Teil der Verpackung eines Schokoriegels, die irgendjemand hier entsorgt hatte. Aber etwas gab mir zu denken. Der Boden der Tonne war nicht so tief, wie es die Abmessungen von außen erwarten ließen. Ich lauschte angestrengt in den Nebenraum. Frieder er-

zählte gerade etwas über die Kriegsmarine vor dem Ersten Weltkrieg. Mit meinem kleinen, kaum sieben Zentimeter langen Schweizer Taschenmesser mit integrierter Nagelfeile und Schere, begann ich, in der Ritze zwischen Boden und Seitenwand herumzustochern. Der Boden ließ sich anheben. Darunter befand sich ein Hohlraum. Alte Stoffreste verströmten einen muffigen Geruch. Sie klebten teilweise am Boden wie ein Futter. Als ich sie mit der Klinge bearbeitete, rissen sie auf, darunter blitzte etwas Rundes hervor.

»Ich zeige euch jetzt mal, mit welchen Schiffen die Langeooger früher rausgefahren sind«, hörte ich Frieder sagen. Ehe die Horde mich überrollte, steckte ich das glitzernde Ding schnell in die Jackentasche und wollte hinausgehen.

»He, Sie!«, rief Frieder hinter mir her. Mir fiel fast das Herz in die Hose. »Wollen Sie denn gar nicht mehr ins Meerwasseraquarium? Da müssen Sie rechts gehen!«

Natürlich war ich nicht mehr dort. Ich war viel zu aufgeregt. Fühlte mich auch ein ganz klein bisschen schuldig. Meine Erziehung im protestantischen Pfarrhaushalt, Sie verstehen? Meine Zwillingsschwester Luise, mittlerweile streng gläubige Katholikin, wäre entsetzt, dabei war ich nur einem plötzlichen Impuls gefolgt. Jetzt konnte ich ja schlecht ins Museum gehen. »Hallo, ich habe in einem Bootsfass etwas gefunden.« Frieder würde gleich wieder Habbo alarmieren, und ich säße den Rest des Urlaubs in der Zelle. Besten Dank! Was war es überhaupt? Das Ding brannte mir fast ein Loch in die Tasche, aber ich konnte es hier nicht herausnehmen. Zu viele Leute unterwegs. Ich schwang mich auf mein Fahrrad und machte mich auf den Weg zur Pension. In meinem Zimmer angekommen, schloss ich die Tür ab. Dann zog ich das Objekt heraus. Es war eine Goldmünze von etwa zwei Zentimetern Durchmesser. Aber bestimmt keine frisch geprägte. Ein strenger Herr mit kurzen Haaren blickte über steifem Uniformkragen nach links. Ich drehte den Taler, um die fortlaufende Schrift zu entziffern: »Friedr. Wilhelm III, Koenig von Preußen». Auf der Rückseite saß ein bekrönter, flügelschlagender Adler auf einem Kanonenrohr, Pauken und Fahnen, soweit ich das erkennen konnte, darunter die Jahreszahl 1812.

Ein Taler aus dem Schatz des Thoms Tönges Bernsen!

Das Fachwerkhaus in Söhrewald war alt und hätte einen neuen Anstrich vertragen können. Von den Fensterrahmen blätterte Farbe ab. Die Haustür wurde von einer mittelblonden, etwas fülligen Frau mit verweinten Augen geöffnet, die ein kleines Baby auf dem Arm trug. Ich war froh, dass ich Fricko im Auto gelassen hatte.

»Wiese, Kripo Kassel. Darf ich hereinkommen?«

»Sie kommen sicher wegen meines Vaters. Ist er ermordet worden?«

»Ertrunken. Wie es dazu kam, ist noch unklar. Woher wissen Sie vom Tod Ihres Vaters?«

»Marlies hat angerufen. Am Montag, ob Papa immer noch bei mir sei. Und dann, als sie ihn identifiziert hatte. Gestern.«

»Lesen Sie denn keine Zeitung?«

»Nein, ich mag die Zeitung hier nicht. Da bin ich aus Ostfriesland Besseres gewohnt.« Sie schniefte. »Kommen Sie herein.«

Das Baby begann zu greinen. Die Frau besänftigte es mit gurrenden Lauten. »Möchten Sie einen Kaffee? Habe gerade welchen gekocht.«

»Gerne. Ihr Vater wollte Sie nach Aussage seiner Lebensgefährtin am Sonntag besuchen. Haben Sie sich nicht gewundert, als er nicht auftauchte?«

Sandra Bauer balancierte das Baby auf den Knien und führte die Kaffeetasse in einem großen Bogen ums Kind herum zum Mund. »Nein. Ich dachte, dass er es sich anders überlegt hat. Das hat er schon öfter so gemacht.«

»Und dann sagt er nicht ab?«

»Nein. Er kommt dann einfach nicht. Wahrscheinlich hatte er den Termin vergessen. Vielleicht hat etwas Wichtigeres ihn abgelenkt.«

Ich war so verblüfft über die Selbstverständlichkeit, mit der Sandra Bauer dies hinnahm, dass ich alle Höflichkeit vergaß, und dass man über Tote nicht schlecht sprechen soll: »Wenn mein Vater so mit mir umginge, wäre ein saftiger Streit vorprogrammiert.«

Sie schnaubte. »Sie kennen meinen Vater nicht. Der macht, was er will, und geht davon aus, dass sich alle anderen nach ihm richten. Haben sie ja auch. Ich habe aber gehofft, dass er mich diesmal nicht versetzt, jetzt wo Paul da ist. Dass er vielleicht seinen Enkel sehen möchte. War aber nicht der Fall.«

»Warum?«

»Mein Vater mag, mochte Daniel nicht.«

»Ihren Mann?«

»Ja. Das war schon immer so. Papa hält, hielt Daniel für einen Versager.«

»Ist er das?«

»Wir können keine großen Sprünge machen. Aber mich stört das nicht.«

Gepolter an der Tür. »Hallo Schatz! Hallo Söhnchen.« Der hochgewachsene Mann, der seinen beiden Lieben ein Küsschen verpasste, wirkte im schwarzen Anzug mit weißem Kragen und mittelblauer Krawatte und seinen auf Hochglanz polierten Schnürschuhen merkwürdig deplaziert. »Ich bleibe jetzt zu Hause. Du brauchst mich hier. Auch wenn der Chef tobt. Ist mir egal. Wer ist denn das?«

»Wiese, Kripo Kassel«, stellte ich mich vor.

»Daniel Bauer. Bin gleich zurück. Kurz umziehen.«

Wenig später erschien er in Jeans und Baumwollpulli.

»Was machen Sie beruflich?«

»Ich bin bei einer Finanzberatungsfirma. Da geht es darum, Leuten zu helfen, ihr Geld sinnvoll anzulegen, und zu schauen, welche Versicherungen sie benötigen.«

»Weil Paul kam, hat Daniel sein Wirtschaftsstudium an den Nagel gehängt«, warf Sandra ein.

»Ist der Job einträglich?«

»Das Problem bei der Finanzberatung ist, dass wir weitgehend von den Provisionen der abgeschlossenen Verträge leben sollen, nachdem wir einen Teil an die Chefs abgegeben haben, versteht sich. Da gibt es für manche Versicherungen, z.B. Lebensversicherungen, größere und für andere kleine Vermittlungsgebühren. Ich will Sie damit nicht langweilen, aber ich schwätze nicht einer alten

Oma eine Lebensversicherung auf, nur weil ich dafür mehr Geld kriege. Ich berate die Leute so, wie ich es sinnvoll finde. Das führt dann oft sogar dazu, dass ich ihnen Versicherungspolicen ausrede. Da gibt es eine Menge überflüssiges Zeug. Manchmal kann ich den Leuten damit helfen, dass ich ihnen eine in den Leistungen vergleichbare, aber kostengünstigere Versicherung eines anderen Anbieters empfehle. Die Menschen, die mich kommen lassen, vertrauen mir. Meine Chefs finden meinen Umsatz zu niedrig.«

»Wollen Sie damit weitermachen?«

»Auf lange Sicht nicht. Wir überlegen zur Zeit, wie wir das hinkriegen, dass ich wieder studieren gehe, ich würde gerne Lehrer werden.«

»Sie erben doch sicher eine Menge von Ihrem Vater!«, wandte ich mich an Sandra.

»Weiß ich nicht«, sagte sie leise. »Aber er könnte ruhig einmal etwas für mich tun.«

»Welche Beziehung hatten Sie zu Ihrem Schwiegervater, Herr Bauer?«

»Gar keine. Er mochte mich nicht, was auf Gegenseitigkeit beruhte. Entschuldige Sandra.«

»Wo waren Sie am Sonntagabend?« Kam mir fast gemein vor, diese Frage zu stellen. Die jungen Leute waren mir sympathisch.

Sandra riss erschreckt die Augen auf. »Sind wir verdächtig?«

»Reine Routinefrage.«

»Wir waren hier zu Hause«, antwortete Daniel. »Wir haben Karten gespielt.«

»Allein?«

»Zu zweit. Paul hat meist geschlafen.«

Den Taler versteckte ich in einem zusammengerollten Paar Strümpfe. Wie war er nur in das Fass gekommen? Es lag nahe, dass der alte Thoms seinen Schmugglerlohn für die Überfahrt nach Hause im Hohlraum der Tonne lagerte. Dieses Geldstück war vielleicht irgendwie unbemerkt unter das Futter gerutscht. Auf jeden Fall bewies es, dass Neupert kein spinnerter Traumtänzer war, wenn er vom Schatz erzählte. Und ließ mich einmal mehr befürchten, dass der Mann deshalb sterben musste. Ob seine Freunde Informationen beisteuern konnten, die Licht auf das ganze Durcheinander warfen?

Ich radelte an der Kaapdüne entlang und bog an der Apotheke rechts ab. *Am Wasserturm 17b* war ein schnuckeliges Haus, das entweder tatsächlich alt war und teuer renoviert oder ein auf alt gemachter Neubau. Auf jeden Fall sehr nett und fast in den Dünen. Exklusive Wohnlage. Ich meinte sogar, leise das Meer rauschen zu hören. Vielleicht war es aber auch der Wind, der durch die Sanddornsträucher fuhr. Ich klingelte.

Ein hagerer, älterer Herr öffnete und schaute mich fragend an.

Ich erprobte mein überzeugendstes Lächeln. »Herr Stedeler? Mein Name ist Xenia Wiese. Ich interessiere mich für Ihre fantastischen Weine, und Frau Jensen meinte, es sei möglich, bei Ihnen direkt zu bestellen.«

Sein Gesicht hellte sich auf. »Kommen Sie doch herein, Frau Wiese.«

»Das ist nämlich so«, plauderte ich weiter, während der Herr des Hauses mir ritterlich die Jacke abnahm und sie auf einen Bügel an der Garderobe hängte. »Der Herr Neupert hat mir, als er letzte Woche in meinem Restaurant in Kassel war, von Ihren Weinen erzählt und gesagt, wenn ich im Urlaub auf Langeoog sei, müsse ich sie unbedingt probieren und …«

»Möchten Sie vielleicht ein Gläschen? Den Müller-Thurgau vom letzten Jahr kann ich ganz besonders empfehlen.«

Bald saßen wir einträchtig bei einem guten Schlückchen, das ich gebührend lange und anerkennend im Mund rotieren ließ, nachdem ich ausgiebig daran gerochen hatte. »Fruchtig, säurearm, körperreich«, diagnostizierte ich, »ein leichter Vanilleton im Abgang. Sehr lecker!«

Mein Lob schien Stedeler begeistert zu haben. Er machte mir einen sehr guten Preis. Ich bestellte zunächst einmal zehn Kisten à sechs Flaschen. Milan würde hoch erfreut sein.

»Ich denke, das kann in den nächsten Tagen geliefert werden. Oder hat das Restaurant derzeit Betriebsferien?«

»Keinesfalls. Nur weil die Chefin weg ist, bricht nicht gleich der Betrieb zusammen!« Gut, dass Milan mich nicht hören konnte. Ein Stirnrunzeln wäre das Mindeste gewesen. Er hätte nichts dagegen, wenn ich im Restaurant mehr einsteigen würde, aber ich. Schließlich will ich Krimis schreiben und nicht hinter der Theke versauern.

»Da hatte Herr Neupert Recht, dass ich bei Ihnen richtig wäre!«, versuchte ich, auf mein eigentliches Anliegen zurückzukommen. Aber dann musste ich erst noch Frau Stedeler begrüßen, die sich nach ihrem Einkaufsbummel zu uns gesellte. Zum Glück half mir der alte Winzer ungewollt.

»Magdalene, der Emerich hat uns empfohlen.«

Ich wurde nun sehr direkt, aber irgendwie musste ich endlich weiterkommen. »Ein netter Mensch, der Herr Neupert. Und er wusste so viel über Geschichte, die Kontinentalsperre und Napoleon.« Upps! Hoffentlich fiel ihnen die Vergangenheitsform nicht auf. Das kommt davon, wenn man vor 19:00 Uhr schon Mittelprozentiges schlürft.

»Ja, Emerich weiß wirklich viel. Auch über die Langeooger Geschichte. Da hat er mir bei unserem letzten Treffen Briefe gezeigt von den Anfängen des Tourismus' hier. Ein Lehrer war auf der Insel, der auch noch irgendwie von einem Insulaner abstammte.«

»Schade, dass Marlies seine Leidenschaft für Geschichte so gar nicht teilen kann.«

»Marlies ist Emerichs Frau, nicht wahr?«

»Er nennt sie immer so, aber verheiratet sind sie nicht. Ist ja auch egal. Sie verstehen sich gut, und das ist ja schließlich die Hauptsache, finden Sie nicht?«

»Sicher! Nur für die Kinder kann es manchmal schwierig werden.«

»Nein, denn die beiden haben keine. Neupert hat allerdings eine Tochter aus erster Ehe. Sandra. Von ihrer Mutter ist er schon lange geschieden. Eine sehr kalte Person. Aber Sandra ist anders. Die ist nett und warmherzig wie der Vater. Aber ohne sein überschäumendes Temperament.«

»Mit ihrem Mann hat sie nicht das große Los gezogen«, warf Stedeler ein, »das ist ein Verlierer.«

»Ist er nicht!«, widersprach Magdalene erbost.

»Wie würdest du es denn nennen, wenn jemand keine Haftpflichtversicherung hat, aber beim Schweißen seines alten Autos die zum Wohnhaus gehörende Scheune seines Vermieters abbrennt? Mitsamt den darin befindlichen landwirtschaftlichen Geräten.«

Wieder im Präsidium angelangt, trank ich noch schnell, um wach zu werden, einen Cappuccino in der neuen hauseigenen Gaststätte. Der schmeckte deutlich besser als der Kaffee mit Milch aus dem alten Automaten, mit dem wir früher vorliebnehmen mussten. Währenddessen reifte ein Entschluss in mir. Ich musste nach Bensersiel fahren und mich vor Ort umsehen. Fernermittlungen sind ineffektiv! Man ist auf den Einsatz von Kollegen angewiesen, und ich verlasse mich lieber auf mich selbst. Schnell schlürfte ich den letzten, noch sehr heißen Schluck, obwohl er sich den Weg in den Magen hinunterbrannte. Aber ich hatte eine Soko-Sitzung anberaumt. Da musste ich mit gutem Beispiel vorangehen und pünktlich erscheinen.

War noch keiner da, als ich das Büro betrat. Also füllte ich Frickos Wassernapf auf und streichelte seinen dicken Schädel. So nach und nach trudelten die anderen ein. Als erste Tina und Huber. Es folgte Rubisch. Zuletzt natürlich Lewinsky. Mit dem unvermeidlichen Kaffeebecher. Der war Selbstversorger, sonst wäre von seinem Gehalt auch nicht viel übrig geblieben.

»Von den Hotelgästen habe ich noch nicht alle erreicht«, begann Tina. »Vom Sehen kannten alle Neupert. Herr Hofmann aus Emden erzählte, dass niemand es sich mit Neupert verscherzen wollte, weil er sonst keinen Zugang zu den Dokumenten des Forschungsinstituts mehr bekam. Es seien zwar keine offiziellen Schriftstücke dort, aber interessante Alltagsobjekte, die sich gerade bei jungen Historikern großer Beliebtheit erfreuten. Neupert hat Kollegen einfach ausgeschlossen, die ihm nicht passten. Vielleicht war jemand so erbost, weil ihm der Zugang zu wichtigen Dokumenten verwehrt worden ist, dass er sich einfach vergessen hat! Interessant erscheint mir auch, dass Herr Massmann nach einem Streit mit Neupert frühzeitig aus dem Hotel abgereist ist. Habe noch nicht herausfinden können, worum es bei dem Streit ging und wo Massmann geblieben ist.«

»Der neue Leiter des Instituts, Overberg, war übrigens auch in der Wellness-Oase und ist zusammen mit Neupert in der Sauna und im Swimmingpool gesehen worden. Ich habe ihn eben kurz am Telefon erwischt. Er war bestürzt über Neuperts Tod. Zuletzt habe er ihn am Ende der Tagung gegen 13:30 Uhr gesehen«, ergänzte Huber. »Nach den bisherigen Gesprächen habe ich den Eindruck, dass Neupert nicht unumstritten ist. Einer hat geradeheraus gesagt, Neupert sei ein ziemlicher Schwätzer gewesen und dass er deshalb einen Bogen um ihn gemacht habe.«

»Okay, danke, also keine heiße Spur.« Ich schaute Lewinsky an.

»Schwierig, die Leute zu erwischen. Die sind in alle Winde zerstreut«, nörgelte er. »Kann denn die Witwe nichts darüber sagen, mit wem ihr Lebensgefährte unterwegs war? Das würde das Ganze erleichtern.«

Ich zog beide Augenbrauen hoch, um meine Missbilligung über seinen mangelnden Einsatz auszudrücken. »Bis jetzt hat sie uns nicht weiterbringen können. Aber verdammt, es muss doch rauszukriegen sein, was Neupert nach der Tagung gemacht hat. Bis um 13.30 Uhr haben die sich Vorträge angehört und darüber diskutiert. Wo ist der Kerl bloß geblieben? Es muss doch jemand zu finden sein, der was mitgekriegt hat. Bleibt am Ball, verdammt.« Mein Ausbruch war mir etwas unangenehm. Deshalb berichtete ich schnell von meinen Aktivitäten, informierte das Team, dass Marlies Pommsen in Neuperts ehemaligem Hotelzimmer übernachten wollte.

»Es wäre nötig zu klären, ob Frau Pommsen wirklich am Sonntagabend zu Hause war, wie sie behauptet.«

Lewinsky klopfte mit einem Kuli gegen seine Tasse.

»Du willst das übernehmen? Na gut. Aber gründlich! Kannst auch noch mal ins Hotel fahren und mit ihr reden. Ein Tatmotiv könnte Geld sein, naheliegenderweise, weil Neupert so viel davon hatte. Wer erbt?« Tina hob die Hand, um zu signalisieren, dass sie das herausfinden wolle.

»Die Alibis der Familienmitglieder sind auf Herz ud Nieren zu prüfen. Aber nach wie vor ist nicht auszuschließen, dass wir über die Tagungsteilnehmer weiterkommen. Kniet euch da noch mal rein. Haltet Ausschau nach ungewöhnlichen Vorfällen, Abweichungen von der Tagesordnung, vielleicht einem besonderen Engagement von Neupert«, ermunterte ich alle, mit der Arbeit fortzufahren, und klopfte wenig später an die Tür von Möllkamps

Vorzimmerdame. Zum Glück war der Chef ohne größere Wartezeit zu sprechen.

»Kommen Sie denn voran, Frau Wiese? Ein so wichtiger Mann! Das kann Ärger geben. Haben Sie schon den Nachruf in der Zeitung gelesen?«

Dafür hatte ich im Gegensatz zu Möllkamp keine Zeit! Aber halt! Wieso war da schon ein Nachruf drin? Ich hatte die Identität des Toten noch gar nicht offiziell bestätigt. Weil ich warten wollte, was die Lebensgefährtin dazu sagt. Wer hatte denn da schon wieder mit der Presse gequatscht? Wir hatten doch allen Leuten nahe gelegt, die offizielle Identifikation abzuwarten. Ein Gutes hatte der Artikel allerdings. Möllkamp war nun von der Wichtigkeit des Opfers und von der Dringlichkeit überzeugt, den Mörder zu fassen. Somit würde er keine Kosten und Mühen scheuen und meinem Reisevorhaben um so leichter zustimmen. »Viele der Zeugen wohnen im Umkreis von Bensersiel. Die Ex-Frau, der alte und neue Leiter des Instituts und einige mehr. Ich würde gern hinfahren und mit ihnen sprechen, natürlich in Zusammenarbeit mit den örtlichen Behörden.«

»Wie wollen Sie das denn rechtfertigen? Das Geld der Steuerzahler ...«

Wenn Möllkamp auf dieser Schiene zu argumentieren begann, war meist kein Ende abzusehen. Deshalb unterbrach ich ihn schnell. »Ich muss die Menschen sehen, ihre Reaktionen erleben, um sie einzuschätzen. Sie wollen doch sicher nicht, dass es heißt, die Aufklärung dieses Falls wäre den Sparmaßnahmen der Kasseler Polizei zum Opfer gefallen. Zumal Neupert so bedeutend war.«

Das zog.

»Ich vernehme die Zeugen vor Ort! Tina, kannst du in meiner Abwesenheit die Koordination der Soko hier in Kassel übernehmen?«, informierte ich meine Mitarbeiter.

Tina nickte, Huber grinste, Rubisch kratzte sich an der Nase, und Lewinskys Adamsapfel sprang ein Mal kurz nach vorn. Er sagte aber nichts. Wahrscheinlich befürchtete er, ich könne bezahlte Ferien genießen. Aber ich fuhr ja nicht zum Vergnügen!

Donnerstag, 9. Oktober 2008

Ich hatte gerade mein Auto in der ersten Reihe am Hafen von Bensersiel abgestellt, da kam auch schon der Wächter angerannt, dieser Platz sei für Jahresparker. Ich müsse weiter nach hinten. Andere hätten jetzt vielleicht ihren Polizeiausweis gezückt. Aber ich mag es nicht, wenn Beamte ihre Stellung ausnutzen. Der Mann am Fahrkartenschalter rechnete wohl nicht mehr mit einem Kunden. Er zählte schon die Einnahmen aus dieser Überfahrt und hatte die Ruhe weg. Irgendwie gelang es mir, meine Koffer in den letzten Rollwagen Nr. 38 einzuchecken und selbst an Bord zu sprinten, Fricko folgte auf dem Fuße. Ganz knapp erwischten wir so die Fähre um 8:20 Uhr.

Mein vierbeiniger Genosse freundete sich mit einer Golden-Retriever-Dame an, die er jetzt schon zwei Mal beim Gang über das Deck eskortiert hatte. Den älteren Leuten, die dazugehörten, war das offenbar ganz recht. Die Hektik der letzten Stunden fiel von mir ab. Koffer packen, eine Stunde Schönheitsschlaf. Auf die Autobahn. Als ich gerade auf der linken Spur einen LKW überholen wollte und ein Audi im Rückspiegel immer größer wurde, ging plötzlich eine orangefarbene Kontrollleuchte an, und der Corsa verlor Fahrt. Ich scherte wieder hinter dem LKW ein, vom Audifahrer mit geballter Faust bedroht. Leider konnte ich mir dessen Nummer nicht merken, weil ich damit beschäftigt war herunterzuschalten. Die Lampe erlosch.

Aus der Gebrauchsanleitung, die ich bei einem Cappuccino in einer Raststätte studierte, wurde ich nicht schlau. Hatte anscheinend irgendwas mit der Elektrik zu tun. Zehn Jahre alte Mühlen führen mitunter ein unverständliches Eigenleben. Mir kam eine total verrückte Idee: Bekäme man eine Prämie, sagen wir mal so um die 2.500 Euro, wenn man sein altes Gefährt aus dem Verkehr zöge, würde ich mit Freude einen Corsa Ecotec Jahreswagen bestellen. Vielleicht auch in einer neuen Farbe. Das Dunkelblau war etwas langweilig. Mittelblau metallic wäre schön. – Eigentlich bin ich gar nicht der Typ, der sich solch albernen Tagträumereien hingibt.

Und dann steuerte ich auch schon meinen neuen mittelblauen Opel über die Autobahn. Fricko saß neben mir auf dem Beifahrersitz, unangeschnallt! Ein Grund mehr, immer schön vorsichtig zu fahren. Plötzlich blinkte die orangefarbene Leuchte auf, wurde größer und stroboskopartig zuckte sie zu einem bassigen Signalruf, der mehrfach und immer lauter ertönte.

Ich schreckte auf, musste wohl eingenickt sein und stellte fest, dass die Fähre soeben im Hafen von Langeoog festmachte. Fricko folgte seiner Herzensdame in den gelben Bimmelbahnwaggon, ich notgedrungen ebenfalls. Als ich am Bahnhof angekommen meine zwei Koffer aus dem Gepäckwagen hievte und in Richtung Hauptstraße rollte und schleppte, musste sich Fricko schweren Herzens von seiner Schiffsbekanntschaft trennen.

»Guten Morgen, Frau Wiese«, begrüßte mich Frau Jensen, als ich an meinem Frühstückstischchen Platz nahm. »Mögen Sie unsere Inselbrötchen nicht?«

»Doch, doch!«

»Machen Sie eine Diät oder so etwas?«

»Nee, wieso?«

»Weil Sie morgens immer nur ein Brötchen essen. Wollen Sie sich nicht wenigstens eins schmieren für tagsüber?«

»Nein, danke! Das reicht mir!« Ein bisschen Luxus im Urlaub muss schon sein. Und dazu gehörte, dass ich mittags lokale Spezialitäten zu mir nahm. Zum Beispiel eine »süße Lale«, ein leckeres Gebäck mit eingerührter Sanddornmarmelade. Oder ein Matjes- oder Backfischbrötchen aus der Inselbäckerei. Schließlich isst man nicht jeden Tag an der See! Und die Brötchen sind wirklich besonders knusprig.

»Haben Sie denn was rausgekriegt über die Geschichte? Mir ist da noch eingefallen, dass die Helga aus meiner Turngruppe, die in der Bücherei in der Spöölstuv aushilft, erzählt hat, dass die ein paar Bände geschenkt bekommen haben. Da ist wohl in einem neuen Verlag kürzlich was herausgekommen, was sich ganz speziell auf die Insel bezieht. Gucken Sie doch mal nach! Den Herrn Neupert vom historischen Forschungsinstitut hätten Sie auch fragen können, aber da habe ich eben in der Zeitung gelesen, dass der gestorben ist. Bei Ihnen in Kassel in der Fulda ertrunken. Und man weiß noch nicht, ob er nicht vielleicht sogar ermordet wurde. Na ja, das ist kein schönes Frühstücksgesprächsthema. Sagen Sie, Herr Mattern, gehen Sie heute wieder im Meer baden?«

Dem älteren Herrn mit grauem Haarkranz, der seinem Enkel ein Nutellabrot schmierte, war nun die Aufmerksamkeit aller gewiss, während ich überlegte, ob ich zu Neupert zurückleiten könnte.

»Baden? Im Meer? Jetzt?«, fragte eine der beiden äußerst resoluten Rentnerinnen, die mit beiden Beinen fest im Leben zu stehen schienen und bodenständige Gesprächsthemen pflegten.

»Nur kurz rein. Einmal untertauchen!«, erwiderte der sportliche Senior.

»Wie ist die Wassertemperatur?«, erkundigte sich die ältere Dame, die mit ihrem Sohn angereist war, ganz sachlich.

»14 Grad. Das geht noch! Wenn es kälter wird, ist es kritisch.«

»Ab wann?«, wollte ich wissen.

»So ab 11 Grad. Da kann man dann nicht mehr untertauchen. Aber 14 Grad ist gut.«

Es soll ja auch Leute geben, die morgens kalt duschen. Brrrr!

»Fördert die Abhärtung, habe ich mal gehört«, äußerte die etwas mollige Resolute.

»Genau«, versicherte der Extremsportler. »Ich kriege den ganzen Winter über keine Erkältung.«

»Ich auch nicht!«, verkündete die dünnere der beiden Freundinnen. »Immer wenn es im Hals kratzt, mache ich mir einen Sanddorngrog. Das hilft sofort.«

Unauffällig griff ich zur Ostfriesenzeitung. Da stand aber kaum etwas drin, was ich nicht schon wusste. Nur dass Neupert so reich war, das hätte ich nicht gedacht. Deshalb hat ihn der Hinweis auf den Schatz in den Briefen sicher eher amüsiert, aber kein Fieber ausgelöst. Und deshalb hat er davon vielleicht überall erzählt. Der konnte sich ja gar nicht vorstellen, dass so etwas Begehrlichkeiten weckte.

Und was für ein Nachruf! Über die Verstorbenen nur Gutes! Einziger Wermutstropfen: Die Polizei ging mittlerweile von Totschlag oder Mord aus. Die Lebensgefährtin hatte das Opfer identifiziert. Man suchte nach Gegenständen aus dem Besitz des Toten. Hauptsächlich Briefe, die verschwunden waren. Mein Puls erreichte die Werte eines untrainierten Sprinters beim Strandlauf. Wenn das nicht meine Theorie stützte, dass ein potentieller Schatzsucher Neupert gekillt hatte, um an mehr Informationen zu kommen! Das war eine heiße Spur, die von der Kasseler Polizei in Gestalt meiner Schwester nur in einem Halbsatz gestreift wurde. Quasi, um Ordnung in die Besitztümer zu bringen. »Wir sehen derzeit noch kein Motiv.« Meine Güte, Luise! Sperr doch mal deine Augen auf!

Meine Schwester staunte nicht schlecht, als ich plötzlich vor ihrem Frühstückstischchen stand. Frau Jensen übernahm die Begrüßung. »Möchten Sie auch ein Brötchen, Frau Wiese? Ihre Schwester isst sowieso immer nur eins. Wahrscheinlich eine Art Halbdiät.«

»Gerne, Frau Jensen! Und vor allem einen starken Kaffee.«

Ich zog mir einen Stuhl heran. Xenia war es mittlerweile gelungen, die Tasse abzustellen ohne zu kleckern, während mich Frau Jensen den übrigen Gästen vorstellte: »Das ist Frau Wiese aus Kassel, Kriminalhauptkommissarin und Zwillingsschwester der anderen Frau Wiese.«

Freundliches Nicken allerseits. »Meine Nichte hat auch Zwillinge, die sind aber noch klein und Jungen.«

Xenia wirkte immer noch irritiert. »Wie kommst du denn hierher?«

»Tja, lange Geschichte. Eine Spur führt nach Bensersiel und Langeoog. Dachte, ich quartiere mich bei dir ein. Wo Milan nicht da ist. Kann ja dann mit der Fähre hin- und herfahren. Obwohl das sauteuer ist, wie ich gerade festgestellt habe. Hoffentlich gibt es einen Polizeibeamtentarif.«

»Wann bist du denn losgefahren, wenn du jetzt schon hier bist?«

»Um zwei Uhr nachts. Ich bin ziemlich müde.«

Frau Jensen brachte einen Brotkorb mit drei Brötchen, Marmelade, Wurst und Käse. »Ein Frühstücksei, Frau Wiese? Möchten Sie auch ein hartes wie Ihre Schwester? Andere isst die ja nicht.«

»Nur, wenn Sie noch eins übrig haben. Bloß nicht extra kochen!«

Ei und weiterer Kaffee kamen umgehend. »Sie sehen sich wirklich äußerst ähnlich! Ganz verblüffend! Haben Sie auch dieselben Interessen?«

»Nein«, sagte Xenia etwas zu schnell. Würde ich so gar nicht sehen. Wir interessieren uns beide für Geheimnisse. Ich beruflich und Xenia virtuell. Will meinen, sie liest Krimis und will auch einen schreiben, ist aber meines Wissens über die ersten zehn Seiten noch nicht hinausgekommen.

»Was willst du denn hier für Spuren verfolgen?«, wollte sie gleich wissen.

Sofort ging mein Polizistinnenradar in Alarmbereitschaft. »Schwesterchen, halt dich raus. Ich warne dich! Das ist akribische Ermittlungsarbeit. Ich will dich nicht bei irgendwelchen inkompetenten Schnüffeleien erwischen, dass das klar ist!«

Inkompetente Schnüffeleien! Was für ein eingebildetes Huhn! Wenn ich in ihrem letzten Fall nicht so beharrlich gewesen wäre, säße immer noch der Falsche im Knast.

Ich nahm meine akribischen Ermittlungen über Thoms Tönges wieder auf. Wäre doch gelacht, wenn ich da nichts herausfinden und meiner Schwester den nächsten Täter präsentieren könnte. Die Spur, die ich verfolgte, nahm sie offensichtlich nicht einmal ansatzweise ernst.

Die Spöölstuvbücherei erwies sich als äußerst gemütlich. Ein schönes Gebäude mit einer offenen Galerie, auf der die Bücher ordentlich sortiert in Regalen versammelt waren. Familien mit Kindern konnten Spiele ausleihen, auch eine Spielecke war eingerichtet, so dass Regentage überbrückt werden konnten. Danach sah es heute nicht aus. Es war zwar ziemlich neblig, aber vermutlich wäre es spätestens mittags wieder sonnig. Wo war denn hier die geschichtsträchtige Ecke? Drei Regalbretter mit mehr oder weniger lokaler Historie.

Ich zog ein Heimatkundebuch von 1924 aus dem Regal, Nachdruck 1975, und fing an zu blättern. »Ostfriesland in Bildern und Skizzen». Ich las mich quer durch zwei alte Schinken. War zwar ganz interessant, etwas über die Gepflogenheiten der wochenlangen Heringsfischerei in damaligen Zeiten zu erfahren und über die Ausrottung der zuvor ganz blauäugig eingeschifften Kaninchen, die alsbald die Dünen löcherten. Aber eigentlich suchte ich was anderes. Wo war nur die neu angeschaffte Lektüre? Als ich frustriert aufbrechen wollte, fiel mir ein überbordendes Regalbrett auf. Darüber ein Schild: »Hier können Sie Bücher und Spiele ablegen. Wir sortieren sie dann wieder ein.« Mit neuer Hoffnung begann ich, den Stapel zu durchforsten. Ganz unten wurde ich fündig. »Langeooger Schifferleben.« Auf dem Titel Thoms Tönges Bernsen mit seiner Pfeife und dem ausgestopften Seehund. Ich begann zu blättern. Das war wirklich ein Schätzchen! Die Familiengeschichte der Bernsens in Bildern und Texten.

Brief des Lehrers Thoms Tönges Bernsen an Hinrich Herrmann Samstag, 16. Juli 1910

Mein lieber Hinrich, mein bester Freund!

Wie sehr habe ich mich gefreut über Deine Zeilen in der mir vertrauten ausufernden Schrift! Ich hoffe sehr, dass der kleine Karl bald seine Zähne hat, sodass Deine liebe Frau Dir wieder eine ausgeglichene Gefährtin sein kann.

Ich will Dir wieder von meinem Leben hier berichten: Mir wurde vorgeschlagen, zu Kurzwecken ausgiebige Strandspaziergänge zu unternehmen. Ich murrte nicht, besteht doch die Möglichkeit, hierbei das bezaubernde Wesen wiederzusehen, das einer Aphrodite gleich dem Meer entstiegen war, den geretteten Jungen im Arm. So wie sie schwimmen kann, hielt sie sich sicher am Badestrand auf. Am Damenstrand. Als ich durch die Dünen lief, einen Blick darauf zu werfen, nur um zu schauen, ob sie da sei, verwies mich eine hartgesichtige Aufseherin des Territoriums, und mir blieb nichts anderes übrig, als mein Glück am neutralen Strand zu probieren.

Der übliche Trubel. Du kannst Dir gar nicht vorstellen, was da alles los ist. Ein Schiffer kündigte an, dass er am Montag in aller Frühe auf die Seevogeljagd hinausfahren wolle. Ein Bootsführer warb lauthals für eine Lustfahrt mit seinem Segelkutter »Auguste2«, verbunden mit Netz- und Angelfischerei. Jung und alt, Frau und Mann, hätten bei ruhiger See ihr Vergnügen daran.

Vielleicht ist es ein wenig beschämend, da ich doch aus einer Schifferfamilie stamme, aber ich verspürte wenig Lust, mich freiwillig auf einen Kahn zu begeben, es sei denn die Nymphe wäre auch dort. Hier war sie jedenfalls nicht. Blieb noch die Möglichkeit, jenseits des Damenstrandes einen Weg hinunter zum Meer zu suchen, da ich die Hoffnung hegte, dass das Fräulein vielleicht einen kleinen Spaziergang am Wasser entlang zu machen pflegte. Und wirklich sah ich sie dort. Direkt an der Wasserlinie, ganz allein. Das Schicksal hatte mich zu ihr geführt. Ich ging durch die Dünen hinunter. Unterdessen hatte sie, Schuhe und Strümpfe in der rechten Hand tragend, begonnen, durch die Wellen zu laufen, während sie mit der linken ihren Rock leicht anhob. Sie erschrak, als sie mich sah.

»Oh, entschuldigen Sie! Ich wollte Sie nicht stören. Soll ich … wieder gehen?«

»Sie sind es!« Sie lächelte mich an, und in ihren Wangen entstanden bezaubernde Grübchen. »Ich habe schon gedacht, das wäre ein Strandaufseher wegen des Barfuß-Lauf-Verbots. Es ist viel schöner so als mit Stiefeln den Strand entlangzugehen.«

So sprach eine wahre Eva. In Gedanken meines Schuhwerks ledig, schritt ich an ihrer Seite am Meer entlang. Ich sammelte all meinen Mut und stellte mich ihr vor, mit meinem Namen und als Oberlehrer aus Lüneburg.

Und zu meiner Freude ging sie gleich darauf ein und erwiderte: »Henrieke Wilhelm, Volksschullehrerin aus Tümte, das ist ein Dorf in der Nähe von Esens. Haben Sie einen speziellen Schwerpunkt?«

Das war der Moment, den ich hasste, der kritische Moment: Der Bernsen gibt Musik und Deutsch. Ist das eine Aufgabe für einen Mann? Ich weiß, dass es Dir nichts ausmacht, als der Organist und Dorfschullehrer dazustehen. Ich kann nur von Dir lernen.

Henrieke reagierte anders, als ich befürchtet hatte. »Dann können Sie wohl auch ein Instrument spielen?«

»Ja, hauptsächlich Orgel. In der Kirche. Und Singen im Chor«, gestand ich ihr, und sie wunderte sich nicht, sondern fragte nach: »Singen Sie gerne?«

Henrieke verhielt sich überhaupt nicht so, wie ich es erwartete. Sie schien sich nichts aus Konventionen zu machen, und gleichzeitig wurde dadurch das Gespräch mit ihr so leicht und fließend wie die Wellen, die uns umspielten.

»Ja.« Mir kam in den Sinn, dass Du des Öfteren meine Tenorstimme lobst.

»Ich auch!«, lachte sie und fing gleich mit hellem Sopran zu trällern an: »Die Gedanken sind frei, wer kann sie erraten…« Ich fiel ein, spontan eine zweite Stimme formend. Auch bei der traurigen

Ballade von der schönen jungen Lilofee, die mit dem wilden Wassermann verheiratet wurde. Als der Wind uns den letzten Ton von den Lippen gerissen hatte und nur mehr das Rauschen des Meeres und die Schreie der Möwen zu hören waren, sagte sie. »Wir sollten umkehren.«

Sie hat dann die Schuhe wieder angezogen. Und wir sind zusammen in Richtung Wasserturm gegangen. Sie müsse zu ihrer Freundin zurück. Ich erzählte, dass ich im Hospiz wohne. Sie erwähnte, dass sie morgen mit ihrer Freundin zu dem Tanztee gehen wolle, in der Strandhalle.

Kannst Du Dir nun vorstellen, mein lieber Hinrich, dass Dein alter Thoms ernsthaft erwägt, das Tanzbein zu schwingen?

Thede und Manno saßen in der Stube und hatten ein reich verziertes silbernes Gefäß auf dem Tisch, als ich eintraf. Sie erklärten mir, das sei der »Brannwienskopp«, der noch aus den Tagen vom alten Thoms Tönges, unserem Urgroßvater, stamme und dass es eine spezielle Sitte der Ostfriesen zur Begrüßung neuer Familienmitglieder gäbe. Normalerweise neugeborener Kinder, ergänzte Thede. Aber das passe auch jetzt, befand sein Vater. Eine »Sienbohnsup.«

Wir löffelten gezuckerte und aufgekochte, in Branntwein eingelegte Rosinen. Dazu zeigten sie mir alte Skizzen, die Frerich und seine begabte Tochter Trientje angefertigt hatten. Alle Familienmitglieder waren liebevoll porträtiert und in ihren Eigenarten erkennbar, ebenso die Lebensgewohnheiten der Zeit. Ein Junge war beispielsweise dabei abgebildet, wie er ein Möwennest aushob, was nach Mannos Erzählungen für die ganze Familie eine komplette Mahlzeit ergab. Was der alte Thoms Tönges eigentlich genau gearbeitet habe, fragte ich. Der habe Güter transportiert mit seinem Kutter *Doortje*. Ja, das Boot sei nach seiner Frau benannt. Er habe auch noch ein kleines Segelboot gehabt, das den Namen seiner Lieblingstochter Stientje getragen habe. Damit sei er immer Schmuggeln gefahren. Nur so habe man zur Zeit der französischen Fremdherrschaft mit ihren Handelsblockaden überleben können.

Frerich habe von einigen Abenteuern berichtet, die sie auf hoher See zwischen Helgoland und Langeoog erlebt hätten.

»Sind sie nicht sogar einmal nur knapp einem französischen Kanonenboot entkommen?«, fragte Thede seinen Vater.

»Ja, Felde hatte etwas getrunken und deshalb zu langsam reagiert.«

Betretenes Schweigen trat ein. »Der Nachbarsjunge?«, fragte ich erstaunt.

»Der Nachbarsjunge?« Thede wirkte irritiert.

»Ich habe Thoms erzählt …«, hub Manno an.

Dann wussten sie nicht so recht weiter. Schließlich stellten sie klar, Felde sei der Bruder von Tönges und Frerich gewesen. Ich wunderte mich sehr, warum sie ein solches Geheimnis um diesen Felde machten, aber die Höflichkeit gebot mir, nicht nachzufragen.

In der Nähe der Küste waren sie jedenfalls auf ein französisches Kanonenboot gestoßen, als sie gerade eine Nebelwand durchquert und eine Sandbank umschifft hatten. Ihre Rettung bestand darin, schnell in den Nebel zurückzugleiten. Das französische Schiff wagte nicht, ihnen zu folgen. Die Gefahr zu stranden war zu groß.

»Von diesem Tag an durfte Felde nicht mehr mit zum Schmuggeln. Thoms fand das wohl zu unsicher.«

»Durfte Felde gar nicht mehr segeln? Für jemanden aus einer Schifferfamilie ist das bestimmt eine harte Strafe!«

»Zum Einkaufen aufs Festland hat er seinen Vater begleitet«, eine kleine Pause entstand. »Zuletzt als Thoms starb.«

»Woran ist er gestorben?«

Felde und sein Vater seien mit der *Stientje* unterwegs gewesen. Zum Festland. Auf dem Rückweg habe es ein Gewitter gegeben. Thoms sei über Bord gefallen. Wie fast alle Schiffer, habe er nicht schwimmen können, Seemannslos! Felde sei sehr verwirrt allein nach Hause gekommen. Und habe sich gleich der Flasche ergeben.

Auch wir löffelten tapfer weiter, sodass ich den Weg ins Hospiz nicht mehr schaffte. Am nächsten Morgen fand ich mich in einem

Butzen in der Küche wieder, eine Art Holzverschlag rund um ein Bett, mit Klappen davor. Die Kinder standen drumherum und kicherten, als ich hinausguckte.

Elske erzählte, dass Thede zur Pferdebahn und Manno mit der Kutsche los sei, während sie mir einen starken Tee einschenkte. Den ich auch bitter nötig hatte. Nun ist mein Kopf wieder klar genug, um Dir zu schreiben.

Mein lieber Freund, Du sagtest in Deinem Brief, dass Du meinen Reiseroman sehr schätzt. Du weißt, wie sehr auch ich solche Berichte liebe. Und nun kann ich selbst einmal einen solchen verfassen. Zwar bin ich nicht weit von Lüneburg entfernt, aber es sind so viele neue Eindrücke, dass sie sich mitunter zu einer inneren Weltreise summieren.

Dein Thoms

Von dem Fahrradverleih aus, den Frau Jensen mir empfohlen hatte, radelte ich ins Inselzentrum. Fricko sprang begeistert um das Vorderrad herum. In der Einkaufszone stieg ich vorschriftsmäßig ab und schob mein Gefährt. Hinter der Schmuggelkiste ging es vor dem Wasserturm nach links. Die Polizei ist dort in einer rot verklinkerten Doppelhaushälfte einquartiert. Ich hielt es für angemessen, die lokalen Behörden über meine Ermittlungen zu informieren. Schließlich würde ich auch wissen wollen, was in meinem Einzugsbereich passiert. An einem weiß laminierten Schreibtisch saß ein blonder, bärtiger Mann, etwa mein Alter, und redete beruhigend auf einen sportlichen Herrn in den besten Jahren ein, der offenbar sehr erregt war.

»Bisher habe ich noch nicht verstanden, was oder wen Sie anzeigen wollen. Könnten Sie vielleicht …«

»Herrschaftszeiten! Sie sind ja wirklich nicht der Hellste.«

Der Unterkiefer meines Inselkollegen schob sich nach vorn.

»Also, das war so. Ich habe mein Fahrrad abgestellt, da am Strand gegenüber von dem Klohäuschen, wo alle ihre Räder abstellen.«

»Haben Sie es abgeschlossen?«

»Was? Nein! Das ist doch hier 'ne Ferieninsel.«

»Vielleicht hat es sich jemand ausgeliehen. Was für ein Fahrrad ist es denn?«

Es folgte eine komplizierte Beschreibung, deren Ende ich nicht mitbekam, weil mir gerade siedendheiß einfiel, dass ich mein Leihfahrrad auch nicht abgeschlossen hatte, weil der Schlüssel irgendwie klemmte. Ich ging schnell raus, um es noch einmal zu probieren, diesmal mit mehr Erfolg. Als ich die Wachstube wieder betreten wollte, kam mir der bestohlene Tourist schon entgegen.

»Wie kann ich Ihnen helfen?«, wurde ich von meinem Kollegen empfangen.

»Wiese, Kripo Kassel.«

Die blonden Augenbrauen schnellten nach oben. »Sogar Ihren Diensthund haben Sie mitgebracht?« Er hielt Fricko die Hand hin, die der interessiert beschnupperte.

»Ist ein bisschen kompliziert zu erklären. Es geht um einen Toten, der bei uns in der Fulda geschwommen ist, aber sicher nicht freiwillig, und es gibt Spuren, die nach Langeoog führen.«

»Neupert, stimmt's?«

»Ja.«

»Und wie kann ich Ihnen dabei helfen? Das Institut und sein Wohnsitz sind doch in Bensersiel.«

»Seine Exfrau wohnt hier.«

»Haben Sie die in Verdacht?«

»Wir sammeln noch Spuren.«

»Mich wundert es etwas, dass Sie sich nicht in Bensersiel einquartiert haben. Obwohl es natürlich bei uns viel schöner ist.«

»Ehrlich gesagt, habe ich gedacht, man könnte mit der Fähre zum Straßenbahntarif hin- und herfahren.«

Der Inselpolizist starrte mich an, völlig verdattert, dann prustete er los. Ich konnte nicht anders, ich musste mitlachen.

Ich las das »Langeooger Schifferleben« an einem Stück. Ging schnell, denn es waren viele Bilder drin, hauptsächlich Trientje-Skizzen. Die Bernsens schienen eine außergewöhnliche Familie gewesen zu sein. Thoms Tönges war in jungen Jahren bei einem Schiffer am Festland angestellt. Da er dort das Logbuch führte, konnte er also schreiben und lesen, für die Zeit schon außergewöhnlich. Nahm ich jedenfalls an. Es klang zwischen den Zeilen durch, dass es Thoms Tönges nicht passte, sich unterzuordnen. Deshalb wanderte er mitsamt seinen Kenntnissen nach Langeoog aus und baute sein eigenes Geschäft auf. Ein zäher alter Patriarch.

Das Buch bot mir einen Vorwand, es noch einmal bei Overberg zu probieren. Immerhin hatte er mir ja seine Visitenkarte gegeben. Vielleicht weckte das Buch Erinnerungen in ihm. Ich war mir sicher, dass Neupert ihm von Thoms Tönges erzählt hatte. Ich fuhr zum Gerk-sin-Spoor. Eine Prachtvilla, hier ließ es sich respektabel leben. Fast traute ich mich nicht, zu klingeln. Aber nur fast! Als nichts geschah, drückte ich versuchsweise auf die schön geschwungene Klinke, die Tür öffnete sich tatsächlich, und im nächsten Augenblick kam Overberg durch einen großzügigen Flur auf mich zu, überrascht und erfreut wie mir schien. Er wirkte athletischer und attraktiver, als ich ihn in Erinnerung hatte, was vielleicht daran lag, dass er Jeans und einen meergrünen Pullover trug.

»Hallo, Frau Wiese. Wie schön, dass Sie vorbeischauen. Kommen Sie doch herein! Einen Kaffee? Latte macchiato, Cappuccino, Espresso, was Sie wollen.«

Ich folgte ihm in eine geräumige Küche mit Kaffeevollautomat und orderte Latte macchiato. Während er zielgerichtet den Automaten bediente, schaute ich mich um. Gediegenes Ambiente. Mit historischem Touch. An den Wänden Radierungen alter Segelschiffe, die den Gezeiten trotzten, außerdem ein Regal mit inseltypischen Utensilien. Seemannsknoten, alte Ferngläser, Kompass. Wie Requisiten im Theater.

»Schön haben Sie es hier.« Das war höflich, denn eigentlich mag ich kein Theater.

Overberg grinste schelmisch. »Das muss auch sein. Wir Wissenschaftler vergraben uns ja gerne in unseren Wohnungen und Arbeitszimmern. Ich forsche gerade intensiv zu einer historischen Persönlichkeit, über die ich einen Aufsatz für eine Fachzeitschrift schreiben muss.«

»Wer ist es?«, unterbrach ich ihn.

»Das möchten Sie doch gar nicht wissen!« Er bedachte mich mit einem charmanten Lächeln.

Konnte mich jetzt gerade nicht beeindrucken. Wieso sagte er mir den Namen nicht? Wenn es doch eine bekannte Persönlichkeit war? Bisher hatte er doch so gern mit seinem Wissen geglänzt.

»Jedenfalls schreibe ich am liebsten hier auf Langeoog, da bin ich ungestört. Das ist der Vorteil unseres Berufes, ich muss nicht immer im Institut präsent sein.«

»Haben Sie schon gehört, dass Herr Neupert gestorben ist?«

»Ja, das ist furchtbar tragisch. Frau Seesen, unsere Sekretärin, hat mich angerufen. Entsetzlich! Zumal sie andeutete, die Polizei ginge von Mord oder Totschlag aus. Davon hat der Polizist aber nichts gesagt, mit dem ich telefoniert habe. Ich kannte Neupert noch nicht lange. Ich bin schließlich erst seit Kurzem Leiter des Instituts. Trotzdem. Ich mochte ihn.«

»Sagen Sie, können Sie sich irgendjemanden vorstellen, der Neupert Übles wollte?«

»Sie reden wie im Fernsehkrimi.«

»Wollen Sie nicht wissen, was da passiert ist?«

»Doch, doch. Aber wieso soll ausgerechnet ich das wissen, ich sagte ja bereits, ich kannte ihn kaum. So ein erfolgreicher Mann wie Neupert hat sicher Neider, aber deshalb bringt ihn doch keiner um. Vielleicht ist er einfach ohnmächtig geworden und ins Wasser gerutscht. Wollen Sie etwa Detektiv spielen?«

»Ich habe Neupert schließlich kennengelernt, und mich stört es erheblich, wenn Leute, mit denen ich bekannt bin, einen plötzlichen, wundersamen Tod sterben.«

Overberg musterte mich mit seinen blauen Augen. »Das irritiert mich auch, aber meinen Sie nicht, dass wir das der Polizei überlassen sollten? – Was machen Ihre historischen Forschungen?«

Ich packte das Buch aus. »Dieses Werk erzählt von der alten Schifferfamilie Bernsen auf Langeoog. Kennen Sie es schon?«

Als er danach griff, streifte er mit seinen langgliedrigen Fingern ganz zufällig meine Hand. »Interessant!« Er sah es nur flüchtig durch und schaute dann wieder mich an. Was für ein Lächeln!

»Das zweihundert Jahre alte Boot von dem Typen steht jetzt im Schifffahrtsmuseum«, setzte ich schnell nach.

»Damit kann der unmöglich weit hinausgefahren sein. Es ist zu klein.Vielleicht zur Jagd auf Seehunde.« Seine Augen suchten meinen Blick. Ich blätterte schnell in dem Buch.

»Hier steht, er habe das Schiff genutzt, um damit zum Festland überzusetzen. Das war ja früher nicht so einfach.«

»Das können Sie wohl sagen. Meines Wissens wurde 1830 erstmals ein Fährmann für eine regelmäßige Festlandverbindung bestellt«, jetzt war er wieder in seinem historischen Element. »Der kaufte sich mit staatlicher Unterstützung eine Schaluppe, die schon im Jahr darauf vom Sturm zerschlagen wurde.«

Noch ein wandelndes Langeoog-Lexikon außer Frau Jensen. Allerdings ein weitaus erotischeres. Alexander Overberg hatte eine ungeheure Präsenz, was sehr anziehend wirkt, zumindest auf mich. Lieber wieder in die Vergangenheit abtauchen.

»Die Leute konnten also wirklich nur mit eigenen Schiffen Kontakt zum Festland halten?«

»Nicht ganz. Es gab eine Postverbindung mit Wattläufern. Da musste man sich aber gut auskennen. Was die Schiffe betrifft, so hatten nicht alle Inselbewohner welche. Es wird berichtet, dass manchmal gestrandete Boote benutzt wurden, um zum Beispiel für einen Kirchgang aufs Festland oder zu einer Nachbarinsel zu gelangen. Und stellen Sie sich die Überfahrt ja nicht zu gemütlich vor. Wenn die Segel gewendet wurden, mussten sich die Passagiere auf den Boden legen.«

»Sicher war es damals noch viel aufwändiger, sich über das Festland zu versorgen als heute, da ist es in erster Linie nur teuer. Das muss ein ganz schön karges Leben gewesen sein auf der Insel.«

»Wenn man Glück hatte, wurde Strandgut angespült. Das war eine nicht zu unterschätzende Einnahmequelle. Diese Straße ist sogar danach benannt. Gerk Albers soll auf diesem Weg um 1900 regelmäßig Fundsachen heimgeschleppt haben. – Ach, ich würde gerne noch weiterplaudern mit Ihnen, aber ich habe in Kürze einen Termin.«

Ja, ich hätte auch noch gern mit ihm geplaudert. Nur geplaudert? Besser so. Aber eine Frage musste ich noch loswerden: »Ob vielleicht im Institut eine Erklärung für Neuperts Ermordung zu finden ist?«

»Wieso da?«

»Das lag Neupert am Herzen, sein Steckenpferd. Wen gibt es denn im Institut?«

Er lächelte amüsiert. »Sie wollen doch nicht die Leute dort verdächtigen? Die Sekretärin ist schon seit Beginn da und dem Betrieb treu verbunden. Es gibt ein paar Hilfskräfte, Hausfrauen, Studenten, die sich für die Arbeit interessieren. Es hat etwas Familiäres.«

»Auch in den besten Familien kann man sich streiten!«

»Vom Streit zum Mord ist es aber doch ein weiter Weg.«

»Manchmal nicht. Und bestimmt gibt es auch am Institut Konfliktfelder.«

»Da irren Sie. Das Leben dort ist ruhig und beschaulich. Nur alte, geduldige Schriften und wenige, freundliche Menschen.«

»Könnte es nicht eine Auseinandersetzung um alte Quellen geben? Weil zwei Personen sie völlig unterschiedlich deuten? Vielleicht zitiert jemand aus einem Text, den eigentlich ein anderer entdeckt hat und klaut ihm dadurch die Rosinen. Oder weist nach, dass ein alter Text gar nicht alt ist, sondern gefälscht. Wie bei den Hitler Tagebüchern.« Ich merkte es selbst, jetzt ging meine Fantasie voll mit mir durch.

»Ehe Herr Neupert irgendetwas kaufte, ließ er das sehr gründlich prüfen.«

»Wenn der Gutachter mitspielt beim Fälschen? Wer begutachtet denn die alten Schriften?«

»Erst einmal Herr Neupert selbst, er scheint sich auf diesem Gebiet ein erstaunliches Fachwissen angeeignet zu haben, dann der Leiter natürlich, und in letzter Instanz ein Expertenteam in Esens, wo die Dokumente, falls nötig, restauriert werden.«

»Haben Sie auch schon etwas in Augenschein genommen?«

»Bis jetzt nicht. Hatte noch keine Gelegenheit dazu«, und mit einem breiten, spitzbübischen Lächeln: »Bin ich jetzt von der Liste Ihrer Verdächtigen gestrichen?«

Ich lachte. »War ja nur eine Idee. Haben Sie eine bessere?«

»Sie haben wirklich Temperament, Frau Wiese. Das gefällt mir. Tun Sie mir einen Gefallen, sagen Sie nicht immer Herr Overberg zu mir. Da komme ich mir steinalt vor. Ich bin Alexander.«

»Xenia.« Ich reichte ihm die Hand, die er vielleicht eine Spur zu lange festhielt. Was mich nicht störte.

»Interessanter Name.«

»Von meiner Oma geerbt.«

»Bis bald, Xenia!«, rief er hinter mir her, als ich davonfuhr.

Inzwischen hatte der kräftige Seewind die wenigen Wolken vertrieben. Strahlender Sonnenschein. Aber trotzdem war mir nicht wohl, ich fühlte mich irgendwie nicht allein, regelrecht beobachtet. Vielleicht war das nur eine Nachwirkung eines wilden Traums heute Nacht, voller diffuser Bedrohung und schrecklicher Nachstellungen. Es konnte ja nichts schaden, mich einmal umzudrehen, allerdings fiel mein Blick nur auf andere Touris, die die Auslagen der Schmuggelkiste studierten, sich einen neuen Fleece-Pulli in einem der zahlreichen Klamottengeschäfte aussuchten oder in die Buchhandlung Krebs strömten, um den neuesten Inselkrimi zu kaufen. Alles ganz unverdächtig. Aber das Gefühl einer Bedrohung ließ mich nicht los.

Mein erster Besuch galt Frau Neupert. Die hielt sich nach Auskunft ihrer Tochter in der Heerenhusstraße 24 auf. Das Haus gehörte Wilfried Laurenz, ihrem Lebensgefährten, den sie bei einem der zahllosen Inselaufenthalte mit ihrem Ex und Sandra kennengelernt hatte. Frau Neupert war das Gegenteil ihrer Tochter. Dürr, blondiert, solariengebräunt, mit faltiger Haut. Sie öffnete die Tür im seidenen Morgenmantel. Vielleicht gerade dem Bett entstiegen. Ihr Blick maß mich abschätzig.

»Wiese, Kripo Kassel. Ich untersuche den Tod Ihres Ex-Mannes.«

»Ich weiß. Meine Tochter hat mich angerufen. Kommen Sie herein.« Sie führte mich in ein mondän eingerichtetes Zimmer. »Entschuldigen Sie mich bitte einen Moment.«

Einen Moment! Als sie nach etwa 15 Minuten wiederkam, hatte ich festgestellt, dass die Zeichnung von Picasso an der Wand vermutlich echt war, ebenso wie die vielen anderen Bilder unterschiedlichster Epochen, die überall herumhingen. Bunte und goldene Vasen standen auf Wurzelholztischchen. Die Bücher in den Regalen waren wohl nicht zum Lesen gedacht. Sie schienen nach der Ästhetik der Einbände ausgesucht worden zu sein. Frau Neupert hatte die Zeit genutzt, um sich einen knallroten Hosenanzug mit einer weißen Bluse anzuziehen und sich stark zu schminken. Sie ließ sich auf das Seidensofa fallen, was ich zum Anlass nahm, mich – unaufgefordert – auf die Kante eines filigranen Stuhls zu setzen. Besonders gute Manieren hatte die Dame anscheinend nicht. Sie musterte mich mit Gletscherblick. »Ich weiß gar nicht, wie ich Ihnen helfen kann. Ich habe Emerich schon lange nicht mehr gesehen.«

»Wann denn zuletzt?«

»Letztes Jahr irgendwann. Bei der Eheschließung unserer einzigen Tochter war das aber nicht. Da hatte er etwas Wichtigeres zu tun und ist einfach nicht erschienen.« Ihre Stimme hatte Ladyshave-Qualitäten mit frisch gewechselten Klingen.

»Der Vater hat die Hochzeit boykottiert?«

»Ja. Sandra hat sich die Augen ausgeweint. Sie dachte, jetzt wo sie schwanger und verheiratet wäre, würde Emerich sie mehr beachten.«

»So?«

»Der Hochzeitstermin passte ihm nicht in den Kram. Irgendeine Tagung in den USA. Natürlich hat er diesen Grund nicht genannt. Er akzeptiert Daniel ganz einfach nicht, weil er seine Frau und das Kind nicht ernähren könne. Das klang einigermaßen plausibel, denn Emerich war schon immer Anhänger einer althergebrachten Rollenverteilung. Und die nutzte er zu seinem Besten, das können Sie mir glauben.«

»Das verstehe ich nicht.«

»Stellen Sie sich nicht so dumm! Eine Frau fürs Bett, wenn er gerade mal Lust hatte, was selten genug der Fall war. Eine Frau fürs Essenkochen, Putzen, Zuhören. Ein Objekt, auf das er seinen ganzen Müll schmeißen konnte.«

»Das klingt so, als seien Sie noch ganz schön sauer auf ihn.«

Ihr Mund bekam einen noch härteren Zug. »Die zehn besten Jahre meines Lebens habe ich ihm geopfert. Das reicht. Zum Glück sind diese Zeiten vorbei. Aber nicht vergessen.«

»So schlimm?«

»Ja. Ein Egomane. Unzuverlässig bis dort hinaus! Der hielt sich an keine Verabredung. Außerdem cholerisch.«

»Hat er Sie bedroht oder geschlagen?«

»Nein! Mich bedroht oder schlägt kein Mann. Da wäre ich sofort verschwunden! Frauen gegenüber war er nicht cholerisch. Dafür hat er sie wohl nicht ernst genug genommen. Die waren für ihn normalerweise wie Mobiliar, ein Tisch oder ein Stuhl.«

Als sie den Hals reckte, traten ein paar Sehnenstränge hervor wie bei einem besonders fresslustigen Hühnchen. »Gefühle hat er nur gezeigt, wenn es um seinen Geschichtskram ging. Da konnte er sich aufregen, als hinge sein Leben davon ab. Einmal, als Sandra noch sehr klein war, hat sie ein historisches Dokument zu bemalen angefangen, das Emerich herumliegen lassen hatte. Sie können sich nicht vorstellen, wie der das kleine Kind angebrüllt hat. Sandra hat natürlich geheult wie am Spieß.«

»Gab es noch mehr solcher Situationen?«

»Nein. Sandra behandelte ihren Vater wie ein rohes Ei, und er sie wie einen Kleiderschrank. Was für eine glückliche Kindheit.«

»Immerhin mussten Sie sich keine finanziellen Sorgen machen.«

»Nein, das musste ich nicht.«

»Und Sie hängen immer noch an seinem Geldhahn, wie spitze Zungen bemerken.«

»Gehört die spitze Zunge vielleicht dieser Matrone, der Pommsen?« Sie lachte unlustig auf. »Ja, ich bekomme Unterhalt von Emerich. Was ist daran so schlimm?«

»Ich befürchte, dass das jetzt ein Ende haben könnte. Tote zahlen nicht!«

»Nicht weiter tragisch. Wilfried hat mir erst gestern wieder einen Heiratsantrag gemacht. Möglicherweise sage ich zur Abwechslung mal ja.«

»Vielleicht hat Neupert Sie in seinem Testament ja großzügig bedacht.«

»Und Kühe können fliegen.«

Von der Tussi hätte ich mich ebenfalls scheiden lassen, wenn ich Mann wäre. Das, was sie mir über ihren Ex-Mann erzählt hatte, war jedoch auch nicht geeignet, meine Sympathie für ihn zu wecken. Das klang ganz nach einem Typen, dem seine Mitmenschen komplett egal waren und der rücksichtslos sein Ding durchzog. Seine ebenfalls sehr wenig liebenswerte Frau hatte die Ehe wahrscheinlich nur deshalb so lange aufrecht erhalten, weil die finanzielle Seite kaum Wünsche offen ließ und sie noch keine Alternative hatte. Frau Neupert machte den Eindruck einer Diva, die mit wenig Grips, aber viel Instinkt ausgestattet ihre Schäfchen ins Trockene manövrierte und dabei ebenfalls wenig Rücksicht auf ihre Umgebung nahm. Ein Wunder, dass Sandra sich für den warmherzigen Daniel als Ehemann entschieden hatte. Meist suchen sich solche armen Opfer ja unbewusst wieder einen ähnlich abstoßenden Typen als Partner. Und Daniel machte nicht den Eindruck eines rücksichtslosen Egomanen. Oder war dies ein Trugschluss, und auch er hatte seine Schlagseiten, die er freundlich ummäntelte?

So recht kam ich mit meiner Schatzsuche trotz interessanter Informationen nicht voran. Auch die Ermittlungen zu Neuperts Tod stagnierten. Ob ich noch mal die Stedelers besuchen sollte? Garantiert bekäme ich wieder Wein angeboten. Dann könnte ich meinen Frust ersäufen. Nein, eine neue Perspektive musste dringend her! Ich beschloss, in die Welt einzutauchen, in der Thoms zu Hause war. Inspiration suchen!

In Ermangelung eines eigenen Bootes buchte ich eine Rundfahrt im Nationalpark Wattenmeer mit Fischfang. Mit der Inselbahn ging es zum Anleger. Sonderfahrt. Wenn alle Leute, die jetzt die Inselbahn füllten, aufs Schiff wollten, würde es eng werden. Zügig schritt ich voran. Der Laufsteg an Bord war reichlich wackelig. Einer von hinten drängelnden, kräftigen und knabenhaften Blondine, die eine erstaunlich missmutige Miene zur Schau trug, trat ich dezent auf den Fuß. Ich ließ mich auf einen Platz an der Reling fallen und schaute auf die Wellen und die Segelboote, die dort vor Anker lagen. Wie befürchtet strömten Massen an Deck. Vorzugsweise Eltern oder Großeltern mit Kindern verschiedener Größenordnungen.

»Du, Oma, guck mal da! Eine Möwe!« Neben mir nahmen eine grauhaarige Frau und ein kleines Mädchen Platz.

Gegenüber schmissen sich zwei Jungen mit Mordsgerangel in die Bank. Eine Frau, ihre Windjacken auf dem Arm hinter ihnen hertragend und um eine unbewegte Miene deutlich bemüht, offensichtlich ihre leicht genervte Mutter, folgte ihnen. »Ich will am Rand sitzen, Mama. Ich war zuerst da. Der Dennis hat sich vorgedrängelt. Ich will an den Rand! Ich will an den Rand! Buhuhu!«

Ich war kurz davor, die Kleinen über Bord zu schmeißen.

»Mama, der Dennis hat mich weggeschubst. Ich will da jetzt runtergucken.«

»Ruhig jetzt, Kevin. Setz dich hin!«

»Aber …«

Wir stachen in See. Hinaus aus der Hafeneinfahrt. Der Motor tuckerte beruhigend, während der Kapitän uns an Bord begrüßte. Ein Fischerboot schipperte vorbei, rechts und links je ein hochgezogenes Schleppnetz, umringt von lärmenden Möwenschwärmen, die auf ihren Teil der Beute lauerten. Wunderbar, das reinste Idyll.

»Mama, der Dennis lässt mich nicht durch das Fernglas gucken. Ich will auch mal gucken ... Buhuhu!«

»Wenn Dennis fertig ist, gibt er es dir.«

»Ich will aber jetzt! Jetzt! Ich will ...«

»Kevin, halt endlich die Klappe!« Das war mir so rausgerutscht. Die Mutter guckte betroffen, Kevin irritiert.

Nun, wo ich schon einmal dabei war, mich einzumischen, konnte ich auch gleich weitermachen: »Dennis, rück das Fernglas raus. Ihr seid wirklich gnadenlose Nervensägen!«

Die ältere Frau, die mit mir in der Bank saß, nickte zustimmend, während das kleine Mädchen neben ihr abwägend und interessiert die Jungen beguckte.

Wir fuhren jetzt so langsam, dass die Wellen uns fast überholten. Die Stimme des Kapitäns drang durch den Lautsprecher. »So, wir wollen in Kürze unser Schleppnetz einholen. Alle, die sich für den Fischfang interessieren, bitte auf das Achterdeck kommen.«

»Wo, bitte schön, ist das Achterdeck?«, fragte ich in die Runde.

»Hinten«, sagte Kevin, um sogleich von seinem Platz zu rutschen. Natürlich behindert vom großen Bruder, der ihn an der Kapuze festhielt. So stolperten die beiden los. Es zeigte sich bald, dass das Achterdeck zu klein war, um alle Leute aufzunehmen, die an Fischfang interessiert waren. Die Kinder schoben sich nach vorne durch, die schüchternen unter ihnen wurden von den Erziehungsberechtigten in Position gebracht – und standen dann voll im Weg. Ich bin nicht eben groß, knapp 1,65 Meter. Ein Typ von 1,85 stellt da schon eine echte Hürde dar, eine 1,70-Meter-Frau mit Wuschelkopf ebenso. Da tat ich etwas, was man theoretisch nicht darf, aber alle Kinder, denen ich schlechtes Vorbild hätte sein können, waren ja vorne. Ich stellte mich hinten auf eine Sitzbank. Von da aus hatte ich einen fantastischen Blick auf unseren Fang: eine knapp sieben Zentimeter große Scholle und weitere kleine, zappelnde Meeresbewohner im soeben eingeholten Schleppnetz. Dann passierte etwas, womit ich wirklich nicht gerechnet hatte. Ich bekam einen Stoß, verlor das Gleichgewicht und stürzte über die Reling.

»Meinst du wirklich, du kannst die Polizeistation so lange unbesetzt lassen?« Eigentlich war ich meinem Inselkollegen zutiefst dankbar, dass er mich mit seinem schnellen Motorboot zum Festland überzusetzen bereit war. Aber mein Pflichtbewusstsein zwang mich, danach zu fragen.

»Kein Problem. Ich bin über Handy erreichbar und schnell zurück. Meist passiert sowieso nichts. Ich kann es auch nicht ändern, dass Hauke so überraschend ausgefallen ist.«

Habbos einziger Kollege war mit einem akuten Blinddarm eiligst in das Rote-Kreuz-Krankenhaus in Wittmund transportiert und in den OP geschoben worden. Und ein Ersatz war noch nicht in Sicht.

Habbo und ich waren bei einer guten Tasse Darjeeling zum »Du« übergegangen. Ich bin sonst gar nicht so schnell dafür zu haben. Aber Habbo machte es einem leicht mit seinem unkomplizierten und freundlichen Wesen. Er führte das Steuer seines Bootes sichtlich stolz und begeistert. Der Fahrtwind riss an meinen Haaren und löste einzelne Strähnen aus dem Zopf. Fricko neben mir kniff leicht die Augen zusammen, aber auch er schien die schnelle Fahrt zu genießen. Ich streichelte seinen dicken Kopf, während der Wind sogar das kurze Hundefell durcheinanderwirbelte. Und drehte mich noch einmal herum, um den Ausblick auf die Insel und die Hafenanlage zu genießen.

In Sichtweite befand sich ein Ausflugsschiff. Es stand regelrecht im Wasser und schien sich nicht zu bewegen. Wahrscheinlich schipperte es Touristen zu den Seehundsbänken oder demonstrierte gerade den Granatfang mit Krabbenkochen an Bord. Ich ertappte mich dabei, wie ich lächelte. Ein bisschen Urlaubsgefühl kam trotz aller Arbeit schon auf, das muss ich zugeben. Ich wollte gerade den Blick abwenden, als plötzlich auf dem Schiff ein Passagier über Bord ging. Im kurzen Flug wedelte er grotesk mit den Armen, bevor er – oder vielleicht doch sie? – ins Wasser eintauchte. »Habbo!« rief ich in heller Aufregung. »Da ist jemand ins Wasser gefallen!«

Habbo nahm Fahrt weg, bereit für ein Wendemanöver. Ich beobachtete, wie die Gestalt im Wasser herumplantschte und ein Rettungsring in unmittelbarer Nähe aufs Wasser klatschte. »Ich glaube, die haben die Sache im Griff«, verkündete ich, als die Person im Wasser den Ring erreichte.

»Dann halten wir uns raus!«

Mit einem leichten Rückstoß schnellte das Boot wieder vorwärts, ich hatte Mühe, mich festzuhalten, konnte den Ausgang der Rettungsaktion nicht verfolgen. Aber ich vertraute Habbos Einschätzung.

Wenig später hatten wir den Hafen von Bensersiel erreicht. Ich winkte Habbo zum Abschied zu, als er den Rückweg zur Insel antrat, holte mein Auto vom Parkplatz, erlaubte Fricko ausnahmsweise, auf dem Beifahrersitz Platz zu nehmen und steuerte das historische Forschungsinstitut an.

»Herr Doktor Overberg ist heute nicht da«, sagte Frau Seesen, die freundliche Sekretärin und strich sich über die kunstvoll getürmten grauen Haare. »Sie können ihn auf der Insel erreichen. Gerk-sin-Spoor 10. Haben Sie die Telefonnummer?«

Sie gab mir einen Zettel.

»Sicher können Sie mir auch Auskunft über das Institut geben.«

»Was möchten Sie denn wissen?«

»Wie lange sind Sie schon hier?«

»Seit der Gründung vor 10 Jahren.«

»Was sind Ihre Aufgaben?«

»In erster Linie Anfragen von Forschern beantworten, die bei uns Dokumente einsehen wollen. Es ist nicht möglich, Unterlagen auszuleihen, aber wir haben einen großen Lesesaal zum Studium. Ich muss die Termine so vergeben, dass nicht zwei Leute das Gleiche recherchieren wollen. Anfragen für Vorträge bearbeiten, neu erworbene Dokumente archivieren. Bei Bedarf gehen sie vorher zu einem Restaurator.«

»Wer macht so etwas?«

»Da haben wir schon seit Beginn denselben. Wilm Gerdekes aus Esens. Obwohl er noch ziemlich jung ist, leistet er hervorragende Arbeit. Er ist ein echter Geheimtipp unter den Restauratoren und hat neulich erst diese alte Notenschrift restauriert, die für mehrere Hunderttausend Euro verkauft wurde.«

»Haben Sie die Adresse?«

»Selbstverständlich.« Noch ein Zettel.

»Sie haben jetzt einen neuen Chef?«

Ihre Augen begannen zu leuchten. »Ja, der Herr Doktor Overberg, ein netter, freundlicher Mensch.«

»Der ist noch nicht lange da, oder?«

»Seit dem ersten September. Ein ganz renommierter Historiker. Hat in den USA studiert und in Paris.«

»Wer hat davor das Institut geleitet?«

»Professor Massmann.«

»Warum ist er gegangen?«

»Wäre er nicht. Wenn Herr Neupert ihm nicht gekündigt hätte. Professor Massmann ist ein Mann der alten Schule, ein emeritierter Professor von einer deutschen Uni. Weiß gar nicht mehr, welche.«

»Wissen Sie, warum Herr Neupert ihn nicht mehr als Leiter wollte?«

»Herr Neupert wollte frischen Wind hereinbringen. Doktor Overberg hat gute Ideen, um das Institut noch bekannter zu machen.«

»Wie war die Zusammenarbeit mit Herrn Neupert? Sind Sie gut mit ihm ausgekommen?«

»Sicher! Herr Neupert war ein Mann mit Visionen.«

»Solche Visionäre sind manchmal schwer zu ertragen.«

»Wenn man die Ideale teilt, ist das kein Problem!«, sagte sie etwas spitz.

Ob die Dame mit ihm ein Verhältnis hatte, oder zumindest auf ihn scharf war? Vom Alter her passte sie bestens. »Hatten Sie eine Liebesbeziehung mit Herrn Neupert?«

Sie errötete: »Unverschämtheit. Er schätzte mich als seine verlässliche Mitarbeiterin, und ich respektierte ihn als meinen Chef.«

Ich überlegte, ob ich weiterbohren sollte, beließ es dann jedoch dabei. Ich rechnete nicht damit, etwas anderes als Lobgesänge auf Neupert zu hören. »Wie finanziert sich das Institut?«

»Über eine Stiftung, die Herr Neupert mit seinem Privatvermögen alimentiert hat.«

»Wie wird das in Zukunft sein, jetzt, wo Herr Neupert tot ist?«

Sie hob langsam den Kopf. »Ich weiß es nicht«, sagte sie leise.

Ich sah die Wellen auf mich zukommen, graublau und – platsch! – lag ich auch schon drinnen. Mir blieb die Luft weg. Wie plötzlich in einem Kühlhaus eingesperrt. Der Weg nach unten schien mir unendlich. Würde ich jemals wieder auftauchen? Meine Klamotten sogen sich erschreckend schnell voll. Trotzdem stieg ich wieder nach oben. Mein Kopf durchbrach die Wasseroberfläche. Da endlich, wurde mein Überlebensgen eingeschaltet. Ich brüllte aus Leibeskräften zum Schiff hinauf und machte unbeholfene Schwimmbewegungen.

Es kam mir unendlich lang vor, bis ein Rettungsring neben mir ins Wasser klatschte, den ich sofort umklammerte. Irgendwie wurde ich an Bord gezogen. Und bibberte wie Sandbirkenblätter im Dünenwind. Während ich mit den Zähnen klappernd die um mich herum entstehende Pfütze beobachtete, registrierte ich, dass mich ein Kreis schaulustiger Touristen mit großen Augen anschaute.

»Lasst die jetzt mal in Frieden!«, befahl eine Männerstimme, »Jan, hol mal ein paar Klamotten! Und zeig der nassen Lady einen Raum zum Umziehen.«

Jan, ein wild tätowierter Seemann von mindestens 1,90 Meter, reichte mir wenig später ein paar Sachen, deren Ärmel und Beine ich mehrfach umschlagen musste, damit sie halbwegs passten.

»Wie ist denn das überhaupt passiert?«, wollte ein Mann in Kapitänsjacke wissen.

»Wie? Ganz plötzlich!«

»Sind Sie gesprungen?«

»Um Gottes willen, nein!« Ich nahm einen dampfenden Becher mit Kakao entgegen. Dem Geruch nach zu urteilen, mit einer Beimischung von Rum. Ich trank einen Schluck.

»So einfach fällt bei uns keiner ins Wasser. Alles gesichert!«

»Von wegen sicher! Fast wären Sie mir davongefahren!«, beschwerte ich mich getreu dem Motto: Angriff ist die beste Verteidigung.

»Bedanken Sie sich bei dem kleinen Kevin. Der hat sofort losgeschrien, als er Sie im Wasser rudern sah. Und an Ihren Rucksack gedacht, den Sie unter die Bank gestellt hatten. Hier nehmen Sie, und jetzt will ich Sie an Deck oben nicht mehr zu Gesicht bekommen! Jan, bleib mal bei der Dame.«

»He, das können Sie doch nicht machen! Auf diesem verdammten Schiff ist ein Irrer, der mich ins Wasser geschubst hat! Ich hätte tot sein können. Erfroren! Ersoffen! Was weiß ich! Statt mich anzugreifen, sollten Sie lieber rauskriegen, wer das war.«

Der Kapitän stellte sich so was von stur, und Jan war so was von stark, dass er mich ohne viel Federlesens auf das Zwischendeck beförderte, wo ich nichts anderes tun konnte, als den dunkelgrauen, mit anthrazitfarbenen Flecken gesprenkelten Teppichboden anzustarren. Leider gab es auch unter den Touristen niemanden, der sich für mich einsetzte. »Hysterisches Weibsbild!«, hatte ich gerade noch hören können, als Jan mich abführte. Er nahm seinen Job ernst. Ließ noch zwei Rum-Schokoladen für mich kommen. Schließlich beauftragte ich ihn, mir eine Decke zu besorgen, wo ich schon Deck-Verbot hatte. Mein Versuch, ihn mit diesem Auftrag wegzuschicken, schlug ebenso fehl wie die vorangegangenen. Er stellte sich in die einzige Tür und pfiff bis jemand erschien, dem er die Bestellung weitergeben konnte.

Während ich weiterhin keine Chance sah, mich an ihm vorbeizudrücken, und die verschiedenen Formen der grauen Punkte auf dem Boden studierte, wurde mir klar, dass ich soeben einen gezielten Anschlag auf mich überlebt hatte. Wenn ich nur wüsste, wer oder was sich dahinter verbarg. Ich wollte unbedingt an Deck zurück, mir die Leute anschauen. Da oben war jemand, der mich umbringen wollte. Ich musste herausbekommen, wer das war.

Als Jan einen etwas unaufmerksamen Eindruck machte, sprintete ich los. Dummerweise bedachte ich nicht, dass die geliehenen Gummistiefel mindestens drei Nummern zu groß waren, und kam schon vor der Treppe ins Stolpern. Jan packte mich hart am Arm und hing fortan an mir, als wäre er im vergangenen Leben Klett-Verschluss gewesen. Er ignorierte mein Geschrei so gut es ging, ebenso wie meine fundierten Argumentationen, und so konnte ich nur durch die Fenster des Salons die Leute aussteigen sehen. Leider nicht komplett. Ich sah streng genommen nur Beine. Es kam mir kein Paar bekannt oder besonders bedrohlich vor.

Brief des Lehrers Thoms Tönges Bernsen an Hinrich Herrmann Sonntag, 17. Juli 1910

Lieber Hinrich!

Sicher saßest Du heute Morgen auf der Orgelbank und spieltest Choräle, während die Gemeinde in gemütlichem Tempo Deinen munteren Akkorden zu folgen suchte. Auch ich war in der Kirche. Im Gottesdienst war Henrieke jedoch nicht. Hoffentlich ist sie nicht katholisch.

Der Arzt wundert sich morgen bestimmt über meine sichtlichen gesundheitlichen Fortschritte. Jedenfalls fühle ich mich sehr viel besser. Nicht nur, dass ich meinen Plan einhielt, jeden Tag baden zu gehen. Nein, und Du wirst es gewiss kaum glauben können, treuer Freund, heute war ich in der Strandhalle, überall war es angekündigt worden: »Teekränzchen von 4-7 Uhr, Eintritt frei, Tanzband: 50 Pfennig». Man konnte es schon von Weitem hören: Fröhliches Gefiedel unterlegt von Akkorden eines leicht verstimmten Klaviers. Gelächter, Gerede.

Am Eingang hing unübersehbar ein Schild mit der Kleiderordnung: »Den verehrlichen Badegästen zur gefälligen Kenntnis, dass der Besuch der wöchentlich stattfindenden Tanzveranstaltungen nur im Abendanzuge gestattet ist. Vorgeschriebener Anzug für die Herren: schwarzer Rock, helle Kravatte und Handschuhe (farbige Schuhe sind nicht zulässig.) Die geehrten Damen, welche am Tanz teilnehmen, werden gebeten, in Gesellschaftstoilette ohne Hut zu erscheinen. Die nicht tanzenden Herren werden gebeten, sich nicht vor die im Saale sitzenden Damen hinzustellen.«

Bis auf die Handschuhe und die Krawatte war ich den Anforderungen annähernd gewachsen. Ich trat ein. Von den riesigen Schiebefenstern aus hatte man einen atemberaubenden Blick auf das Meer. Einige Herren hüllten sich in Rauchschwaden, andere steuerten mit mehr oder weniger Eleganz ihre Partnerin über die Tanzfläche. Ich bilde mir ein, über ein gutes Rhythmusgefühl zu verfügen und ein recht ansehnlicher Tänzer zu sein, wenngleich ich derlei Betätigung nicht häufig ausübe. Hör auf zu schmunzeln, mein alter Freund! Ich weiß auch, dass ich Dir des Öfteren einen Korb gegeben habe, wenn Du, noch in Deiner Junggesellenzeit, mich zum Tanz mitnehmen wolltest. Nur selten hast Du es geschafft, einmal hattest Du mir vorher ein paar geistige Getränke verabreicht, so dass ich mich nicht wehren konnte. Kannst Du Dich erinnern? Das Fräulein Reitemeier hing wie eine arge Klette den ganzen Abend an meinem Ärmel. Das regt nicht unbedingt zum Wiederholen an, das musst Du eingestehen.

Nun war ich freiwillig hier. Ich schob mich durch die Leute auf der Suche nach Henrieke. Ein helles Lachen. Da war sie. In einem weißen Kleid, von dem sich die leichte Bräune ihres Gesichtes frisch abhob. Ich begrüßte sie mit kaum verhohlener Begeisterung. Neben ihr saß eine Frau mit einer dunklen Hochsteckfrisur.

»Herr Bernsen, darf ich Ihnen Fräulein Wunderlich vorstellen.«

»Sehr erfreut!« Eigentlich wäre ich lieber mit Fräulein Wilhelm allein gewesen, wie unschicklich das auch immer sein mochte, so lud ich beide zum Tee ein. Als die Geige einen schwungvollen Walzer anstimmte, nahm ich meinen ganzen Mut zusammen und forderte Henrieke zum Tanzen auf. Mit der richtigen Balance zwischen Leichtigkeit und Spannung schwebte sie in meinen Armen über das Parkett. Nie wieder wollte ich diesen Engel loslassen!

Der Anstand forderte aber genau dies. Ich brachte Henrieke zum Platz zurück. Bei Fräulein Wunderlich hatte sich ein schrecklich lauter, rotgesichtiger Marineoffizier niedergelassen. Der war mir gestern schon am Männerstrand aufgefallen. Von sich selbst überzeugt, war er in einer gestreiften Badehose, die seinen Bauch kaum halten konnte, auf die Badekutsche verzichtend direkt auf die Brandung zustolziert. Freilich wurden seine Schritte kleiner und vorsichtiger, je näher er dem Wasser kam. Zähneklappernd tauchte er bis knapp zum Bauchnabel ein, um prustend den Rückweg zu seinem Handtuch anzutreten. Das hörte sich in seiner vollmundigen Erzählung ganz anders an. »Bei so geringem Wellenschlag bietet das Baden nur wenig Vergnügen. Ein Stürmchen wäre genau richtig. Haha.«

Henriekes Freundin war offenbar sehr angetan von diesem Adonis, vielleicht weil er bisweilen eine Uhr aus Gold an einer Kette hervorzog und insgesamt einen recht wohlhabenden Eindruck machte.

»Ein Dutzend Wildenten habe ich gestern geschossen, etliche Silbermöwen und sonstiges Gesindel. Haha.«

Fräulein Wunderlich zeigte sich angemessen beeindruckt, während Henrieke mir zulächelte. Ich überlegte, ob unter »sonstiges Gesindel« das Pferd fiel, das Gerüchten zufolge hinter einer Düne grasend einem Kopfschuss erlegen war. Mir gelang es, das Gespräch auf die Frage zu lenken, die mir seit gestern Abend häufig durch den Kopf ging und bei der mir dieser unsägliche Zeitgenosse vielleicht sogar würde weiterhelfen können. Ein plötzliches Gewitter auf der Rückfahrt vom Festland mit einem kleinen Segelboot. Welche Folgen könnten sich daraus ergeben?

Das komme drauf an, wo einen das Gewitter träfe. Also, ihm sei einmal in einer solchen Situation eine Windhose entgegengekommen, in geradezu unglaublichem Tempo. Da hieß es schnell reagieren. Er schaffte es noch, ein Segel einzuziehen, und ließ das Schiff dann auf eine Sandbank auflaufen. Dort packte es der Sturm, auf hoher See wären sie verloren gewesen. Natürlich habe es Schäden am Boot gegeben, die repariert werden mussten. Und die Menschen an Bord? Die hätte er in die Kajüte geschickt. Wenn es die nicht gäbe? Ob da jemand über Bord gehen könnte? Das könnte natürlich immer mal passieren. Leider. Aber schließlich habe man ja auch Leinen und könne versuchen, sie dem Opfer zuzuwerfen und es zu retten. Außerdem könne man ja auch eine Rettungsweste aus Kork anlegen. Vor hundert Jahren? Fraglich. Und wenn nur zwei Menschen an Bord seien, könne einer nicht unbemerkt über die Reling fallen. Das müsste schon mit dem Teufel zugehen, wenn man den dann nicht retten könne. Obwohl. Möglich wäre es natürlich schon. Möglich sei alles. Auch dass der Blitz in den Masten einschlüge.

Brav tranken wir unseren Tee aus, verabredeten uns für den nächsten Tag am neutralen Strand und gingen nach Hause. Das heißt, ich stattete Thede einen Besuch ab.

»Dich hat es heftig erwischt!«, lachte er. »Du weißt doch, wie das in Ostfriesland ist: Up ewig ungedeelt.«

Das wäre genau mein Wunsch! Thede ermahnte mich, sie zu fragen, ich hielt entgegen, dass ich sie kaum kenne. Thede war der Ansicht, ich müsse mit ihr gemeinsam etwas unternehmen. Eine Wanderung zur Meierei im Osten der Insel, dort könnten wir einkehren zu einer Dickmilch mit dem Saft der hellroten Beeren. Oder, noch besser, ich solle mit ihr eine Schifffahrt mit einem der Segelkutter machen. An Bord könne sie zudem nicht weglaufen. Dabei weiß ich nicht einmal, wie lange sie noch hier ist!

Den Rest des Gespräches, zu dem sich auch Manno gesellte, berichte ich Dir wortgetreu. Es wird Dich amüsieren.

»Kommst du morgen früh mit zu den Seehunden?«, fragte Thede. »Ich habe unseren Pensionsgästen versprochen, sie dahin zu führen. Das bringt dich auf andere Gedanken.«

»Der eine hat sich übrigens bei mir beschwert!«, erzählte Manno. »Die Unterkunft wäre so teuer.«

»Was nimmt die Elske denn?«, fragte ich interessiert.

»Drei Mark täglich für Kost und Logis.«

»Wenn der sich leisten kann, an die See zu kommen, wird er das wohl bezahlen können. Er beklagte aber, dass Fräulein Albertissen letztes Jahr nur die Hälfte hätte zahlen müssen.«

»Das macht Elske immer so«, grinste Thede. »Männer machen mehr Dreck und essen viel.«

Frag mal Lotte, ob das stimmt.

Gespannt auf Antwort wartend bleibe ich Dein Thoms

Als ich in einem kleinen Café einen Cappuccino trank, rief Tina an.

»Wollte dir nur sagen, dass Neuperts Geld schon zu einem großen Teil in das Forschungsinstitut geflossen ist. Dessen Fortbestand scheint also gesichert. Außerdem hat Neupert das Geldvolumen der Stiftung per Testament erhöht, so dass die monatlich zur Verfügung stehenden Beträge größer sind als bisher. Dafür soll der Name in Emerich Neupert-Institut abgeändert werden. Die Verwandten gehen auch nicht leer aus. Die Exfrau kriegt 10.000 Euro, die Lebensgefährtin die Häuser, da gibt es mehrere im Raum Bensersiel, außerdem 500.000 Euro. Haupterbin ist die Tochter Sandra, der der Pflichtteil von 50% des vorhandenen Vermögens zusteht. Wenn sie über einen Rechtsanwalt einen Antrag stellt, kann sie wohl auch noch einige Gelder aus dem Institut abziehen, wie der Notar sagte. Der Vater hat per Testament verfügt, dass das Erbe in keine Projekte von Daniel gesteckt werden darf. Ich weiß aber nicht, ob das so haltbar ist. Kann ich mir kaum vorstellen. Außerdem soll der Enkel, wenn er historisch interessiert ist, irgendwann die Leitung des Instituts übernehmen.«

»Despotischer Typ. Über wie viel Geld reden wir hier eigentlich?«

»Das liegt mit den Geldern, die in das Institut geflossen sind, im zweistelligen Millionenbereich. Der Notar war noch dabei, alle Geldanlagen zu prüfen und will sich melden, wenn er etwas Genaues sagen kann.«

»Danke für deinen Bericht. Ich stochere noch immer ziemlich im Nebel. Nichts Neues also. Bin gerade auf dem Weg zu Massmann. Melde mich später.«

Massmann entpuppte sich als ein rotgesichtiger und herrischer kleiner Mann. Kein Wunder, dass die Sekretärin gegen ihn Vorbehalte hatte. Ich konnte mir lebhaft vorstellen, wie er sie im Bewusstsein seiner gehobenen Stellung mit irrelevanten Anfragen und Aufträgen überhäufte. Er war genau der Typ, der die Tür zum Chefzimmer offen ließ um festzustellen, wie viele Privatgespräche die Sekretärin auf der dienstlichen Leitung führte.

»Wer sind Sie? Was wollen Sie?«, schnarrte er zur Begrüßung, sich ausdauernd über die Glatze streichend und bereit, die Haustür sofort zuzudonnern, wenn ich meine Zeitschriftenangebote unterbreiten oder den Wachturm herausholen würde. Da musste ich ihn leider enttäuschen. Ich hielt ihm stattdessen meine Dienstmarke unter die Nase.

»Wiese, Kripo Kassel. Ich untersuche den Tod von Herrn Neupert.«

Ich drängte mich an ihm vorbei ins Haus, als mein Handy klingelte. »Entschuldigung.«

Tina. »Huber hat gerade rausgefunden, dass Massmann nicht am Samstag aus Kassel abgereist ist, sondern vom Hotel am Fuldaufer ins Mövenpick in der Innenstadt umgezogen ist. Ich dachte, ich sage dir das lieber vor seiner Befragung.«

»Danke, das kommt genau richtig!« Ich drückte Tina weg. »Herr Massmann, warum haben Sie bei der Tagung in Kassel das Hotel gewechselt?«

Explosion! »Mit diesem Kerl konnte ich es nicht mehr unter einem Dach ertragen!«

Ich trat einen halben Meter zurück, um seiner Speichelfontäne auszuweichen. »Sie meinen Herrn Neupert.«

»Genau. Dieser Bastard!«

»Warum?«

»Über Jahre habe ich das Institut aufgebaut, zu Anfang noch neben meiner Arbeit an der Universität. Es ist mir und meinen Kontakten zu verdanken, dass das Institut in der Fachwelt eine herausragende Bedeutung genießt. Da serviert der mich einfach ab. Der Mohr hat seine Schuldigkeit getan, der Mohr kann gehen. Die Tagung in Kassel hatte ich schon lange gebucht und wollte auf alle Fälle teilnehmen. Da kommt Neupert und bringt gleich diesen Lackaffen mit, diesen Overberg. Und mich beachtet er praktisch überhaupt nicht.« Er kratzte hektisch seine Platte.

Obwohl er mir höchst unsympathisch war, tat er mir doch etwas leid. »Waren die zwei häufig zusammen?«

»Im Hotel haben sie beim Frühstück am selben Tisch gesessen, aber da waren auch noch andere dabei. Auf der Tagung habe ich sie kaum miteinander reden sehen, und auch die Abende haben sie, so weit ich das mitbekommen habe, nicht alle gemeinsam verbracht. Neupert hat auch noch ein paar alte Bekannte getroffen. Viele von denen hat er durch mich kennengelernt. Der Overberg hat sich eher mit Jüngeren unterhalten.«

»Haben Sie mit Herrn Neupert gesprochen?«

»Ja, ich habe ihn zur Rede gestellt. Da war der Overberg allerdings auch dabei. Wollte sich immer einschleimen, er würde die Arbeit, die ich am Institut geleistet hätte, sehr schätzen und so'n Schmus. Neupert sagte nur: Ernst Theodor, du bist ein Auslaufmodell. Die Zeiten haben sich geändert. Geh endlich in Rente!«

»Hat Sie das geärgert?«

»Und wie!« Bald hatte er seine Glatze so glänzend poliert wie eine Billardkugel.

»So sehr, dass Sie beim Handgemenge Neupert ins Wasser stießen?«

»Um Gottes willen, nein!«

»Wo waren Sie am Abend des 5. Oktober?«

Massmann war angelaufen wie eine Tomate. »Das ist eine Unverschämtheit! Ich bin ein unbescholtener, rechtschaffener Bürger!«

»Dann können Sie mir ja auch sagen, wo Sie am Sonntag waren!«

Massmann druckste herum. Seine Hand wanderte schon wieder nach oben.

»Gut. Wenn Sie nicht zur Aussage bereit sind, lade ich Sie aufs Präsidium vor. In Kassel wohlgemerkt. Außerdem wird der Untersuchungsrichter mir sicher beipflichten, dass Sie nicht nur die Möglichkeit, sondern außerdem ein sehr starkes Motiv hatten, Neupert zu ermorden, und zügig den Haftbefehl ausstellen.«

»Ermorden?«, gellte Massmann. »Frau Wiese«, er senkte die Stimme und versuchte ein Grinsen. »Das ist so: Ich wollte ein bisschen Dampf ablassen, Sie verstehen?«

»Nein.«

»Ich war in der Wolfhager Straße.«

»Tina, hör mal zu. Der Massmann behauptet, er hätte eine Bordsteinschwalbe in sein Auto geladen. Da lässt du am besten Lewinsky drauf los.«

»Die Lady hat Massmann doch nicht den ganzen Abend auf Trab gehalten.«

»Massmann behauptet das. Sie hätte eine Wohnung an der Wolfhager Straße, da wäre er mitgegangen und hätte sie für den ganzen Abend bezahlt.«

»Wo denn da?«

»Die genaue Adresse weiß er natürlich nicht, aber sie seien nicht weit gefahren. Ich vermute irgendwo in Rothenditmold. Das Gebäude sei grau gewesen.«

»Na, toll! Bei einer so genauen Beschreibung werden wir das sicher sofort finden. Gibt es ein Bild von Massmann?«

»Guck mal im Internet. Seid Ihr mit den Kongressteilnehmern weitergekommen? Irgendwelche Spuren?«

»Bis jetzt nicht. Viele fanden Neupert unangenehm und aufgeblasen, aber das ist ja kein Grund, ihn zu ermorden. Ehrlich gesagt, kommt mir das nicht sehr ergiebig vor. Aber vielleicht stoßen wir ja noch auf eine Goldmine.«

»Kann man alles zusammen waschen?«, erkundigte sich Frau Jensen sachlich. Sie nahm mir die Plastiktüte mit meinen nassen Sachen aus der Hand, als ich nach einer Fahrt mit dem Pferdetaxi in der Pension eintraf.

Ich nickte ergeben. »30 Grad.«

»Ich werfe nur schnell die Sachen in die Maschine, dann mache ich uns einen schönen Tee, und Sie erzählen mir, was Ihnen passiert ist.«

Der Kandis knirschte, als ich die heiße Ostfriesenmischung darüber goss und Frau Jensen Bericht erstattete.

»Eigenwillige Idee, sich auf die Bank zu stellen, aber normalerweise dürfte da nichts passieren. Ist ja eine ruhige See heute, und erst recht im Wattenmeer. Jemand hat Sie geschubst, sagen Sie?«

»Ja.«

»Vielleicht war das keine böse Absicht. Jemand wollte besser sehen und hat nicht aufgepasst oder hat selbst das Gleichgewicht verloren», überlegte Frau Jensen. »Sie haben doch bestimmt keine Feinde, oder!«

Das hatte ich bisher auch gedacht, bezweifelte es aber mittlerweile.

»Ist Ihnen noch kalt? Das Wasser hat ja nur 14 Grad. Nicht, dass Sie sich erkälten. Ich mache Ihnen einen Sanddorngrog.«

Das Zeug schmeckte ziemlich alkoholisch, aber äußerst lecker und wärmte anständig durch. Ich legte mich ins Bett und versuchte, mir die Menschen an Bord wieder vorzustellen. Vielleicht hatte mein Unbewusstes irgendetwas registriert, das mir in der Situation harmlos erschien, jetzt aber im Kontext merkwürdig wirkte. Leider war meine Konzentrationsfähigkeit etwas eingeschränkt.

Zwischendurch wurde ich zudem noch abgelenkt vom Stimmengewirr im Flur. Den Wortfetzen entnahm ich, dass Frau Jensen die zwei Freundinnen über mein Missgeschick auf dem Laufenden hielt. Wenig später klopften die beiden an meine Tür. Frau Kruse überreichte mir einen dampfenden Becher. »Hier. Trinken Sie das! Sanddorngrog.«

»Damit Sie keine Erkältung kriegen. Bei dem kalten Wasser«, ergänzte ihre Freundin.

Ich bedankte mich artig und gab ihnen zu verstehen, dass ich mich angesichts der erlittenen Strapazen unverzüglich wieder ins Bett begeben wolle. Die beiden zogen sich zurück.

Etwa eine Stunde später, in der ich dösig und erfolglos zu denken versuchte, klingelte mein Handy.

»Xenia, meine Süße, bist du wieder beim Sonnenuntergang am Strand?«

»Nein, ich liege unter der Bettdecke und versuche, warm zu werden. Nachdem mich jemand vom Schiff ins Meer geschubst hat.«

»Um Himmels willen! Was ist los?« Milans Stimme klang alarmiert.

»Weiß ich ja eben nicht. Vielleicht war alles nur ein blöder Zufall, oder jemand wollte mich umbringen.«

»Das ist ja furchtbar. Brauchst Du einen Beschützer? Soll ich kommen?«

»Das geht leider nicht, Luise ist heute Morgen hier eingetroffen, sie ermittelt vor Ort, im Fall Neupert, und beansprucht deine Doppelbetthälfte. Mach dir keine Sorgen, ich komm schon allein zurecht. Ich werde mich ungefährlichen Dingen zuwenden.« Das war nicht gelogen, was soll an einer Schatzsuche gefährlich sein?

»Aber mach eine Anzeige, hörst du? Und falls dir bei deinen harmlosen Urlaubsaktivitäten Stedeler begegnet, kannst du ihm ausrichten, dass mir sein Wein sehr gut gefällt. Er ist heute schon angekommen. Die hatten nämlich gerade eine Lieferung in diese Gegend. Passt perfekt zu vielen Fischgerichten.« Pause. »Ich habe mich gefreut, dass du dich so für das Restaurant engagierst.«

Upps. Bloß keine falschen Schlussfolgerungen! Andererseits. Was war so verkehrt daran? »Er hat auch noch einen Riesling, den er anpreist.«

»Nur zu. Aber probiere ihn vorher. Nur nicht zu viel, nicht dass du mir auf dumme Gedanken kommst.«

Dumme Gedanken? Fasse ich so gut wie nie. Ich muss allerdings zugeben, dass es mir schwerfiel, überhaupt noch eine Idee zu verfolgen. Also zog ich die Decke bis zum Kinn und hatte gerade die Augen geschlossen, als das Licht aufblitzte, eine Woge nasser Hund hereinflutete, und Luises Stimme lostrompete. »Was ist denn mit dir los? Liegst hier im Bett herum! Ich dachte, wir wollten essen gehen.«

Wie? Jetzt noch einmal aufstehen? Ich dachte gar nicht dran!

»Mir ist kalt.«

»Das ist doch Quatsch. Oder wirst du krank?«

»Vielleicht. Das Wasser war so eisig.«

»Warst du im Wellenbad?«

»Nein. Mich hat jemand vom Ausflugsschiff aus ins Meer geschubst.«

»Dann warst du das!«

»Wie bitte?«

»Der Ortspolizist und ich haben das beobachtet, vom Motorboot aus.«

»Habbo, der Inselbulle?«

»Ja.«

»Starkes Stück! Da siehst du, wie deine Zwillingsschwester fast absäuft und versuchst nicht, sie zu retten. Und der lokale Ordnungshüter greift auch nicht ein, wenn es hart auf hart kommt. Das werde ich nicht vergessen.«

»Ich habe doch den Rettungsring bemerkt und dass du dich daran festgehalten hast.«

»Trotzdem.«

»Wenn dich wirklich jemand gestoßen hat, kannst du Anzeige erstatten. Soll ich dir einen Tee kochen, damit dir warm wird?«

»Ein Sanddorngrog soll gut sein, wenn man einen Erkältungsanflug loswerden will, habe ich gehört.«

Den servierte mir meine Schwester wenig später. Zusammen mit den Schokoladenplätzchen, die ich gestern im Supermarkt erstanden hatte. Ein vollwertiges Abendessen. Ich hörte noch, wie sich die Tür leise hinter Luise und Fricko schloss. Tut doch mal gut, so'n Grog!

Auf dem Weg zum Strand ging ich bei Habbo vorbei. Ich berichtete ihm nicht, was Xenia angeblich zugestoßen war. Meine Zwillingsschwester ist nämlich verdammt theatralisch. Auch wenn sie behauptete, jemand habe bei ihrem Sturz nachgeholfen, glaubte ich ihr kein Wort! Wahrscheinlich hat sie irgendetwas Verbotenes gemacht, das Gleichgewicht verloren und ist eben reingeplumpst. Und damit sie niemand deswegen schilt, erfindet sie eine wilde Geschichte. Ich muss allerdings zugeben, dass ich in dieser Jahreszeit nicht gern im Meer baden würde. Der Sanddorngrog brachte sie hoffentlich wieder auf die Beine. Mal sehen, welche Version der Ereignisse sie morgen erzählte.

Habbo freute sich, mich wiederzusehen. »Wollen wir eine Pizza essen gehen?«

»Können wir machen. Ich muss nur vorher mit Fricko eine Runde am Strand drehen.«

»Ich komme mit, wenn du magst!« Habbo hängte ein laminiertes Schild mit seiner Handynummer an den dafür vorgesehenen Außenhaken der Eingangstür und schloss sorgfältig ab.

Bald tobte Fricko ausgelassen mit diversen, ebenfalls frei laufenden Artgenossen über den Strand, während Habbo und ich der sinkenden Sonne und dem Wind entgegengingen. Ich mit einem schwarzen Tütchen in der Hand, um Frickos unvermeidliche Hinterlassenschaften zügig einzusammeln.

»Ist es nicht schön hier?«, fragte Habbo. Die Sonne ging unter, bilderbuchmäßig direkt über dem Meer. Keine Wolke da. Der anfangs noch blendende Ball stieg mit zunehmend orangeroter Aura in die weißbekrönten Wellen hinab. Und auf der anderen Seite über den Dünen begab sich über einem rosa Schleier der Halbmond auf seine Bahn. Malerisch neben dem alten Wasserturm. Möwen sangen dazu das Abendlied.

Wenig später saßen wir in der Pizzeria »Luciano« an einem Zweiertisch.

»Die haben hier einen ganz leckeren Pinot grigio, wenn du so etwas magst«, empfahl Habbo, während er die Speisekarte aufschlug und seine Beine um Fricko herum drapierte, der sich, wie üblich, mitten unter dem Tisch niedergelassen hatte, wobei der Kopf hervorschaute, für den Fall, dass rein zufällig etwas herunterfallen sollte.

Ich überlegte kurzfristig, ob ich aus der Karte: »Jedes Kilo zählt« bestellen sollte, fand aber dann, dass ich das nicht nötig hätte. Lightkäse habe ich noch nie gemocht! Ich orderte eine Pizza Frutti di Mare und Habbo eine Bolognese.

Habbo hob sein beschlagenes Weinglas: »Auf dass du deinen Fall bald lösen kannst! Du hast noch gar nicht erzählt, was du heute herausgefunden hast.« Er stellte sein Glas wieder ab, etwas verlegen, dass er meinen Bericht eingefordert hat. Er strich sich mit der linken Hand über den blonden Haarschopf.

»Fang du nicht auch noch damit an. Das hatte ich heute den halben Tag.«

»Womit?« Habbo war sichtlich verwirrt und kratzte sich am Kopf.

»Ich war bei Massmann, dem alten Leiter des Instituts. Der hat einen Tick. Dauernd streicht er über seine Glatze.«

Habbos Hand legte sich um den Stiel des Weinglases.

»So'n Typen habe ich hier mal getroffen in Begleitung von Neupert und einer blonden, molligen Frau. Das wird dann ja wohl der Massmann gewesen sein.«

»Die Frau war vermutlich Margit Pommsen, Neuperts Freundin. Wann war das?«

»Ist schon ein paar Monate her. Ich habe mit Hauke eine Kleinigkeit gegessen. Die saßen am Nebentisch, hatten offensichtlich schon einiges getrunken. Ich fand es extrem, dass Neupert seine beiden Gesprächspartner dauernd übergebügelt hat. Die konnten kaum einen Satz zu Ende bringen, ohne dass er dazwischenquatschte. Unangenehm.«

»Worüber haben sie sich unterhalten?«

»Das kann ich beim besten Willen nicht mehr sagen. Pommsen und Massmann taten mir ein wenig leid.«

Unsere Pizzen kamen und wir aßen mit gutem Appetit. Habbo überraschte mich damit, dass er Zettel und Stifte hervorholte, als wir unsere leeren Teller gestapelt hatten.

»Wollen wir aufschreiben, was uns zu den einzelnen Leuten einfällt? Erzähl doch mal der Reihe nach.«

Bereitwillig legte ich los. Der Austausch mit Kollegen ist ein wichtiges Moment bei der Lösung eines Mordfalls.

»Neupert wurde in Kassel ermordet. Am Sonntagabend fiel er zwischen 19:00 Uhr und 21:00 Uhr nach einem Gerangel in die Fulda und ertrank.«

»War Neupert ein starker Mann?«

»Du überlegst, wie viel Kraft nötig war, um ihn ins Wasser zu befördern? Nicht viel, vermute ich. Neupert war ein älterer, nicht sehr großer und in keiner Weise sportlich aktiver Mensch. Außerdem vermutlich Alkoholiker. Hatte auch an dem Abend einiges konsumiert. Und das Ufer war relativ rutschig, aufgeweicht vom Regen.«

»Eine Frau könnte es auch gewesen sein?«

»Ja. Da Neupert bei der Tagung war, sind wir zunächst davon ausgegangen, dass an erster Stelle andere Teilnehmer als Täter in Frage kämen. Das Hotel war voll davon. Wenn wir allerdings nach Motiven fragen, sieht es dünn aus. Außer bei Massmann. Der alte Leiter war sauer, dass er einen Jungspund vor die Nase gesetzt bekam. Fühlte sich um sein Lebenswerk geprellt und auch von Neupert schlecht behandelt.«

»Alibi?«

»Fragwürdig. Angeblich hat er den Abend bei einer Prostituierten verbracht. Die haben meine Kollegen in Kassel aber noch nicht aufgetrieben.«

»Also stark verdächtig. Wer von der Tagung hatte noch ein Motiv?«

»Da fällt mir niemand ein. Neupert hatte wohl mit ein paar Leuten kleine verbale Scharmützel, aber nichts von Belang. Es wird wohl keiner umgebracht, nur weil er eine historische Quelle anders einschätzt.«

»Der neue Leiter, dieser Overberg?«

»Kennst du den nicht?«

»Nein. Wohnt ja noch nicht lange hier und hat bisher kein Fahrrad geklaut, noch nicht einmal die Zeche geprellt.« Habbo grinste.

»Das wird er als Institutsleiter wohl auch nicht nötig haben. Ich sehe kein Motiv. Neupert hatte ihn frisch eingestellt zum ersten September. Warum sollte er ihn ermorden?«

»Keine Ahnung. Wen haben wir denn noch?«

»Die Tochter wohnt ganz in der Nähe. Sie braucht offensichtlich Geld und bekommt jetzt sehr viel. Der Vater hat sie häufig verletzt, indem er sie ignorierte und versetzte. Außerdem hat Neupert ihren Mann abgelehnt, hielt ihn für einen Versager. Ich fand das Pärchen übrigens ganz nett.«

»Alibi?« Habbo dachte stringent. Wahrscheinlich lagen seine Fähigkeiten auf der Insel teilweise brach.

»Sie geben sich gegenseitig eins.«

»Hm, hm. Hast du das schon überprüft?«

»Schreib mal auf. Vielleicht hat ja irgendein Nachbar das Auto wegfahren sehen.«

»Oder gesehen, dass es den ganzen Abend im Haus dunkel war.«

»Wahrscheinlich nicht. Immerhin gibt es da noch ein kleines Kind, das betreut werden muss.«

»Auf wen würdest du eher tippen? Auf sie oder auf ihn?«

»Der Mann würde für Frau und Kind Berge versetzen.«

»Oder den Schwiegervater ins Wasser schmeißen?«

»Vielleicht. Die Lebensgefährtin Marlies Pommsen erbt nicht unerheblich, in Relation zum Gesamtvermögen jedoch nicht so viel. Mir würde es allerdings reichen.«

»Wo war sie zum Zeitpunkt des Mordes?«

»Angeblich zu Hause. Bisher hatten wir wenig Veranlassung, daran zu zweifeln. Obwohl die Frau mir nicht ganz sauber erscheint.«

Habbo kritzelte auf dem Zettel herum. »Vielleicht ein Liebhaber? Verstanden die zwei sich gut? Neupert und seine Freundin?«

»Bin ich mir nicht so sicher. Neupert war ein notorischer Frauenmissachter. Er redete mit ihnen selten über Wesentliches. Das hat seine Exfrau erzählt. Warum sollte er Frau Pommsen besser behandeln?«

»Dann ist das mit dem Freund doch gar nicht so unwahrscheinlich und passt zu den Beobachtungen, die ich hier im Restaurant gemacht habe«, spekulierte Habbo, während er geometrische Figuren auf den Block zeichnete. »Vielleicht ist Massmann der Liebhaber und Neupert hat ihn entlassen, weil er mit seiner Freundin herummachte.«

»Sie ist nicht gerade ein heißer Feger.«

»Na und? Meinst du, das wäre ein Hindernisgrund, sich zu verlieben?« Habbo fixierte weiterhin den Block.

»Nein«, musste ich zugeben, »aber wie stellst du dir den Mord vor?«

Habbo schaute auf. »Massmann könnte Neupert getötet haben, um sich dessen Freundin und vielleicht deren Erbe zu sichern. Möglicherweise haben Frau Pommsen und Massmann den Mord gemeinsam geplant. Und wäre es nicht auch denkbar, dass Massmann im Institut Gelder abgezweigt hat, was durch den Wechsel an der Spitze herauszukommen drohte?«

Mein Inselkollege hatte wirklich eine unverbrauchte, frische Fantasie. Warum war ich da eigentlich nicht selbst drauf gekommen? Burn-Out-Syndrom! Ich sollte wirklich mal Urlaub an der See machen, um meine Batterie aufzuladen.

**Brief des Lehrers Thoms Tönges Bernsen an Hinrich Herrmann
Montag, 18. Juli 1910**

Lieber Hinrich!

Es ist wirklich schade, dass Du nicht auch hier bist. Der Ausflug heute wäre nach Deinem Geschmack gewesen.

Bei halber Ebbe stiegen wir ins Boot und segelten zu den Seehundsbänken. Die beiden Pensionsgäste hatten ihre Gewehre geschultert.

Als Thede das Boot auf den Strand zog, erzählte er zur Einstimmung Geschichten über Seehunde. Sehen können die wohl nicht so gut, dafür umso besser hören und riechen. Deshalb müsse man sich gegen den Wind anschleichen. Einen kleinen Schalk gegen mich hatte er auch noch parat. Manchmal säßen Meerjungfrauen zwischen den Tieren auf den Sandbänken, die dürfe man keinesfalls länger anschauen, sonst müsse man ihnen folgen. Frisch verliebt zu sein, solle einen gewissen Schutz geben. Dann forderte er uns auf, ihm zu folgen und alles nachzumachen, was er mache.

Wir schlichen im Gänsemarsch auf die mit Tieren besetzte Sandbank zu. Plötzlich begann Thede mit merkwürdigen, tiefen Auf- und Ab-Bewegungen des Rumpfes während er vorsichtig weiterging. Schließlich legte er sich in den Sand und wartete, hinter ihm die beiden Pensionsgäste, die sich schwerfällig und unbeholfen ebenfalls fallen ließen. Ich bildete die Nachhut und stellte mir vor, in welch helles Gelächter Henrieke ausbrechen würde, könnte sie uns jetzt hier sehen. Wir waren den Seehunden schon recht nah gekommen, ihre mächtigen Leiber ruhten nichts ahnend dicht nebeneinander.

Thede begann nach einer Weile, sich bäuchlings heranzurobben. Dabei zog er die Beine an und stützte sich auf seine schräg gestellten Hände ab und schob seinen Oberkörper nach vorn. Um dann wieder eine Pause einzulegen. Der dickere der beiden Pensionsgäste bot eine komische Figur. Es war ihm kaum möglich, sich vom Boden wegzustemmen. Er versuchte, seine Massen schlangengleich durch den Sand zu bewegen und wurde dabei von seiner Waffe behindert. Er erinnerte wirklich an ein schnaufendes Walross und wurde von seinem Freund wiederholt darauf aufmerksam gemacht, wie viel Aufsehen er bei den Tieren hervorrufen würde. Ich verbiss mir mühsam ein schallendes Lachen und tat es Thede nach, eine schlechte Seehundimitation. Und ein einzigartiges Erlebnis, diesen Tieren so nahe zu kommen.

Plötzlich, vom Jagdfieber gepackt, richtete der Dicke sich schwer schnaufend auf, zielte mit dem Gewehr und wurde durch den Rückstoß in den Sand geschleudert. Ein warnendes Geräusch von einem Bullen und alle Tiere stürzten sich ins Meer. Heraus guckten teilweise die runden Köpfe, die aber meist schnell abtauchten. Die Sandbank war leer.

Ich war insgeheim froh darüber, auch wenn Thede erklärte, dass Seehundleber ähnlich gut schmecke wie die vom Rind. Unser Urgroßvater Thoms habe die Seehunde oft beobachtet, seltener gejagt, aber dann habe der Speck auch mindestens acht Liter Tran ergeben.

Wir schoben das Boot wieder ins Wasser. Während Thede das Segel setzte, erzählte er, dass ein Seehund es Thoms besonders angetan hätte. Der sei kräftig gewesen, aber auch etwas angriffslustig. Den jagte er. Als es ihm irgendwann gelungen war, ihn zu erlegen, stopfte er ihn aus und setzte ihn in die gute Stube. Unsere Ururgroßmutter habe ein Geschrei angestimmt.

Die Feriengäste lachten, ebenso wie ich. »Wollen wir nicht warten, bis die wieder da sind?«, fragte der Dicke und deutete auf die Sandbank.

»Hast du Zeit bis morgen?«, fragte Thede grinsend.

Später saßen Thede, Manno und ich bei einem Tee zusammen. Ich überlegte, wie ich es angehen solle, ohne die beiden zu verletzen, die mir in dieser kurzen Zeit schon so sehr ans Herz gewachsen waren. Schließlich erzählte ich von den Ausführungen des Marineoffiziers beim Tanztee gestern. Alle lachten über das Pferd in den Dünen (es gehörte einem missliebigen Nachbarn) und wurden ernst, als es um die Bootsfahrt ging.

»Frerich war mit der *Doortje* unterwegs, als das Unglück geschah. Als er Wochen später nach Hause kam, muss er etwas Ähnliches gesagt haben«, meinte Manno schließlich.

»Was denn?«

»Dass es unwahrscheinlich sei, dass Felde Thoms nicht retten konnte. Und er hat sich gefragt, ob Thoms von allein ins Wasser gefallen sei.«

Aber ich hänge solch trüben Gedanken nicht zu lange nach, denn ich habe die Hoffnung, gleich wieder meinen Sonnenschein, meine Henrieke, zu treffen.

Aber zuvor sende ich Dir, Lotte und den Kindern die allerherzlichsten Grüße!

Dein Thoms

Freitag, 10. Oktober 2008

Nie wieder Sanddorngrog! Mein Schädel brummte, und mir wurde schwindelig, als ich den Versuch machte aufzustehen. Ich riss das Fenster auf, und genau in dem Moment stimmte die Möwe auf dem Schornstein gegenüber ein keckerndes, höhnisches Gelächter an, breitete die Flügel aus und hob ab in den leicht bewölkten Himmel. Von meiner Schwester keine Spur. Im Raum noch der Geruch nach Hund. Und ein Riesenchaos. Luise mag ja bei ihren Ermittlungen ordentlich und gründlich sein, im normalen Alltag ist sie es keinesfalls. Ein Blick auf den Wecker zeigte, dass ich mich beeilen musste, wenn ich noch ein Frühstück abbekommen wollte. So zog ich mir rasch was über und stolperte in den Aufenthaltsraum. Natürlich war ich die Letzte. Nach einem Brötchen mit Kirschmarmelade und zwei Tassen Kaffee fühlte ich meine Lebensgeister ansatzweise zurückkehren.

»Sie freuen sich doch sicher, dass Ihre Zwillingsschwester jetzt hier ist! Ist doch schöner als so alleine«, äußerte Frau Jensen zufrieden, als sie das Frühstücksgeschirr abräumte. Ich war mir da nicht so sicher. Meine Schwester hatte sich mit schönster Selbstverständlichkeit in meinem Pensionszimmer breitgemacht. Und das gleich mit zwei Koffern und der Riesentöle.

»Sie waren gar nicht überrascht, als meine Schwester plötzlich hier stand.«

»Sie hat mich ja auch vorgestern Abend noch angerufen und Bescheid gesagt. Wegen dem Hund.«

Den falschen Dativ überhörte ich ausnahmsweise einmal. Meine Wut auf Luise wuchs. Ohne mich zu fragen, wurde hinter meinem Rücken mein Räumchen halbiert.

Wo steckte sie jetzt überhaupt? Bei ihrem Diensteifer bestimmt auf der Polizeistation. Ich würde es merken, wenn ich meine Anzeige erstattete. Aber erst musste ich die Ordnung im Kämmerchen wiederherstellen. Ziemlich geladen stürmte ich hinein und kickte vor Frickos Wassernapf, was natürlich prompt eine Pfütze auf dem gepflegten Teppichboden hinterließ. Wann hatte Luise diesen Stolperstein aufgebaut? Unmöglich! Und wie sie ihre Koffer untergebracht hatte! Einen hatte sie einfach auf meinen draufgelegt, der auf der dafür vorgesehenen Ablage lag. Sauerei! Ich warf ihn auf Luises Hälfte vom Doppelbett und ließ ihn unter der Decke verschwinden. Der andere stand hinter der Tür und blockierte sie nahezu. Nach kurzem Überlegen packte ich ihn unter das Bett. Sollte sie ruhig ein wenig suchen, ehe sie ihre Unterhosen fand. Ich könnte auch ausnahmsweise die Zimmertür abschließen, aber diese Schikane würde wohl nichts fruchten, denn vermutlich wäre Frau Jensen da, um Luise sofort bereitwillig die Tür zu öffnen, wenn sie zurückkam.

Ich überlegte kurz, ob ich noch was wegschaffen musste. Mir fiel aber nichts ein. Der Taler war ziemlich gut versteckt, das Buch mit meinem Interesse für die Insel gut zu erklären. Beim Aufräumen war mein Unmut gewachsen. Irgendwie war ich unzufrieden. Ich wusste nicht so recht, wie ich weiter vorgehen sollte und fühlte mich durch die Anwesenheit meiner Schwester in meiner selbstvergessenen Kramerei gestört.

Was verhandelte sie eigentlich immer mit dem Inselpolizisten? Na, das müsste doch herauszufinden sein.

»Natürlich kannst du Fricko hierlassen. Wir vertragen uns schon.« Habbo tätschelte Frickos Rücken.

»Ich weiß nicht genau, wie lange das dauert auf dem Festland.«

»Ich hol dich gern ab. Ich kann dich auch hinbringen.«

»Du musst doch deinen Job machen, aber wahrscheinlich komme ich beim Rückweg darauf zurück. Ich habe dir Trockenfutter für Fricko mitgebracht. Das ist eine Tagesration, die Hälfte kannst du ihm gleich geben, die andere Hälfte so gegen 18:00 Uhr, falls ich dann noch nicht da bin. Mittags kannst du ihm das Schweineohr anbieten. Darauf kaut er meist mit Begeisterung herum. Wasser muss immer da sein, falls er Durst hat. Oh, Mist! Jetzt habe ich den Wassernapf vergessen.«

»Kein Problem. Ich werde schon was finden, woraus er schlürfen kann.«

»Heute Morgen war ich mit ihm Gassi, aber auf dreimal müsstest du dich schon einstellen. Am besten gehst du vorher noch bei dem Hundekot-Tütenspender vorbei.«

»Mach dir keine Sorgen, wir werden ausgiebig am Strand spazieren gehen. Mal schauen, wer eher müde wird, Fricko oder ich.«

Den sympathischen Habbo kannte ich ja schon aus dem Museum.

»Wenn du Informationen über Frau Pommsen suchst. Mir ist eingefallen, dass eine entfernte Tante von mir schräg gegenüber wohnt. Die ist superneugierig. Was die nicht mitbekommt, ist es nicht wert, erwähnt zu werden«, hörte ich ihn sagen, während er Luise Tee nachgoss. Er bekam gar nicht mit, dass ich die kleine Wache betreten hatte, so fasziniert hing er an den ungeschminkten Lippen meiner Zwillingsschwester. Nur Fricko hob den Kopf von den Pfoten und bewegte träge den Schwanz. Schon beim Du, die zwei. Allerhand! Luise saß mit dem Rücken zum Eingang – und nickte. »Gut. Ich hatte sowieso vor, eine Runde bei Neuperts Nachbarn zu drehen, dann fange ich mit ihr an. Wie heißt denn deine Tante?«

Dummerweise schaute Habbo an dieser interessanten Stelle auf und ließ fast die Teekanne fallen. »Was? Wie?«, stammelte er, wahrscheinlich glaubte er doppelt zu sehen.

Luise drehte sich um und stöhnte: »Meine Zwillingsschwester Xenia.«

»Ich wollte eine Anzeige erstatten. Oder habt ihr gerade etwas Wichtiges zu bereden?« Ich ließ mich auf den zweiten Besucherstuhl fallen.

»Tee?«, fragte Habbo. Er hatte sich erstaunlich schnell wieder gefasst.

»Gerne!«

Luise maß mich mit einem strafenden Blick.

»Du hast selbst gesagt, ich soll das melden!«, verteidigte ich mich. »Aber lasst euch nicht stören, ihr wolltet gerade noch besprechen, wie die Tante heißt. Tut euch keinen Zwang an. Ich bin so gut wie gar nicht anwesend.« Wie zum Beweis trank ich, ohne zu schlürfen, einen Schluck Darjeeling.

»Meine Güte! Diese Ähnlichkeit!«, staunte Habbo.

Es entstand eine Gesprächspause. »Lass uns das später bereden«, schlug meine Schwester ihrem Inselkollegen vor.

»Was für eine Anzeige?«, erkundigte sich Habbo.

»Mich hat gestern jemand bei der Wattenmeerfahrt ins Wasser geschubst.«

»Du warst das?«, lachte Habbo. »Der Jan hat mir davon erzählt.«

So richtig ernst nahm der seinen Job aber nicht. Das war auch niemand, der etwas mit einem Verfolgungsgefühl anfangen konnte, was ich sonst vielleicht in einem Nebensatz erwähnt hätte. »Ich weiß nicht, wer das warum gemacht hat«, sagte ich also, »aber auf alle Fälle ist das eine Riesensauerei.«

»Bist du sicher, dass du nicht nur das Gleichgewicht verloren hast, als du auf der Sitzbank balanciert bist?«

Ich klingelte zunächst bei Habbos Tante. Frau Köhler war wirklich eine rechte Plaudertasche. Überbordend. Gar nicht so einfach, sie auf den richtigen Kurs zu bringen.

»Die Marlies, sagen Sie? Die hat es wirklich nicht einfach gehabt mit Emerich. Der war ja immer so egoistisch. Die Marlies ist da ganz anders. Hat mir auch von den wunderschönen orangefarbenen Stockrosen Samen gegeben. Die haben so toll geblüht. Soll ich Ihnen mal Fotos zeigen? Ach, die jungen Leute heutzutage haben ja nie Zeit. Die Marlies also. Ja, ich kann ihr das nicht verdenken, dass sie dann auch mal anderen Besuch empfängt.«

»Welchen anderen Besuch?«

»Den Herrn Massmann. Also, ich will da keine Gerüchte in die Welt setzen. Der Herr Massmann hat ja auch mit dem Herrn Neupert zusammengearbeitet. Habe sie mal zusammen auf einem Foto in der Ostfriesenzeitung gesehen. Habe ihn gleich wiedererkannt. Aber irgendwie kann ich mir nicht vorstellen, was ein Spaziergang mit der Arbeit zu tun hat.«

»Ein Spaziergang?« Langsam kam ich mir vor wie ein Papagei, aber diese Einwürfe genügten, um Frau Köhlers Redefluss in Gang zu halten.

»Die Marlies ist mehrfach mit dem Herrn Massmann spazieren gegangen. So eine halbe Stunde vielleicht.«

»Hatten Sie den Eindruck, die haben eine Liebesbeziehung?«, fragte ich direkt.

»Na, hören Sie mal. Das kann ich Ihnen beim besten Willen nicht sagen! Ich beobachte ja keine anderen Leute. Da soll jeder machen, wozu er lustig ist. Der Herr Massmann war halt ein paar Mal da, auch wenn Emerich außer Haus war. Vielleicht haben sie Kaffee getrunken. Was das zu bedeuten hat, müssen Sie selbst herausfinden.«

»Haben Sie zufällig mitbekommen, wo Frau Pommsen letzten Sonntag war?«

»Zu Hause!«, meinte Frau Köhler prompt. »Das Auto stand die ganze Zeit in der Einfahrt. Am Nachmittag ist die Elli, Marlies' Freundin, mit einer Kuchenplatte ins Haus gegangen. So um

20:30 Uhr ist sie rausgekommen. Da war die Platte leer. Das habe ich durch Zufall gesehen, weil ich in der Küche noch gespült habe.«

Das wäre also klar. Marlies Pommsen hatte ihren Lebensgefährten nicht in die Fulda geschubst. Aber mit Massmann und seinem Verhältnis zu seinem Chef und auch zur Freundin des Chefs würde ich mich noch beschäftigen müssen.

Frau Pommsen wohnte in einem großen, verklinkerten Haus mit üppigem Garten. Wahrscheinlich eins von denen, die jetzt ihr gehören sollten.

»Wie geht es Ihnen, Frau Pommsen?«

»Den Umständen entsprechend. Haben Sie schon etwas herausgefunden über Emerichs Tod?«

»Nein. Tut mir leid. Wir können seinen Tod nur begreifen, wenn wir mehr über sein Leben wissen. Ich versuche, mir ein Bild davon zu verschaffen. Kennen Sie Herrn Massmann?«

»Natürlich. Der ist doch oft bei uns zum Essen.«

»Haben Sie schon mit ihm gesprochen?«

»Ja, sicher. Dieser schreckliche Verlust. Für Ernst Theodor auch. Der arbeitet immerhin seit zehn Jahren mit Emerich zusammen. Das Institut ist ihrer beider Kind.«

»Er arbeitet mit ihm zusammen? Ja, wissen Sie gar nicht, dass Herr Neupert Herrn Massmann als Leiter des Instituts entlassen hat?«

»Was? Nein. Warum?«

»Er hat einen neuen Chef eingestellt. Herrn Overberg, kennen Sie den?«

»Nein. Sehr merkwürdig. Aber Emerich hat seine beruflichen Entscheidungen nicht immer vorher mit mir diskutiert.«

»Das klingt so, als hätten Sie das nicht gutgeheißen?«

»Nicht alle Männer besprechen gern ihren Arbeitsalltag mit ihren Frauen.«

»Herr Neupert hat das also nicht getan.«

»Kann man so nicht sagen. Das war sehr wechselhaft. Manchmal hat er mir viel erzählt und mich um meine Meinung gefragt, dann wieder hat er sich in Schweigen gehüllt.«

»Das war für Sie so in Ordnung?«

»Sicher. Was hätte ich denn dagegen machen können?«

»Herrn Massmann zu beurlauben, was halten Sie davon?«

An Frau Pommsens Kinn zuckte ein Muskel. »Das hatte ich nicht zu entscheiden.«

»In welcher Beziehung stehen Sie zu Herrn Massmann?«

»Er ist ein Arbeitskollege meines Mannes.«

»Haben Sie sich auch ohne Ihren Lebensgefährten mit ihm getroffen?«

»Ich wüsste nicht, was Sie das angeht.«

»Nun, wir suchen immer noch nach einem Mordmotiv. Ein Liebhaber wäre eines.«

»Was erlauben Sie sich?! Ernst Theodor ist ein Freund, nichts weiter!«

Sie drehte sich abrupt um, hielt mir eine Mappe entgegen, die sie von einem Sideboard gegriffen hatte. »Hier, nehmen Sie das mit. Ich kann es nicht mehr sehen, und Ihnen nützt es vielleicht.«

»Was ist das?«

»Eine Kopie der Briefe, die Emerich in den letzten Wochen mit sich herumgeschleppt und immer wieder gelesen hat.«

»Wo hatte er sie eigentlich her?«

»Von seinem Restaurator in Esens.«

»Wilm Gerdekes?«

»Ja.«

Wenn es stimmte, wofür vieles sprach, nämlich dass der Mordfall und die Schatzsuche zusammenhingen, dann war auch der Anschlag auf dem Schiff in diesen Kontext einzuordnen. Vielleicht war ich der Lösung näher, als ich selbst sehen konnte. Jemand fühlte sich durch mich bedroht und schlug zurück. Was hatte ich gemacht, dass ich einem potentiellen Konkurrenten zu nah gekommen war? Ich hatte das Buch über die Familie Bernsen ausgeliehen. Vielleicht könnte mir Doortje sagen, was daran so virulent war.

Ich rief bei ihr zu Hause an. Ein Ivo Baumann verkündete, die Oma sei schon ins »Seemannshus« aufgebrochen, weil sie da noch putzen wolle. Für eine Seniorin, die mutmaßlich auf die 90 zuging, war Doortje noch ganz schön fit.

»Ach, Sie haben das Buch über unsere Familie, Frau Wiese. Das ist doch bestimmt für Ihre Arbeit interessant.«

»Auf jeden Fall. Aber vielleicht könnten Sie mir das eine oder andere noch erklären.«

»Gerne.«

»Zum Beispiel, wie der alte Thoms es geschafft hat, die Zöllner auszutricksen, als er geschmuggelt hat. Haben die denn nie in die Fässer auf dem Schiff hineingeschaut?«

Doortje lachte. »Anfangs waren das holländische Zöllner, die Commisen. Die haben es nicht ganz so genau genommen. Thoms hat ihnen hin und wieder etwas zukommen lassen. Aber er hatte auch noch einen kleinen Trick. Von einem befreundeten Heringsfischer auf dem Festland bekam er immer in Salz eingelegte Fische. Die stanken ganz erbärmlich. Thoms verpackte also seine Schmuggelware wasserdicht und legte sie unten in die Tonnen, die Heringe als Tarnung obendrauf. Wenn ein Zöllner den Deckel angehoben hat, hat er ihn ebenso schnell wieder geschlossen. Reingepackt hätte da erst recht keiner. Der Geruch hätte wochenlang an den Händen geklebt. Für die Heringsfischerei war Thoms mit seinem Schiff natürlich gar nicht ausgerüstet. Dafür wurden lange, scharf gebaute Zweimaster mit plattem Heck verwendet und die waren wochenlang unterwegs mit Unmengen von Fässern an Bord für die Fische, Salz und Trinkwasser. Die Fischer haben ihre Netzfleet über Nacht in den Heringsgründen ausgelegt und am nächsten Morgen wieder eingeholt. Die Netze waren so gestaltet, dass die kleinen Fische durchpassten und davonschwimmen konnten. Das sollten die heute auch mal so machen. Sagen Sie, interessiert Sie das überhaupt?«

Wahrscheinlich hatte Doortje mir angesehen, dass ich darüber nachsann, wie wir auf das eigentliche Thema zurückkommen konnten.

»Da hat ihr Urahn also so getan, als sei er ein kleiner Heringsfischer?«

»So ungefähr. Er soll gesagt haben: Commisen sind Beamte. Denen hat er wohl nicht allzu viel Durchblick zugetraut.«

In Esens fand ich auf Anhieb den kleinen Laden. Überall alte Bücher und Schriften. Ordentlich aufgeräumt. Ich bildete mir ein, den Geruch von Leim wahrzunehmen. Vielleicht war es auch irgendetwas anderes, was man zur Restauration alter Dokumente brauchte. Ein blonder, etwa 40-jähriger Mann schaute auf und lächelte.

»Moin.«

»Moin. Wiese, Kripo Kassel.«

Er zog beide Augenbrauen ruckartig nach oben. »Wie kann ich Ihnen helfen?«

»Sind Sie Wilm Gerdekes?«

»Nein, Moment, ich hol ihn.«

Er verschwand in einem Hinterzimmer, Gemurmel. Schließlich kam ein rothaariger Mann um die 35 nach vorn. Er hatte ein freundliches, rundes Gesicht und ziemlich große Ohren. Wenn ich Chef und Angestellten durch Beobachtung hätte ermitteln sollen, hätte ich die Rollen vertauscht. So kann man sich irren.

»Enno sagte, Sie kämen von der Kripo?«

»Ja. Ich ermittele im Tötungsdelikt Neupert.«

Gerdekes nickte. »Tragisch! Einer unserer besten Kunden.«

»Wann haben Sie Herrn Neupert zuletzt gesehen?«

»Das war vielleicht vor sechs Wochen. Da holte er ein paar Bücher ab, die er hatte restaurieren lassen. Wie immer setzte er sich in die Werkstatt zu mir und wollte wissen, was ich gerade zu arbeiten hätte. Er guckte sich gern alles an.«

»Was haben Sie ihm gezeigt?«

»Ich hatte soeben die Briefe für meine Oma Doortje Bernsen durchgesehen, und hier und da gerissene Blätter geflickt. Von ihrem Onkel. Zumindest sagt sie immer Onkel Thoms zu ihm, aber die Verwandtschaftsbeziehungen sind komplizierter. Egal. Neupert wollte die Dokumente unbedingt kaufen, aber Oma möchte sie behalten. Schließlich einigten sie sich darauf, dass Neupert sie zwei Monate ausleihen darf. Oma hat sie wohl nur herausgerückt, um mir einen Gefallen zu tun. Jetzt kriegt Oma sie schon früher wieder?«

»Die Briefe sind verschwunden.«

»Wie bitte?«

»Wir haben die Schriftstücke weder bei Herrn Neupert, noch bei seinen Sachen gefunden. Gibt es noch andere Bewerber, die sie unbedingt haben wollten?«

»Nein, das verwirrt mich jetzt. Sie sind interessant, aber vor allem für die Familie.«

Wer wollte das bestreiten?

Brief des Lehrers Thoms Tönges Bernsen an Hinrich Herrmann
Mittwoch, 20. Juli 1910

Mein lieber Hinrich!
Ich danke Dir, dass Du in Deinem Brief meine Wirren nicht verurteilst. Denn ist nicht der ein Narr, der sich um der Liebe willen zu einem solchen macht? Mir geht es wie dem Gretchen, das da feststellt: »Nach ihm nur schau ich zum Fenster hinaus, nach ihm nur geh ich aus dem Haus.« Die ganze Insel suche ich nach ihr ab. Gibt es Anzeichen dafür, dass sie es auch so hält? Wenn es keine gäbe, wollte ich es nicht wissen. Süße Hoffnung stirbt zuletzt!

Ich war in einem schrecklichen Zustand, bis ich Henrieke schließlich am neutralen Strand traf. Und sofort war alle Trübsal vorüber. Wir bewegten uns am Ufer entlang, begleitet vom Rauschen der Wellen, des Windes und dem Geschrei der Möwen. Als wir den belebten Strand weit hinter uns gelassen hatten, zogen wir in schönster Selbstverständlichkeit die Schuhe aus und wanderten hintereinander durch das Wasser. Ich schaute auf Henriekes zierlichen Nacken und konnte mein Glück kaum fassen. Wir setzten uns in den Sand, sangen zweistimmige Lieder, wobei sie mit ihrem Sopran die Melodie übernahm. Wir gingen quer durch die Dünen zurück. Setzten uns darin nieder, waren dort ganz für uns, den anderen für eine Weile verloren. Als ich ihr half aufzustehen, ließ ich ihre warme Hand nicht los. Zog sie näher an mich heran und streifte sie mit meinem Mund, noch näher, und ich küsste ihre Lippen. Erstaunt über meine eigene Tollkühnheit, hielt ich inne. Wo ich Dir dies gestehe, lieber Freund, wird mir die Macht des Augenblicks wieder gegenwärtig. Henrieke schaute mich mit großen Augen an. Ich räusperte mich, aber Angst schnürte meine Kehle zu. Ich konnte sie nicht fragen.

Wir gingen in Richtung Dorf, ihre Hand in meiner. Ich nahm kaum etwas wahr, außer der Wärme ihrer Haut, ihren zarten Duft. Irgendwann löste sich Henrieke von mir. Wir waren in einem

Dünenbereich mit viel Sand und wenig Bewuchs angelangt, ein Terrain mit einer unheimlichen Atmosphäre. Ein kalter Wind ließ mich frösteln.

»Ob das hier der Tränkeldodskerkhof war?«, fragte sie.

Ich hatte keine Ahnung, wovon sie sprach.

»Der Platz, an dem sie die Ertrunkenen verscharrt haben, die das Meer angeschwemmt hat«, erläuterte sie.

Der Zauber unserer Zweisamkeit war vorbei. Ob wohl auch mein Urahn Thoms auf einem solchen Friedhof irgendwo begraben lag?

Henrieke hatte sich mit einigen Frauen am Damenstrand verabredet. Ich traf mich mit Manno und Thede zum Tee. Der schreckliche Tod unseres gemeinsamen Urahns beschäftigte mich immer noch, wie Du Dir denken kannst. Also fragte ich nach. »Warum sollte Felde ihn hineingestoßen haben?«

»Der alte Thoms hat durch seine Schmuggeltouren ein stattliches Vermögen erlangt«, begann Manno. »Das hat er in einer Truhe aufbewahrt, deren Schlüssel er gut versteckt hielt. Bei Bedarf holte er etwas heraus. Felde träumte davon, eine regelmäßige Verbindung mit dem Festland aufzubauen und ein eigenes Fährboot zu besitzen. Thoms wollte das nicht unterstützen. Er unterstellte seinem Sohn einen Hang zur Verschwendung und Unfähigkeit, das Leben aus eigener Kraft zu meistern. Frerich hat mir übrigens erzählt, dass er Felde einmal an der Truhe habe hantieren sehen. Von ihm weiß ich auch, dass Feldes Geschwister und auch seine Mutter ihm mit Misstrauen und Ablehnung begegnet sind, als er nach dem Unfall auf hoher See allein nach Hause kam. Felde betrank sich. Am nächsten Morgen waren alle anderen aus dem Haus. Sie versorgten die Tiere und taten, was sonst noch nötig schien. Als sie zurückkamen, war die Truhe mit einer Axt zerschlagen. Das Geld war weg und Felde verschwunden.«

»Wo ist er hingegangen?«

»Aufs Festland. Wo hätte er sonst hingehen sollen?«

Die Geschichte von Felde und Thoms ging mir nach, als ich den Strand entlangwanderte. Ich sah die Szene vor mir wie einen Ausschnitt aus einem bösen Traum. Die beiden Männer an Bord. Ein dumpfes Grollen im Hintergrund. Das nahende Gewitter. Einsetzender Regen. Die Sicht verschlechtert sich. Die Weite des Meeres verengt auf einen kleinen Raum, in dem der Mord passieren wird. Der Junge entschlossen, der Alte ahnt nichts. Dann der Stoß. Vielleicht war Thoms aufgestanden, hatte sich über die Reling gebeugt, vielleicht hatte Felde ihn zuvor aufmerksam gemacht auf etwas, das sich dort befinden sollte. Schließlich ruhiger Wellengang, das Gewitter ist vorbeigezogen. Was für ein schreckliches Drama!

Mich schaudert es, der Gedanke an Dich, lieber Freund, holt mich aus den Tiefen meiner schrecklichen Phantasien. Mit den allerbesten Grüßen, auch an Lotte und die Kinder!

Dein Thoms

In Erinnerung an die Heringe, die dem alten Thoms geholfen hatten, seine Schmuggelei geheim zu halten, erstand ich in der Inselbäckerei ein Matjes-Brötchen und marschierte zum Strand, um es in adäquater Atmosphäre zu verzehren und neue Pläne zu schmieden. Ich machte es mir in einem Strandkorb gemütlich. Beobachtete die Möwen, die vom benachbarten Korb aus mit Apfelschnitzen gefüttert wurden, was eine regelrechte Hysterie und mörderisches Gekreische unter den Tieren auslöste. Da verdunkelte sich plötzlich die Sonne. Zwei Urlauber in robuster Outdoor-Bekleidung standen vor mir.

»Datt is unsa.«

»Bestehen Sie darauf?« Schließlich waren noch eine Menge anderer Strandkörbe frei.

»Ja, sicha, wir ham ja schließlich dafüa bezahlt!«

»Kostet das was?«

»Na, kla, is ja noch Säsong, woll? Wenn der Strandkorbwächter Se erwischt, sind Se dran. Der geht hia imma rum.«

Ging er tatsächlich, wie ich kurz nach dem Umzug in einen hübschen gelben Strandkorb und dem letzten Happen feststellen musste. Da baute sich ein bärtiger Herr mit Seemannsmütze und Klemmbrett vor mir auf.

»Ihre Strandkorbpachtkarte, bitte.«

»Was?«

»Gut! fünf Euro!«

»Wie jetzt?«

»Sie müssen die Strandkörbe pachten.«

»Das ist doch nicht Ihr Ernst! Die gehören doch zur Ausstattung der Insel und bleiben auch im Oktober noch stehen, damit die Touristen sich setzen können. Schließlich zahlen wir alle Kurtaxe!«

»Von der kleinen Kurtaxe können wir keine Strandkörbe bezahlen. Die sind gepachtet vom Land Niedersachsen; und wir wollen gar nicht, dass sich die Leute setzen, außer sie zahlen dafür.«

»Abzocke!« So würdevoll wie möglich hatte ich mich zwischenzeitlich erhoben und stakste durch den hohen Sand davon.

»Sie können jetzt gehen, aber ich will Sie nicht noch mal erwischen!«, brüllte er hinter mir her.

Ich war weit davon entfernt, mir das Strandkorbsitzen austreiben zu lassen. In etwa zweihundert Metern Entfernung entdeckte ich ein hübsches rotes Exemplar, das wahrscheinlich von ein paar Jugendlichen aus purem Übermut vom Gros der Strandkörbe weggetragen worden war. Als ich munter darauf zuging, musste ich feststellen, dass der Korb nicht leer war. Ein Mann lag quer über den Sitzen, anscheinend schlafend. Als ich näher kam, erkannte ich Stedeler. Der Geruch nach Alkohol war außerordentlich stark. Du meine Güte! Da hatte sich der alte Herr im Strandkorb die Kante gegeben. Ich schnüffelte an der etikettlosen grünen Flasche, die ihm wohl aus der Hand geglitten war. Eigene Abfüllung, aber kein Müller-Thurgau. Grappa vielleicht oder die Moselversion davon.

Ich tätschelte ihm mit zunehmendem Schwung die Wange: »Herr Stedeler, können Sie mich hören?«

Endlich gab er unartikulierte Worte von sich.

»Aufwachen, Herr Stedeler. Ab nach Hause ins Bett!«

Mühsam aufgerichtet, verfärbte sich sein Gesicht ins Grünliche. Meine Befürchtungen, er könne zu kotzen anfangen, bewahrheiteten sich leider. Ich alarmierte per Handy seine Frau. Wie gut, dass ich die Nummer gleich gespeichert hatte.

»Frau Wiese, ich bin so froh, dass Sie ihn gefunden haben. Ich weiß nicht, was mit ihm los ist. Seit Emerichs Tod hat er das Trinken angefangen. Als ich gesagt habe, er solle einen Ausnüchterungsspaziergang am Strand machen, konnte ich ja nicht ahnen, dass er dazu Schnaps mitnimmt.«

Kurz vor Abfahrt einer Fähre kam ich am Parkplatz an. Ich beschloss, Habbo nicht unnötig zu alarmieren und mit dem Schiff zurückzufahren. Außerdem kamen die Kosten der Fähre auf die Spesenrechnung. Das wäre ja noch schöner, wenn ich das selbst bezahlen müsste! Schließlich sparte das Polizeipräsidium schon an meinen Übernachtungskosten.

Ich setzte mich an Deck, wo mich sehr schnell die Müdigkeit übermannte. Als mein Kopf nach unten fiel, schreckte ich auf. Angeblich soll so ein Sekundenschlaf ja beleben. Davon merkte ich leider nichts. Die gestrige nächtliche Autofahrerei forderte erneut ihren Tribut. Ich gähnte, stellte mich an die Reling und beobachtete träge die lichtglänzenden Wellen. Möwen landeten kreischend auf den Pfählen, die die Fahrrinne markierten. Overberg stand heute noch auf meiner Liste. Außerdem der Sonnenuntergang am Strand, falls ich nicht schon zu müde dafür war. Dann würde ich vermutlich ins Bett fallen.

Mein Leihfahrrad stand da, wo ich es zurückgelassen hatte. Ich strampelte die Störtebeckerstraße entlang, durch Ausläufer des Wäldchens, das mir recht niedrig vorkam, acht Meter höchstens. Da haben wir in Nordhessen schon andere Bäume! Der scharfe Wind veranlasste wahrscheinlich die Pflanzen, nicht allzu vorwitzig ihre Äste herausragen zu lassen. Von der Kirchstraße aus bog ich links in die Hauptstraße ab und schob mein Fahrrad durch die Einkaufszone die Barkhausenstraße hinauf.

Ein Mountainbiker bretterte im Slalom mitten durch die flanierenden Touristen und hätte fast einen Ständer mit Plüschseehunden umgefahren. »He, Sie Rüpel! Absteigen! Polizei!« Das veranlasste ihn jedoch, nur noch schneller zu rasen. Meine Chancen, ihn einzuholen, stufte ich als äußerst gering ein. Ich fluchte. Fast wäre ich in einen schon etwas platt gefahrenen Pferdeapfel getreten. Zum Glück stieg mir gerade noch rechtzeitig der charakteristische Geruch in die Nase, so dass ich einen Bogen machen konnte.

Ich warf einen Blick auf den Plan, den Habbo mir gegeben hatte. Der Gerk-sin-Spoor zweigte links ab von der Willrath-Dreesen-

Straße. Nr.10 erwies sich als ein gediegenes, weiß gekalktes Haus, das unter einem dicken, weit heruntergezogenen Rieddach verschwand. Ich klingelte, obwohl die Tür ganz den Anschein machte, als würde sie von allein aufgehen. Aber man ging doch nicht einfach so in ein fremdes Haus. Der Mann, der mir öffnete, strahlte regelrecht, als er mich sah.

»Xenia! Was für eine schöne Überraschung! Komm rein. Ich mach uns einen kleinen Imbiss.«

Das durfte doch nicht wahr sein. Kaum fünf Tage auf der Insel, da hatte sich meine Schwester schon einen Verehrer zugelegt! Und dann ausgerechnet einen, dem ich im Zusammenhang mit seinem nunmehr toten Chef ein paar dringende Fragen zu stellen hatte.

Ich folgte dem Mann in eine gemütliche Küche. »Herr Overberg, nehme ich an. Sie scheinen mich mit meiner Zwillingsschwester zu verwechseln.«

Überrascht musterte er mich. »Sie sehen sich sehr ähnlich. Aber Sie treten doch sehr unterschiedlich auf.«

Konnte mir schon denken, was er meinte. Xenia zog sich gern etwas ausgefallene Klamotten an, schminkte sich meist auch. Für so etwas habe ich gar keine Zeit. Haare zum Zopf gefasst, dunkelblauer Hosenanzug. Wollmantel drüber. Mittelbrauner Schal. Fertig.

»Mein Name ist Luise Wiese, Kripo Kassel. Ich untersuche den Tod von Herrn Neupert.«

»Tragisch. Ein sympathischer Mann.«

»Kein Wunder, dass Sie das sagen. Immerhin hat er Sie ja zum neuen Leiter des Instituts gemacht.«

»Ja, das hat er, aber wenn die Chemie zwischen uns nicht gestimmt hätte, hätte ich den Job nicht gemacht.«

»Was dann?«

»An eine Uni gehen. Darf ich Ihnen einen Kaffee anbieten? Einen Cappuccino vielleicht?«

»Gerne.«

Overberg räumte ein paar Sachen fort, die auf dem Küchentisch lagen. »Ich habe einige Jahre an Unis mit Studenten gearbeitet.

Danach stand mir der Sinn etwas mehr nach Forschung als nach Lehre. Es kann natürlich sein, dass sich das wieder ändert. Ich weiß ohnehin nicht, wie es um die Zukunft des Instituts bestellt ist, jetzt, wo Herr Neupert nicht mehr ist.«

»Was vermuten Sie?«

»Nichts.«

»Nun, soweit ich weiß, hat Herr Neupert vorgesorgt.«

»Wollen Sie sich nicht setzen?« Herr Overberg überreichte mir den Cappuccino und nahm mir gegenüber Platz. »Und mir sagen, wie ich Ihnen helfen kann?«

»Erzählen Sie mir von der Tagung.«

»Da gibt es eigentlich nichts Besonderes zu berichten. Es ging im Wesentlichen um die Zeit von Napoleons Herrschaft. Vieles war natürlich schon bekannt und wurde lediglich um ein paar Details erweitert, aber ein paar interessante Aspekte gab es schon. Ich will Sie damit nicht langweilen.«

»Waren Sie schon lange zu der Tagung angemeldet?«

»Herr Neupert bat mich vor etwa vier Wochen, ihn zu begleiten.«

»Wann hat er Sie als neuen Leiter engagiert?«

»Vor zwei Monaten. Ich wusste nicht, dass Herr Massmann meinetwegen ausgestiegen ist. Das tat mir sehr leid.«

»So? Was hat Herr Neupert Ihnen denn erzählt?«

»Dass die Stelle vakant sei. Da Herr Massmann in Rente gehen wolle.«

»Und wie war es wirklich?«

»Herr Neupert hat mich Herrn Massmann vor die Nase gesetzt, der natürlich sofort das Handtuch geworfen hat, wie Frau Seesen erzählte. Verständlich. Hätte ich an seiner Stelle nicht anders gemacht.«

Nette Art, sich eines Mitarbeiters zu entledigen. Aber dafür konnte Overberg ja nichts. »Wie ist der Sonntag in Kassel verlaufen?«

»Die Tagung ging ihrem Ende entgegen. Etwa gegen 13:00 Uhr. Viele reisten ab. Herr Neupert wollte seine Tochter besuchen, die in der Nähe von Kassel wohnt.«

»Am Sonntag?«

»Ich habe Herrn Neupert so verstanden. Er erzählte, dass er das Hotelzimmer noch behalten wolle. Weil es ihm vielleicht lieber wäre, im Hotelbett zu schlafen als bei seiner Tochter. Die hat wohl ein kleines Kind, das nachts schreit.« Er grinste entschuldigend.

»Und Sie?«

»Ich bin noch in Kassel geblieben. Ich war noch nie dort und wollte gern das Schloss Wilhelmshöhe anschauen. Hier hat ja der Bruder Napoleons, Jérôme Bonaparte, als König von Westphalen residiert. Und heute beherbergt es diese beachtliche Gemäldegalerie, die ich besucht habe.«

»Was haben Sie dann gemacht?«

»Einen Spaziergang im Schlosspark. Leider war das Wetter schlecht, aber ich habe einen großen Schirm.« Er lächelte.

»Wann haben Sie Herrn Neupert zuletzt gesehen?«

»Bei der Tagung. Wir haben uns verabschiedet bis irgendwann in der nächsten Woche im Institut. Herr Neupert wusste noch nicht, wann genau er zurückkehren würde.«

»Wie haben Sie den Abend verbracht?«

»Ich war essen in einem griechischen Restaurant Mythos, das mir auf der Tagung empfohlen worden war. Ursprünglich wollte ich ins La Paloma, aber da gab es wohl einen Wasserschaden.«

»In welchem Zeitraum waren Sie dort?«

»Kann ich nicht auf die Minute genau sagen. Ich schätze, dass ich gegen 18:30 Uhr da war. Es war anfangs ziemlich voll. Aber da ich ein Buch dabei hatte, machte es mir nichts aus, auf das Essen zu warten, das übrigens sehr lecker war. Kennen Sie das Lokal?«

»Wie lange waren Sie dort?«

»Vielleicht bis 21:30 Uhr. Ich habe noch einen Nachtisch bestellt und mich angeregt mit dem Wirt unterhalten. So gegen 22:00 Uhr war ich im Hotel. Der Nachtportier an der Rezeption wird das bestätigen.«

»Und dann?«

»Bin ich auf mein Zimmer gegangen. Habe noch etwas gelesen und anschließend geschlafen.«

»Am nächsten Morgen?«

»Habe ich im Hotel gefrühstückt. Herr Neupert war nicht da, weshalb ich annahm, dass er doch bei seiner Tochter übernachtet habe. Ich habe meine Sachen zusammengepackt und ausgecheckt.«

»Wie gedachte Herr Neupert nach Hause zu fahren?«

»Mit dem Zug. Ich hatte ihm angeboten, mit mir im Auto zu reisen. Aber er wollte sich nicht festlegen, sondern den Besuch bei seiner Tochter flexibel gestalten.«

»Können Sie sich irgendeinen Grund vorstellen, warum jemand Herrn Neupert ermordet hat?«

»Nein.«

»Was für ein Mensch war Herr Neupert?«

»Sehr engagiert, er ging in seiner Beschäftigung mit der Geschichte geradezu auf.«

Als ich aus dem Haus trat, fuhr mich eine blonde Tussi mit einem Mountainbike beinahe über den Haufen. Nur ein beherzter Sprung über den bis zur Mitte des Oberschenkels reichenden Gartenzaun rettete mich. Blöde Kuh! Wenn die so schlecht sah, sollte sie gefälligst eine Brille aufsetzen. Oder am besten gar nicht radeln. Ihr Gesichtsausdruck war, so weit ich das auf die Schnelle sehen konnte, gerade so, als sei ich auch noch schuld.

Kopfschüttelnd machte ich mich auf den Weg zu Habbo, um Fricko abzuholen.

Ich wollte nur zu gern wissen, warum Stedeler seinen Produkten so überaus großzügig zugesprochen hatte. »Geht es ihm wieder besser?«, fragte ich, als seine Frau die Haustür öffnete.

Sie nickte ernst. »Momentan schon. Aber er ist noch nicht über den Berg. Wenn ich nur wüsste, was mit ihm los ist! Aber er redet mit mir nicht darüber.«

»Sie meinen, es ist nicht nur die Trauer um Herrn Neupert?«

Sie nickte.

»Soll ich es mal probieren? Vielleicht erzählt er mir als Außenstehender mehr.«

Bald saß ich am Krankenbett und drückte Stedelers altersfleckige Hand. »Ich soll Sie von meinem Freund grüßen. Er ist ganz begeistert von Ihrem Wein und hat gesagt, ich soll noch mehr kaufen.«

Ein flüchtiges Lächeln huschte über Stedelers Gesicht. »Bestellen Sie einfach bei meiner Frau.«

»Können Sie mir noch einen Wein empfehlen?«

»Wozu?«

»Fisch, Geflügel, leichte Speisen.«

»Wir haben da noch einen Riesling, der könnte Ihnen gefallen. Lassen Sie sich von meiner Frau mal eine Flasche mitgeben. Dann können Sie in Ruhe probieren.«

»Lieber würde ich mit Ihnen trinken, aber im Moment schlagen Sie ja etwas über die Stränge.«

Er starrte die Wand an, als säße dort eine Mücke, die er mit seinen Augen fixieren müsse, damit sie nicht über ihn herfiele.

»Herr Stedeler, hat das mit Herrn Neupert zu tun? Wissen Sie etwas über seinen Tod? Hat er Ihnen etwas anvertraut?«

Stedelers Gesicht wirkte wie versteinert. »Geben Sie Ihren Freunden keine Ratschläge! Niemals!« sagte er schließlich. Dann drehte er sich demonstrativ auf die Seite.

»Haben Sie etwas herausbekommen?«, fragte Frau Stedeler hoffnungsfroh, als ich das Krankenzimmer verließ.

»Ihr Mann hat mich eindrücklich gemahnt, meinen Freunden niemals einen Tipp zu geben.«

»Das war alles? Merkwürdig.«

»Wann hatte Ihr Mann das letzte Mal Kontakt zu Herrn Neupert?«

»Lassen Sie mich überlegen. Ich glaube, am letzten Sonntag. Ja, irgendwann am Nachmittag. Da hat Emerich angerufen. Die beiden haben recht lange telefoniert.«

Das war Neuperts Todestag. »Worüber haben sie gesprochen?«

»Das weiß ich nicht.«

»Ich glaube, Ihr Mann hat Herrn Neupert in diesem Telefonat einen Rat gegeben, den er mittlerweile bereut!«

Dass der Tag heute nicht zu meinen Glückstagen zählte, wurde höchst deutlich, als ich in die Pension kam. Die Schuhe meiner Schwester standen, ordentlich abgefegt, jedoch etwas feucht, auf dem Regalbrett im Flur. Kaum hatte ich unser Zimmer betreten, das im übrigen immer noch – oder schon wieder – nach nassem Hund roch, drang Luises Stimme wie eine Schlagbohrmaschine in mein Ohr. »Wo hast du das her?«

Auf ihrer offenen Hand lag der Taler aus dem Museum.

»Das sollte ich wohl lieber dich fragen.«

»Ich habe, nachdem ich vom Festland zurückgekommen bin, mit Fricko eine Wanderung am Strand gemacht und nasse Füße bekommen. Hier stellte ich dann fest, dass ich keine Socken eingepackt habe, weiß gar nich, wie mir das passieren konnte, und wollte mir welche von dir ausleihen.«

»Dich einfach an meinen Strümpfen vergreifen. Das findest du in Ordnung?«

»Sei leise, sonst hört gleich Frau Jensen mit.«

Die musste das ja wirklich nicht mitkriegen. »Du könntest wenigstens vorher fragen!«, zischte ich.

»Woher hast du dieses Geldstück?« Meine Schwester beherrschte den Bühnenflüsterton.

»Das habe ich gefunden.«

»Psssst! Wo?«

»Im Museum.«

»Spinnst du?«, explodierte Luise. »Jetzt bist du wirklich von allen guten Geistern verlassen«, fauchte sie, um sogleich ihre Stimme zu einem bedrohlichen Wispern zurückzunehmen. »Klaust aus dem Museum eine alte Münze. Ich fass es nicht!«

»Kannst ja bei Habbo ein gutes Wort für mich einlegen. Einen Diebstahl vertuschen wäre das Mindeste, was er für dich täte.«

»Quatsch.«

»Der ist verknallt. Das schwöre ich dir.«

»Blödsinn!«

»Realität!«

»Du willst nur ablenken. Was hat es mit diesem Goldstück auf sich?«

»Ein altes Schiff im Museum. Durch Zufall habe ich ein Geheimfach entdeckt. Da habe ich hineingeschaut, das ist doch nicht verboten.«

»Aber Taler klauen sehr wohl! Wenn du das Ding nicht bis morgen zurückgibst, irgendwie, zeige ich dich an.«

»Und ich dich. Wegen unterlassener Hilfeleistung. Einer Ertrinkenden nicht beizuspringen, ist sträflich! Zweifelsohne!«

Trotzdem war das für Luises geordnete Verhältnisse schon ein steiles Angebot. Jeden anderen hätte sie gleich den Behörden übergeben. Sie ist außerordentlich rigide. Womit habe ich eine solche Zwillingsschwester nur verdient?

Ich brach sofort wieder auf. Mit Fricko zu einem weiteren Spaziergang. So viel Auslauf wie hier bekam er sonst nicht. Hoffentlich gab das keinen Muskelkater. Habbo war immerhin auch schon dreimal mit ihm draußen gewesen. Aber Laufen war eine gute Methode, um die Wut gegen Xenia in den Griff zu kriegen. Meine Schwester stürzt mich regelmäßig dermaßen in Schwierigkeiten, dass mein ganzes geordnetes Leben ins Wanken gerät. Wenn ich jetzt ihren Diebstahl deckte, konnte mich das in Teufels Küche bringen. Ich wollte wirklich nicht meine Beamtinnenexistenz aufs Spiel setzen, nur weil meine Schwester eine alte Münze geklaut hat. Mein Handy erlöste mich aus den finsteren Gedanken.

»Luise, wir haben jetzt so ziemlich alle Tagungsteilnehmer erreicht«, berichtete Tina, »es gab nur eine kleine Besonderheit, und die ist angeblich auch nicht so außergewöhnlich für solche Tagungen. Der für Sonntag geplante Referent ist plötzlich erkrankt und ausgefallen. Es ist den Organisatoren jedoch gelungen, kurzfristig einen amerikanischen Professor, der gerade in Frankfurt Zwischenstation machte, für den Vortrag zu gewinnen. Nach Meinung der Teilnehmer war der ein Highlight der Tagung. Neupert habe ihn zum Essen eingeladen und sich also länger mit ihm unterhalten.«

»Wie heißt er? Habt ihr ihn schon erreicht?«

»Nein. John Goldman. Ich habe eine Telefonnummer bekommen von seiner Uni. Iowa. Und seine Privatnummer.«

»John Goldman. Moment einmal!« Ich suchte Zettel und Stift in meiner Schultertasche und notierte die Telefonnummern. »Klingt wie ein Einwanderer mit deutsch-jüdischen Vorfahren.«

»Ja, vielleicht. Und wie sieht es bei dir aus?«

»Am verdächtigsten ist noch Massmann. Der hat eine ziemliche Ladung drauf. Außerdem könnte es sein, dass er mit der Pommsen ein Verhältnis hatte.« Ich hörte Tina pfeifen. »Hat Lewinsky was rausgekriegt über die Prostituierte?«

»Ich glaube, er sucht noch, und das sehr gründlich.« Sie prustete ins Telefon.

Es gelang mir, ernst zu bleiben. »Apropos Alibi überprüfen. Der Overberg gibt an, er habe im Mythos gegessen.«

»Scheint Geschmack zu haben, der Junge. Ich geh vorbei mit seinem Foto von der Homepage.«

»Gut. Der steht zwar nicht im Fadenkreuz unserer Ermittlungen, wüsste jedenfalls nicht warum, aber schließlich sind wir ja gründlich.«

Während Luise mit Fricko im Schlepp links abbog, vermutlich wollte sie zur Polizeistation, vielleicht, um mich doch schon mal anzuzeigen, ging ich nach rechts in Richtung Meer. Ich tobte am Strand entlang. Das beruhigte mich.

Eine Möwe flog vorüber und landete in sicherer Entfernung im Sand. Diese hier war besonders klein, oben hellgrau, unten weiß und hatte rote Beine, mit denen sie gravitätisch zwischen den Strandkörben umherschritt, auf der Suche nach fressbaren Resten. Wahrscheinlich war die Ausbeute im Hochsommer besser, aber auch im Herbst gab es Familien, die ein Strandkorbpicknick veranstalteten.

Schließlich ging ich entlang des Brandungssaums zurück. Es war irgendwas zwischen Ebbe und Flut. Die Sandbänke schauten heraus, die Spielgeräte für Kinder – Schaukeln, Wippe, Rutsche – standen im nunmehr trockenen Hauptbad. Ich setzte mich auf die linke Schaukel und nahm Schwung. Der Wind pustete mir alle Gedanken an die Einzelmünze und an Stedelers Ratschlag aus dem Hirn. Ich hörte, wie sich die abendliche Brise in Lenkdrachen verfing, an deren Plastik zerrte. Kaum zu unterscheiden von dem Geräusch der Wellen, die in an- und abschwellendem Rhythmus das Ufer umspielten. Gejuchze von Kindern und Erwachsenen. Zwei Hunde flitzten am Wassersaum entlang. War ein Schäferhund dabei. Und dann tauchte auch schon eine Gestalt auf, Hände in den Taschen, die sehr Luise ähnelte. Vielleicht hatte ich Glück, und sie übersah mich.

Nein, heute war und blieb ein Unglückstag für mich. Sie blieb neben mir stehen, abwägend. »Hast du den Taler schon zurückgegeben?« Sie legte, auf Antwort wartend, den Kopf etwas schräg.

»Mein rechter, rechter Platz ist frei. Komm, Schwesterherz! Mal sehen, wer höher schaukelt.«

Zu meiner großen Überraschung ließ sie sich nach kurzem Überlegen tatsächlich auf dem rechten Brett nieder. Das hatte Seltenheitswert. Normalerweise macht sie erstens nichts, was ich sage, und zweitens nichts, was Spaß macht. Wir schaukelten versetzt. Wenn ich mich in den Himmel bewegte, flog Luises Schaukel rückwärts. Nichtsdestotrotz war es etwas Gemeinsames.

»Wer am weitesten kommt!«, rief ich und löste mich am höchsten Punkt von meiner Sitzfläche. In weitem Bogen flog ich über den Strand und landete knapp hinter der Kuhle, die wagemutige Kinder in den Sand gesprungen hatten.

Luise plumpste direkt auf meinen Fuß und grinste breit.

»Au! Mensch, du Trampeltier! Pass doch auf! Und guck dir mal meinen Schuh an! Bist du in Teer gelatscht? Diesen dreckigen Halbmond kriege ich nie wieder raus.«

»Tschuldigung«, sagte Luise ungerührt. »Bist doch sonst nicht so pingelig. War übrigens mindestens 15 Zentimeter weiter als du.«

»Das täuscht!«

Wir stiegen beide erneut auf, holten maximalen Schwung und ließen uns wieder und wieder fliegen und fallen. Immer ziemlich dicht nebeneinander. Die Atmosphäre entspannte sich trotz dreckiger Schuhe mehr und mehr. Zumal Fricko ausgelassen um uns herumhüpfte.

Wenig später machten wir einen kleinen Abstecher zum Hundetütenautomat. Luise deckte sich großzügig ein. Dann gingen wir im Nordseehotel Kröger essen. Zu leckerem Fisch teilten wir uns eine Flasche Grauburgunder. Luise bezahlte ohne Murren. Vielleicht hoffte sie, die Quittung bei der Spesenabrechnung einreichen zu können. Wir hatten leicht einen im Kahn, als wir eingehakt den kurzen Weg zur Pension zurücklegten. Ich mehr als Luise, denn ich hatte wohl noch etwas Restalkohol im Blut. Wahrscheinlich war der Rebensaft gnadenlos schnarchfördernd. Kaum hatte Luise die Augen geschlossen, da begann sie auch schon zu sägen, kleine zarte Ästchen zunächst, fortschreitend zu Bäumchen und kapitalen Stämmen. Ich stieß an ihre Schulter, was eine Pause von etwa 30 Sekunden zur Folge hatte. Danach ging das Geschnorchel weiter. Ich rüttelte kräftig. Die Unterbrechung war länger. Ein schlaftrunkenes »Lass mich in Ruhe«. Fricko hatte sich mittlerweile vor Luises Fußende breitgemacht und begann, eine zweite Stimme beizusteuern. Ich kapitulierte und knipste die Nachttischlampe an. Meine Schwester drehte sich auf die andere Seite, setzte ihren Schlaf nun geräuschlos fort, ich schöpfte Hoffnung. Vergebens. Fricko kläffte und knurrte im Schlaf, zuckte wild mit den Pfoten.

Wie sollte ich die Nacht überleben? Ich hatte alle Bücher schon mindestens ein Mal gelesen. Da fiel mein Blick auf einen Haufen Zettel, den Luise achtlos auf den Tisch geworfen hatte. Geheime Akten? Ich griff zu. Das sah sehr nach Kopien alter Briefe aus. Mein Blick fiel auf die Unterschrift des ersten: Thoms Tönges Bernsen. Schlagartig war ich hellwach. Im schummrigen Nachttischlampenlicht begann ich zu lesen.

Brief des Lehrers Thoms Tönges Bernsen an Hinrich Herrmann
Donnerstag, 21. Juli 1910

Bester Freund!
Heute Morgen hatte ich im Hospiz eine interessante Begegnung. Ich nahm das Frühstück mit einem uralten Pastor namens Spelmann ein. Er stammte wie ich aus Lüneburg, sodass wir gleich ein Gesprächsthema hatten, das wir jedoch recht schnell aufgaben. Der Mann kann nämlich auf ein bewegtes Arbeitsleben als Gefängnisseelsorger zurückschauen. Er erzählte zahlreiche Anekdoten, offenbar erfreut, einen aufmerksamen Zuhörer gefunden zu haben. Wenn er nicht das Wort des Herrn verkündet hätte, wäre er wahrscheinlich Schauspieler geworden. So plastisch stellte er die Menschen dar. Als sehr junger Geistlicher habe er sogar einen aus Langeoog gebürtigen Mann betreut, der hingerichtet werden sollte. Das fand ich nun besonders interessant, und er erzählte bereitwillig mehr:

»Den Namen habe ich längst vergessen. Aber ich weiß noch, dass es ein arger Säufer gewesen ist. Hat sein ganzes Leben nichts Rechtes zustande gebracht. War wegen Raubmordes verurteilt worden. Hatte aber schon eine lange Liste von Vorstrafen, hauptsächlich wegen verschiedener Diebstähle, schlimmster Prügeleien und gemeiner Überfälle. Nun hatte man ihn dabei erwischt, wie er Gegenstände aus dem Besitz eines Ermordeten, eines ehrbaren Kaufmanns, zu veräußern suchte. Ich betrat seine Zelle mit einem gewissen Unbehagen. Noch nie hatte ich es bis dahin mit einem zum Tode Verurteilten zu tun gehabt. Und ich muss sagen, dass dies eine Grenzsituation ist, die Fragen aufwirft. Wenn in der Bibel steht: Du sollst nicht töten, gilt dieses Gebot nicht auch für uns und selbst gegenüber solchen Menschen, die ihrerseits das Gebot missachtet haben? Der Delinquent hatte schüttere Haare in einem blassen Strohgelb, das auf ehemals rote Farbe schließen ließ, sehr große Ohren und eine Adlernase. Seine Augen waren von einem verwaschenen Blau und ihr Ausdruck von einer Bösartigkeit, wie ich sie selten gesehen habe. *Was wollen Sie?*, herrschte er mich gleich an. *Ich habe mein Leben lang keinen Pastor gebraucht, da werde ich jetzt nicht damit anfangen. – Hast du keine Angst, vor Gottes Gericht gestellt zu werden?* Er lachte rau. *Du kleiner, naseweiser Schwätzer! Nach deiner Überzeugung werde ich doch sowieso in der Hölle schmoren. Da hilft kein Beten mehr. – Für Gottes Gnade ist es nie zu spät.* Er bediente sich eines wilden Fluchs. *Es gibt keinen Gott und keine Gnade! Und jetzt raus hier! Mir aus den Augen! Raus!* Er steigerte sich in eine solche Wut, dass ein Gefängnisaufseher herbeilief. Ich hatte den Raum schon verlassen. Zitternd. Als ich ihn das letzte Mal besuchen wollte, schrie er gleich, ich solle verschwinden. Danach wurde er hingerichtet. Gott sei der armen, verirrten Seele gnädig!«

Ich hatte sofort die verrückte Idee, dass dies Felde gewesen sein könnte.

Aber mein Problem war nicht Felde. Der lenkte mich ab, was gut war. Ich ließ mich den ganzen Tag aufgewühlt über die Insel treiben. Um Entspannung zu erfahren, was angesichts meines Zustands kaum möglich war. Warum nur hatte ich mit Henrieke keine genaue Verabredung getroffen? Ich stellte mich an wie einer meiner älteren Schüler, der beim Schützenfest mit einem Mädchen tanzen will, sie aber den ganzen Abend immer nur aus der Ferne beobachtet. Während ich ausschritt, zurück zum Dorf und zum Strand, wo in Kürze der Sonnenuntergang zu erwarten war, fand ich mich plötzlich neben einer mit Eisendraht umfriedeten Fläche wieder, in die der Hirte die stattliche Herde aller Langeooger für die Nacht getrieben hatte. Vielleicht 70 Kühe, 80 Schafe und noch ein paar Pferde. Jeder Anbauer durfte zwei Kühe in die Obhut des Gemeindehirten und also auf die Gemeinschaftsweide geben, dazu zwei Schafe oder ein Jungrind, wie Manno mir erklärt hatte.

Elske, die melkend neben einer ihrer Kühe hockte, nickte fröhlich zu mir herüber. Eine Badegastdame mit großem blumenbesetzten Hutaufbau schaute, gestützt auf ihren Sonnenschirm zu, ebenso wie zwei junge Damen, deren Anblick mir das Blut in die Wangen trieb. Henrieke und ihre Freundin. Eine Melkerin warf ihnen im Scherz eine Bemerkung hin, dass die vornehmen Frauen mit den Tieren wohl nicht umgehen könnten. Da war sie bei

Henrieke an der falschen Adresse. Die stand sofort neben ihr und fragte mit Schalk in der Stimme: »Welche Kuh?«

Elske griff ein, indem sie ihr einen Eimer und das zweite Tier der Familie zuwies: Das war so recht meine Henrieke. Sie fragte sich nicht nach Schicklichkeit und ging kompetent und zügig zu Werke. Sie sah mich erst, als der Eimer voll war. Leichtes Rot überzog ihr Gesicht.

Woher sie Kühe melken könne, fragte ich sie später, als wir ihre Freundin in der Strandhalle in der Obhut des pensionierten Marineoffiziers zurückgelassen hatten und einen Spaziergang machten.

Sie erzählte, sie sei auf dem Dorfe groß geworden, als ältestes der insgesamt fünf Mädchen eines Amtsrats. Der Vater hätte gern einen Jungen gehabt, beide Brüder seien aber als kleine Kinder verstorben. So genoss sie als Erstgeborene mehr Freiheiten, als Mädchen zumeist zugestanden werden. Der Vater habe ihr viel gezeigt, und sie sei häufig mit ihm unterwegs gewesen.

Ob er ihr auch das Schwimmen beigebracht habe, fragte ich sie.

Da wurde Henrieke ganz ernst. Ich fürchtete schon, etwas Falsches gesagt zu haben, entschuldigte mich verlegen. Wie sich herausstellte, rührte meine Frage an alte Wunden. Henrieke erzählte, dass ihr kleiner Bruder im Dorfbach ertrunken sei. Und sie war es gewesen, die ihn gefunden hatte, als sie von dem Besuch bei der Tante zurückkehrte.

Ist es nicht schrecklich, dass sie so etwas erleben musste? Danach habe sie unbedingt schwimmen lernen wollen. Was für ein Glück, denn nun hatte sie mutig und tapfer den kleinen Jungen am Strand retten können.

Braucht eine solche Frau einen Mann wie mich? Sag es mir, Hinrich, mein Freund, Du hast mich noch nie belogen.

Wie wohltuend es ist, dass sie niemals lange traurigen Gedanken nachhängt. Schon bald wies sie aufs Meer hinaus und forderte mich auf, mit ihr zusammen seine Schönheit zu bewundern. Es war ein klarer Himmel. Am Horizont sank die Sonne den Wellen entgegen, unmöglich zu sagen, wo die Grenze zwischen beiden war. Wir standen im leichten Wind. Unsere Hände berührten sich wie zufällig. Und dann sprach sie diesen entsetzlichen Satz aus:

»Übermorgen fahre ich nach Hause.«

Immer noch ein wenig um Fassung ringend ob dieser traurigen Nachricht, traf ich bei Thede ein. Während er mir einen Tee servierte, drängte er mich, sie morgen zu fragen, und hielt mir eine wahre Lobrede auf das Heiraten.

Mein Herz wurde immer schwerer. Ich mochte mich jetzt nicht weiter darüber auslassen und erzählte von dem Gespräch mit dem Pastor, das ich morgens geführt hatte und das mich immer noch sehr beeindruckte, denn ich hatte ja einen Verdacht.

»Ja, das war Felde, Manno hat es mir irgendwann erzählt«, bestätigte Thede ernst. »Die Familie hat immer versucht, das geheim zu halten. Lüneburg war weit genug entfernt. Das haben die Leute auf der Insel nicht mitbekommen. Die Behörden haben einen Brief geschickt, dass sie ihm den Kopf abgeschlagen haben.« Er lächelte verkrampft. »Ja, wir zählen einen Mörder zu unseren Verwandten. Und wer weiß, vielleicht sogar einen Doppelmörder. Denn an dem Morgen, als er mit Thoms zur letzten Fahrt aufgebrochen ist, soll er gesagt haben, heute wolle er ein für alle Mal klären, dass er das Geld für sein Fährboot haben musste.«

»Das Verrückte ist«, setzte Thede nach, »ein paar Jahre später, um 1830, ging das langsam los mit der regelmäßigen Verbindung zum Festland. Da kam ja auch der erste Kurgast. Aber Thoms hatte trotzdem Recht. In den ersten Jahrzehnten war das eher ein Verlustgeschäft, konnte nur ganz allmählich einen bescheidenen Lebensstandard sichern. Ich glaube, als mehr Badegäste ankamen, wurde es besser.« Er grinste.

Ich frage mich, wenn Felde mit dem Geld des alten Thoms durchgebrannt ist – immerhin hatte er dafür ja extra die Truhe zerschlagen – warum hat er sich dann nicht ein Fährschiff gekauft? Hätte er es doch getan, so hätte dies zweifelsohne jemand mitbekommen.

Irgendwann ging ich ins Hospiz zurück, ohne jedoch zu wissen, was ich morgen tun sollte.

Ich bin immer noch nicht klüger.

Dein verzweifelter Thoms

Irgendwann nachts wurde ich wach. Kein Wunder! Das Licht brannte. Mein Fräulein Schwester nahm mal wieder keinerlei Rücksicht auf ihre Mitmenschen und las. »Würdest du die Güte haben, das Licht auszuknipsen!«, brachte ich hervor.

»Dies ist immer noch mein Pensionszimmer.«

»Herrgott noch mal! Ich bin eine schwer arbeitende Kriminalhauptkommissarin. Ich muss morgen einen Mörder stellen.« Schlagartig fühlte ich mich munterer.

»So? Wer ist es denn?«

»Das war eine symbolische Aussage. Steht für Tätigkeiten von gehobener Wichtigkeit. Also, Zettel in die Ecke! Was liest du da überhaupt?«

»Na gut, ich bin jetzt auch müde.«

Aber das stimmte gar nicht. Zwar knipste Xenia sofort die Nachttischlampe aus, laberte jedoch munter drauflos, bis sie mich nahezu wach gequatscht hatte.

»Denkst du manchmal an früher?«, fragte Luise plötzlich. »Da hätten wir jetzt eine Geschichte erfunden.«

»Wie wäre es mit einem Märchen? *Vom Schiffer und siener Truh?*«

Wenn ich keinen Wein getrunken hätte, hätte ich Luise wahrscheinlich nichts erzählt. Aber Alkohol bringt mich immer ins Labern.

»Nehmen wir einmal an, Thoms Tönges Bernsen habe tatsächlich Wertgegenstände versteckt.«

»Welcher Thoms Tönges Bernsen?«

»Ein alter Schiffer aus Langeoog, dessen Nachfahre, der Lehrer Thoms Tönges Bernsen, Briefe geschrieben hat, die Neupert bei sich hatte, als er starb.«

»Wie bitte?« Meine Schwester wurde zusehends munterer!

»Nehmen wir also an, dass der uralte Thoms tatsächlich Geld versteckt hat.«

»Mythos.«

»Nicht ganz. Das Boot, aus dem der Taler stammt, gehörte diesem Thoms.«

»Was?« Luise schien mit einem Schlag hellwach.

»Leise, sonst weckst du die anderen!«, ermahnte ich. »Neben einem großen Kutter zum Warentransport hatte Thoms Tönges dieses kleine Segelboot. Mit dem Schiffchen fuhr er raus, wenn er Seehunde beobachtete, damit soll er aber auch Schmuggeltouren von Helgoland zum Festland unternommen haben. Er hing an dem Ding.«

»Wo war der Taler genau?«

»In einem Geheimfach in einem Fass auf dem Schiff, habe ich dir doch schon gesagt.«

»Und das hat seit fast 170 Jahren keiner gefunden außer dir?«

»Sieht ganz so aus.« Ich überlegte einen Moment lang, ob ich Luise von der Operation Taschenmesser erzählen sollte, unterließ es aber besser. Sicher würde ihr dann einfallen, dass nun auch noch Sachbeschädigung ins Spiel käme, und sie würde sich erneut aufregen.

»Ich vermute«, sagte ich stattdessen, »dass Thoms Tönges die Einnahmen aus seinen Schmuggelgeschäften tatsächlich dort lagerte. Für die Überfahrt. Dann hat er die Dukaten zu Hause irgendwo gebunkert. Aber der eine ist ins Futter gerutscht. Oder vielleicht hat er ihn sogar absichtlich dort versteckt, als Glücksbringer, auf dass sich sein Geld vermehre. Die waren damals ja ganz schön abergläubisch.«

»Woher willst du das alles wissen?«

»Das kann man mit etwas Fantasie den Briefkopien entnehmen, die du auf dem Tisch liegen gelassen hast. Während du gerade mörderisch geschnarcht hast, habe ich sie gelesen.«

»Typisch, dass du da gleich mal reinschaust. Bin ich noch gar nicht zu gekommen. Dann noch diese alte Schrift.«

»Willst du wissen, was drin steht?«

Luise überwand ihren Stolz. »Hmhm.«

»Dann lies sie doch selbst!«

Meine kleine Rache zahlte sich nicht aus. Ein Brief war mir noch übriggeblieben. Aber es gelang mir nicht, ihn auch nur zu überfliegen. Immer wenn ich die Nachttischlampe einschaltete, weil die Schlafgeräusche meiner Schwester und ihres sogenannten Haustiers zu den schönsten Hoffnungen berechtigten, gellte Luises Stimme in meinen Ohren: »Licht aus!«

Samstag, 11. Oktober 2008

»Es könnte eine Lachmöwe gewesen sein, die Sie da gestern gesehen haben, Frau Wiese«, vermutete Herr Mattern. »Die sind erheblich kleiner als andere Möwenarten. Ab August verlieren die Altvögel in der Mauser ihre charakteristische dunkle Kopffarbe und legen das Brutkleid erst im März wieder an.«

Frau Jensen betrat mit der Zeitung in der einen und einer Thermoskanne in der anderen Hand den Frühstücksraum. »Herr Neumann, haben Sie Ihren Golfschläger mit?«, begrüßte sie den jungen Mann, der gerade gegenüber seiner Mutter zum gemeinsamen Urlaubsfrühstück Platz genommen hatte.

»Nein, wieso ...? Ich spiel doch gar kein Golf«, stotterte er verlegen.

»Sie, Frau Wiese?«

»Nein«, antwortete ich, gespannt auf die weitere Inszenierung. Frau Jensens Augen glänzten spitzbübisch.

»Sie sicher auch nicht, Frau Kriminalhauptkommissarin?«

»Nein.« Luise ließ das Messer auf ihr Frühstücksei niederfahren.

»Aber hier steht's«, Frau Jensen entfaltete theatralisch die Zeitung. »Die Insel braucht den Golfplatz!« Sie ließ das Blatt sinken und schaute erwartungsvoll in die Runde.

»So ein Quatsch«, ließ sich sogleich Frau Kruse vernehmen. »Die Leute, die hier Urlaub machen, spielen doch kein Golf. Spielen Sie Golf, Herr Mattern?«

»Nein, nur Dame und Bauernskat.«

»Da sehen Sie es!«, trompete Frau Schulz, ihre Freundin.

»Das ist doch eine Familieninsel«, bestätigte Herr Mattern.

»Der Minigolfplatz ist cool!«, platzte der kleine Enkel dazwischen, das Gesicht mit Nutellaflecken verschmiert.

»Das ist etwas anderes, Michel«, erklärte sein Opa.

»Für die Golfspieler bauen die dann wohl auch das Wellfit-Hotel«, warf ich ein. Ich kannte mich inzwischen schon ganz gut aus, auf Langeoog.

»Ja, da können sie direkt vom Bett aus in den Swimming-Pool steigen!«, prophezeite Frau Jensen.

»Wenn solche Leute hierherkommen, bleiben doch die normalen Menschen weg, die jetzt hier Urlaub machen«, übernahm Frau Neumann. Da sie sonst immer ziemlich freundlich und angepasst rüberkam, wunderte ich mich über ihre entschiedene Meinung. »Sollen die Wellnessfritzen und Golfer doch nach Norderney fahren und uns hier in Ruhe lassen.«

»Übrigens, das wird Sie interessieren, Frau Kriminalhauptkommissarin. Das Grundstück, wo das Hotel gebaut wird, gehörte Herrn Neupert. Mitsamt der alten Bruchbude, die darauf stand. Hat er verkauft.«

»Ach! Herr Neupert hatte Grundbesitz auf Langeoog?«

»Hat«, berichtigte Frau Jensen, »oder vielmehr die Erben. Das Haus im Gerk-sin-Spoor gehört meines Wissens immer noch ihm.«

»Wo denn da?«

»Nummer 10.«

Moment Mal. Da wohnte doch Alexander. Hatte Neupert ihm die Hütte vermietet?

»Herr Overberg, haben Sie das Haus gemietet?«, fragte ich, als ich mich am Küchentisch niedergelassen hatte, auf dem einige unordentlich herumliegende, alt aussehende Papiere in einer unleserlichen Handschrift herumlagen.

»Sozusagen. Die Nutzung des Hauses ist Bestandteil meines Arbeitsvertrags mit Herrn Neupert.«

»Das verstehe ich nicht.«

»Als ich den Job annahm, hatte ich in dieser Gegend keine Bleibe. Da traf es sich, dass der alte Herr, der hier Nutznießrecht hatte, im Alter von 97 Jahren gestorben ist und das Haus endlich frei wurde. Herr Neupert selbst verspürte keinen Bedarf, hier einzuziehen, er hatte wohl zu lange darauf gewartet und das Interesse daran inzwischen verloren.«

»Jetzt benötigt er es gar nicht mehr. Ob die Nachfahren es verkaufen wollen?«

»Ich weiß es nicht. Einen Cappuccino, Frau Wiese?« Er schob die Dokumente zusammen, ehe ich einen genaueren Blick darauf werfen konnte. Hätten mich aber vermutlich sowieso nicht interessiert.

Womit manche Leute sich von Berufs wegen beschäftigen müssen, ist mitunter schon erstaunlich.

»Ich schreibe gerade an einem Artikel über eine historische Persönlichkeit. Für eine Fachzeitschrift«, erläuterte Overberg, als hätte er meine Gedanken gelesen.

»So? Wer ist es denn?«

»Das möchten Sie doch gar nicht wissen.«

»Doch.«

»Es geht um einen Feldherrn von Napoleon. Den kennt heutzutage kein Mensch mehr, außer einem kleinen Kreis von spezialisierten Historikern.«

»Der Name!«

»Jean Fayard.«

Hatte ich in der Tat noch nie gehört. Konnte mir auch nicht vorstellen, was an einem simplen Feldherrn so spannend sein konnte, dass es für einen ganzen langen Artikel reichte.

»Wo haben Sie eigentlich gearbeitet, bevor Sie in das Institut kamen?«

»An verschiedenen Orten. Unter anderem war ich in Frankreich, in Paris. Die Vielzahl der historischen Archive in dieser Stadt ist wirklich beeindruckend, ein ungeheurer Reichtum an faszinierenden Originalquellen. Aber als meine Mutter anrief, um mir mitzuteilen, dass mein Vater lebensgefährlich erkrankt sei, traf mich das in einer Phase, wo ich ohnehin neue Wege gehen wollte. Ich kehrte zurück. Unterstützte meine Mutter. Mein Vater ist mittlerweile gestorben.«

»Tut mir leid.«

»Es ist merkwürdig. Wenn wir jung sind, verfluchen wir unsere Erziehungsberechtigten. Dann merken wir, wie sehr wir mit ihnen verbunden sind, und wenn wir Pech haben, ist es dann schon zu spät. Leben Ihre Eltern noch, Frau Wiese?«

»Ja.« Eigentlich war mir nicht danach zu plaudern.

»Entschuldigen Sie, ich wollte Ihnen nicht zu nahe treten.« Der Kerl hatte ein feines Gespür für sein Gegenüber.

»Sie haben doch einen Überblick über die Geschäfte des Instituts.«

»Ich fange an, den zu bekommen.«

»Können Sie irgendwelche Unregelmäßigkeiten in den finanziellen Transaktionen des Instituts erkennen?«

»Unregelmäßigkeiten? Ich hoffe doch nicht! Welcher Art?«

»Das frage ich Sie. Sind die Gelder der Stiftung zu Recht ausgegeben worden? Gibt es Unterschiede zwischen Ausgaben und den dafür erbrachten Leistungen?«

»Sie meinen, ob jemand Herrn Neupert hintergangen und etwas in die eigene Tasche abgezweigt hat?«

»So könnte man es auch nennen.«

Ich lauerte auf den Moment, wo meine Schwester verschwunden war, um die Briefe in aller Ruhe ein zweites Mal zu lesen und um herauszufinden, ob Thoms und Henrieke ein Paar geworden sind. Ich habe eine ziemlich romantische Ader und liebe Happyends. Leider hatte meine Schwester die Dokumente verschwinden lassen. Nichts mehr zu finden im Chaos unseres Pensionszimmers. Höchst ärgerlich! Das hatte ich nun davon, dass ich so offen zu ihr war und ihr im Dienste der Sache wichtige Ermittlungsergebnisse mitgeteilt hatte. Nie wieder! Sollte sie doch einsam ihre Holzwege beschreiten! Was kümmerte mich das?

Ging ich also die Briefe, die ich bisher gelesen hatte, im Geiste noch einmal durch. Zum Glück habe ich ein ziemlich gutes Gedächtnis. Und eine Sache beschäftigte mich nachhaltig. Warum hatte Felde kein Geld?

Traute man der Erzählung des Pastors, war Felde arm wie eine Kirchenmaus. Und das eigentlich so ziemlich sein ganzes Leben lang. Wenn er aber doch mit den Ersparnissen seines Vaters abgehauen war, musste das Geld doch irgendwo geblieben sein. Eine Möglichkeit war, dass Felde seinen Traum wahr gemacht und ein Boot gekauft hatte. Wenn das ein Verlustgeschäft war, wie sein Vater befürchtete, wäre es kein Wunder, wenn er kurz darauf mittellos dastand. Wahrscheinlich musste er sein Schiff dann veräußern. Hätten das seine Geschwister mitbekommen? Oder hatten sie ihn aus ihrem Leben gestrichen? Darüber hatten sie Lehrer Thoms wohl keine Auskunft gegeben. Vielleicht stand im letzten Brief etwas darüber. Heute Nacht würde ich Luises Sachen filzen. Und bis dahin könnte ich herausfinden, ob es zeitnah, also 1814 oder 1815 eine Fährverbindung gab. Internet? Frau Jensen war ausgeflogen und hatte mir leider ihr Passwort nicht verraten. Ob Doortje etwas wusste?

Ihr Telefonanschluss war besetzt. Also schwang ich mich auf mein Fahrrad und radelte die Mittelstraße hinunter. An der Kreuzung Kirchstraße bog ich rechts ab. Alte Betonpiste, Platte an Platte, sah aus wie ein Überbleibsel einer Hitlerschen Autobahn.

Die Pension Baumann, Doortjes Zuhause, müsste in Kürze auf der linken Seite kommen. Nummer 7b. Ein rot verklinkertes, tief geducktes Haus, das über und über mit Efeu bewachsen war. Ich klingelte.

Ein Mann in meinem Alter öffnete und verkündete, seine Oma sei soeben zum Einkaufen losgegangen. Tolles Timing!

Ich fuhr zum Wasserturm, stellte mein Fahrrad ab und ging zum Strand hinunter. Ob das Meer mit seinem ewigen Wispern meinen Horizont erweitern konnte? Ich schlenderte am Brandungssaum entlang. Zwei Jungen, blond der eine, rothaarig der andere, waren dabei, eine Sandburg zu formen. Das Projekt war schon ziemlich weit vorangeschritten. Neben Haupt- und Nebengebäude enthielt das Bauwerk zahlreiche Wasserkanäle. Ich war fasziniert. Plötzlich gerieten die beiden in Streit. Die Ursache konnte ich nicht genau festmachen. Der Verlauf des Wassergrabens? Die Reihe der Fenster, die durch eine Ansammlung etwa gleich großer Muscheln dargestellt wurde? Großes Geschrei, bis schließlich der Rothaarige wie Rumpelstilzchen mitten in die Konstruktion sprang und mit seinem Spaten in kürzester Zeit alles zerstörte. Der Blonde, sichtlich erschüttert, attackierte seinen Kumpel mit der Schüppe, ehe er davonlief.

Das Ganze war so schnell gegangen, dass ich kaum in der Lage war, zu folgen, geschweige denn einzugreifen. Der Rothaarige hatte ein ganz gewaltiges Aggressionsproblem. Und noch in keiner Weise verstanden, wie unwiderruflich destruktiv so ein Ausbruch sein kann. Ich ging weiter am Wasser entlang, das die Reste der Sandburg irgendwann barmherzig nivellieren würde, als mich ein Gedanke, einer plötzlichen Springflut gleich, durchzuckte. Wenn Felde, wie sein rothaariges Ebenbild, zu unkontrollierten Ausbrüchen neigte, wäre es dann nicht denkbar, dass er so ein Verhalten zeigte, wenn er frustriert wurde? Wenn er also beispielsweise die Geldtruhe seines Vaters Thoms aufgehebelt und darin keine Golddukaten mehr gefunden hätte? Wäre dies nicht Grund genug gewesen, die Truhe kurz und klein zu schlagen?

Ich streichelte Fricko über den Kopf. Es wäre wirklich interessant zu wissen, was er von all den Leuten hält, zu denen ich ihn gezwungenermaßen mitschleppe. »He, Fricko, hast du mein Notizbuch gesehen?«

Er hob den Kopf, irritiert, was ich nun von ihm wollte. Mist! Den Block hatte ich wahrscheinlich in der Pension vergessen, wo ich meine Aufzeichnungen noch einmal durchgegangen war. Deshalb musste ich diesmal meine Gesprächsnotizen auf einen Zettel machen, den ich aus meiner Schultertasche fischte. Als ich ihn umdrehte, stand dort der Name John Goldman mit zwei Telefonnummern. Wer war das noch mal? Ach ja, der eingesprungene Professor aus den USA. Den müsste ich der Vollständigkeit halber auch noch anrufen. Ich schwang mich auf mein Fahrrad und fuhr, von Fricko eskortiert, zur Polizeistation. Habbo war schon da, sprang auf und goss mir gleich einen Tee und Fricko frisches Wasser ein.

»Danke. Kann ich von deinem Anschluss aus mal in die USA telefonieren?«

»Klar. Zahlt ja der Steuerzahler. Aber könntest du auch, wenn es anders wäre.« Er senkte den Kopf.

Ich zog meinen Zettel hervor und wählte die Nummer in Amerika. Es tutete in den Äther, und keiner nahm ab.

»Habbo, hast du eine Idee, wie spät es jetzt in Iowa ist?«

Statt einer Antwort fing er an zu googeln. »Die hinken uns sieben Stunden hinterher«, verkündete er nach einer Weile.

Ich schaute auf die Uhr. »Ich sollte es wohl besser heute Nachmittag wieder probieren.«

»Was hast du jetzt vor?«, fragte Habbo.

»Ich muss Futter kaufen für Fricko. Ich habe nur ein bisschen was mitgenommen. Das reicht nicht fürs Wochenende.«

»Ich könnte eine Pause brauchen. Was dagegen, wenn ich mitkomme?«

»Keinesfalls. Du kannst mir bestimmt sagen, wo es hier Hundefutter gibt.«

Habbo hängte den üblichen Zettel an die Tür, und wir gingen in Richtung Einkaufszone.

Überrascht registrierte ich, dass wir uns auch über andere Themen als Kriminalfälle unterhalten konnten. Ich erfuhr, dass Habbo Einzelkind und waschechter Langeooger war.

Als wir in die Barkhausenstraße einbogen, kam ein Junge aus einem Lebensmittelgeschäft, den Kopf gesenkt, so dass er mich fast angerempelt hätte. »Oh, Entschuldigung. Wo ist denn hier der nächste Aldi? Oder Lidl?«, fragte er.

»Sag mir Bescheid, wenn du ihn gefunden hast«, antwortete ich, in Erinnerung an den Einkaufsbon, den ich gestern nach meinem Kleineinkauf mit einigem Erstaunen drei Mal gecheckt und dann zu den übrigen Spesenquittungen einsortiert hatte.

Mein Handy klingelte.

»Luise? Tina hier. Ich habe das Alibi von Tochter und Schwiegersohn noch einmal überprüft. Die Nachbarn haben gesagt, das Auto sei zwischendurch weg gewesen. Daniel gibt an, er sei zur Apotheke gefahren, die ein paar Dörfer weiter Notdienst hatte. Der Kleine war wohl krank. Er habe ein fiebersenkendes Mittel besorgt. Der Apotheker konnte sich nicht mit letzter Gewissheit erinnern, weder an Daniel noch an das Medikament, das der gekauft haben will, hat mir aber versprochen, heute noch seine Kassenbelege, die elektronisch gespeichert sind, auf Datum und Uhrzeit zu prüfen.«

»Wie ist der zeitliche Spielraum?«

»Groß. Daniel hat den Laden angeblich erst suchen müssen.«

»Ist das jetzt ein Alibi?«

»Das frage ich mich auch.«

»Und was ist mit der Tochter.«

»Ihr Alibi ist damit für die Zeit auch löcherig. Das Baby können wir ja kaum um Bestätigung bitten. Aber sie müsste von irgendwoher ein Auto geliehen haben, um nach Kassel zu fahren.«

»Sie wird wohl kaum ihr Kind allein gelassen haben.«

»Denke ich auch. Die Schwiegereltern wohnen allerdings drei Häuser weiter.«

»Oh. Und was sagen die?«

»Dass sie abends Tatort geschaut haben. Sie konnten sogar den Inhalt referieren.«

»Das kann wahrscheinlich jeder, der die TV-Beilage seiner Tageszeitung gelesen hat. Und sie könnten ferngesehen haben, während sie auf das Baby aufpassten.«

Im Drogeriemarkt nahm ich ein Paket Hundefutter aus dem Regal. Zum Glück war Fricko auch da nicht sehr wählerisch. Als wir uns in die Kassenschlange einreihten, grüßte Habbo eine alte Dame, die gerade an der Nachbarkasse ihre Einkäufe aufs Band legte.

»Moin, Frau Bernsen.«

»Moin, Habbo. Moin, Frau Wiese. Haben Sie jetzt auch den Polizisten als historische Quelle für Ihre Diplomarbeit ausgemacht? Na, der hat ja auch so was wie ein Inselarchiv, aber nur in kleinem Umfang. Ich kann mir allerdings kaum vorstellen, dass das für Ihre Untersuchungen sehr hilfreich ist.«

Ich verstand nur Bahnhof, mir schwante aber Übles. Immerhin war meine Zwillingsschwester schon ein paar Tage auf der Insel, und den Namen Bernsen hatte sie in unserem nächtlichen Gespräch erwähnt. Außerdem meinte ich mich zu erinnern, dass Wilm Gerdekes von »seiner Oma« Doortje Bernsen gesprochen hatte, und zwar im Zusammenhang mit den Briefen, auf die Xenia so scharf war!

Ich ließ Habbo und das Hundefutter links liegen und rannte auf die Straße, um die alte Dame noch zu erwischen.

Wenn wirklich nichts mehr in der Truhe des alten Thoms war, als Felde diese aufbrach, wo war das Geld dann geblieben? Die nächstliegende Möglichkeit bestand darin, dass Thoms die Taler woanders versteckt hat, weil er befürchtete, sein Sohn könne versuchen, mit Gewalt heranzukommen. Das wiederum bedeutete, dass es durchaus möglich war, dass der Schatz noch irgendwo lagerte. Immerhin hatte ich schon eine Goldmünze. Aber vielleicht nicht mehr lange. Meine Schwester brachte es nämlich fertig, ein solches Riesenlamento anzustimmen, dass ich den Taler wirklich würde zurückbringen müssen. Und ich wusste noch nicht einmal, was das genau für einer war. Wer könnte mir da helfen? Ich ging zum Hauptstrand hinunter, dann in Richtung Osten. Mitsamt dem Corpus delicti stieg ich am Gerk-sin-Spoor den Deichschart hinauf. Alexander war zu Hause.

Er kochte mir einen Latte macchiato und suchte dann nach einer Lupe.

»Das ist eine alte preußische Goldmünze. Der Mann darauf ist ein Nachfahre von Friedrich dem Großen. Wo hast du die denn her? Bist du etwa in illegale Aktivitäten verwickelt?« Alexanders Augen blitzten amüsiert.

»Natürlich nicht. Du verpfeifst mich doch nicht?«

Er grinste breiter. »Ist das das einzige Goldstück?«

»Wie viel ist es wert?«

»Ich schätze ein paar Hundert Euro. Aber das weiß ich nicht genau. Da musst du einen Numismatiker fragen. Ich will ja nicht neugierig erscheinen, aber mich würde schon interessieren, woher du den hast.«

Alexander hatte mir einen zweiten Milchkaffee aufgeschäumt und seinen Arm auf die Rückenlehne meines Stuhls gelegt. Seine Finger wanderten in Richtung meiner Schulter. Als sie warm meinen Nacken berührten, klingelte mein Handy. Als hätte Milan es geahnt. »Na, meine Süße, was machst du gerade?«

»Ich kann dich kaum verstehen. Ich ruf dich später zurück, okay?«

»Wer war das denn?«

»Mein Geschäftspartner.«

»Schade, alle interessanten Frauen, die ich kennen lerne, sind schon vergeben.«

»Wir können uns ja trotzdem mal verabreden.«

»Warst du schon im Wellenbad? Heute um 15:30 Uhr. Was sagst du?«

»Okay.«

»Ich freue mich drauf!«

Ich stand auf.

Alexander brachte mich zur Tür und küsste mich auf beide Wangen. Er roch dezent nach einem herben Rasierwasser. Seine blauen Augen suchten meine braunen, als er sagte: »Schade, dass du schon gehen willst. Jetzt wird es doch gerade richtig interessant.«

Eine blonde Tussi Ende zwanzig, die ich schon mal irgendwo gesehen hatte, fuhr mich vor Alexanders Haus mit einem Mountainbike beinahe über den Haufen und giftete mich dann auch noch an. Blöde Kuh!!

Auf dem Weg hinunter zum Strand verspürte ich wieder dieses unangenehme Gefühl, dass mich jemand beobachtete oder verfolgte. Wenn ich mich umdrehte, konnte ich jedoch niemanden entdecken, der verdächtig wirkte.

Frau Bernsen war gerade dabei, ihr Fahrrad aufzuschließen, als ich sie abfangen konnte.

»Frau Bernsen!«

»Na, Frau Wiese. Ich dachte schon, Sie erkennen mich nicht wieder. Haben Sie Kontaktlinsen oder so was? Was machen Ihre historischen Forschungen? Kann ich Ihnen irgendwie helfen?«

»Frau Wiese ist Kriminalhauptkommissarin in Kassel«, beeilte sich Habbo zu erklären, der soeben mit dem Hundefutter und einem Deostift – das Geld müsste ich ihm gleich auf jeden Fall wiedergeben! – aus dem Laden getreten war.

Auf Frau Bernsens Stirn braute sich eine Zornesfalte zusammen. »Wenn Sie Kommissarin sind, dann sagen Sie mir das gleich und erzählen mir nicht ein Märchen, Sie würden Geschichte studieren!«, rügte sie mich barsch.

»Oh, das war ich nicht. Aber ich habe eine Zwillingsschwester Xenia.«

Frau Bernsen glich immer noch einer strengen Lehrerin.

»Meine Schwester macht hier Forschungsurlaub.« Habbos verblüfften Blick überging ich lieber und fuhr schnell fort: »Zufällig haben mich zum selben Zeitpunkt Ermittlungen hierher geführt. Tut mir leid, das ist natürlich verwirrend.«

Sie ließ sich das durch den Kopf gehen. Meine Gedanken überschlugen sich ebenfalls. Vielleicht könnte diese Dame etwas Licht in das Dunkel meiner Ermittlungen bringen.

»Frau Bernsen, Sie haben doch einen Enkel: Wilm Gerdekes.«

»Ja, sicher. Was hat er verbrochen?«

»Nichts.«

»Was wollen Sie dann wissen?«

»Neupert«, soufflierte Habbo.

Die alte Dame schnaubte wie ein verschnupfter Seehund. »Das war ein maßlos egoistischer reicher Schnösel. Dachte, mit Geld könne er alles kriegen. Aber Thoms' alte Briefe verkaufe ich nicht. Niemandem. Nur auf Wilms Drängen hin, habe ich sie für ein paar Wochen ausgeliehen. Sie bringen sie mir sicher wieder, jetzt wo Neupert tot ist?«, fragte sie hoffnungsfroh.

»Es tut mir leid, aber die Dokumente wurden gestohlen.«

»Gestohlen? Um Gottes willen! Warum denn?«

»Können Sie mir etwas darüber erzählen?«

Frau Bernsen berichtete, dass Thoms ihr wie ein Großvater gewesen sei. Und auch er habe sie sehr gemocht, deshalb habe er ihr die Briefe anvertraut, die er von seinem ersten Aufenthalt auf Langeoog an einen Freund geschrieben habe. Nach dessen Tod 1953 habe er sie von seiner Witwe zurückerhalten und ihr im Gegenzug die Antworten ihres Mannes gegeben. »Ich wüsste nicht«, schloss sie, »welches Interesse jemand an diesen Briefen haben könnte, der nicht zur Familie gehört. Sie haben doch eher einen sentimentalen Wert.«

Ich widersprach ihr nicht.

Am Strand traf ich auf meine Schwester. Muscheln knirschten unter Luises Füßen, als sie energisch am Wasser entlangging. Fricko rannte in Sicht-, allerdings nicht in Hörweite herum. Hatte den Eindruck, dass auch ihm der scharfe Ton seines Frauchens missfiel. »Es ist zum Kotzen, dass du dich dauernd als jemand anders ausgibst. Warum überhaupt?«

Was, um Himmels willen, war da los? Hatte Frau Pommsen geplaudert?

Da ich nicht antwortete, redete Luise gleich weiter. »Darüber haben wir uns schon zigmal unterhalten. Es scheint in deinen Schädel nicht hineinzugehen, dass es ein Straftatbestand ist, anderen eine falsche Identität vorzugaukeln. Geschichtsstudentin!«

Da hatte ich ja noch einmal Glück gehabt. In der Tat hatten wir uns schon »zigmal darüber unterhalten«, aber Luise begriff einfach nicht, dass die Welt betrogen werden wollte, und dass es keine andere Möglichkeit gab, an Informationen heranzukommen, wenn man nicht gerade Kriminalhauptkommissarin war. Wenn sie nicht so grantig gewesen wäre, hätte ich ihr vielleicht von meinem kurzen Gespräch mit Stedeler erzählt. Sollte sie doch selbst darauf kommen. Ich hörte ihrem immer gleichen Sermon nicht mehr zu und überlegte derweil, welchen Rat er Neupert wohl gegeben hatte. Vielleicht hatte Neupert mit seinem Mörder im Vorfeld Streit und Stedeler davon erzählt. Als dann Neupert ermordet wurde, führte Stedeler dies auf seinen Tipp zurück und wurde wahrscheinlich von Schuldgefühlen geplagt. Morgen würde ich wieder zu ihm gehen. Vielleicht könnte ich ihn weich klopfen und herausfinden, worum es in diesem Gespräch gegangen war.

Ich durfte mich nur nicht zu sehr mit dem Fall meiner Schwester verzetteln. Obwohl sie meine Hilfe gut gebrauchen könnte, ob sie das nun wahrhaben wollte oder nicht. Schließlich wollte ich meinen Schatz finden.

»Hörst du mir überhaupt zu? Es ist ein Straftatbestand, sich als jemand anderes auszugeben!«

Ich zog es also vor, Luises Einwand nicht weiter zu kommentieren und stattdessen ein Gesicht zu ziehen, in das man mit einigem guten Willen so etwas wie Schuldbewusstsein hineinlesen konnte.

»Ah, schau doch mal da!« Ich zeigte auf die See hinaus.

Da wurde selbst meine zänkische Schwester schwach und hielt für eine Weile die Klappe. Insgeheim hat sie nämlich einen Hang zur Romantik. Das würde sie aber nicht einmal sich selbst eingestehen. Ein Schwarm kleiner Vögel bewegte sich so elegant über den Wellen wie ein Band bei der Sportgymnastik. Luise schloss den Reißverschluss ihrer Jacke. »Ganz schön kalt«, meckerte sie. »Fricko, Fuß!«

So mies ist sie immer drauf, wenn sie einen Fall nicht schnell genug lösen kann.

15:00 Uhr, in Iowa also 8:00 Uhr. Habbo griff zum Hörer, denn er hatte in der Schule Englisch Leistungskurs mit 14 Punkten absolviert, wie er mir nicht ohne Stolz erzählt hatte. Ich hingegen war wegen meiner Aussprache ständig gerügt worden.

»Hello, here Police Department Langeoog. Habbo Leiden. That's in Germany ... Yes. We want to talk to Professor Goldman. Yes, I'll wait. Thank you ...«

Habbo wechselte plötzlich ins Deutsche. Er schaute mich an, ob ich übernehmen wolle, aber ich schüttelte den Kopf. Schließlich beendete er das Telefonat, die Augen groß wie Suppenteller.

»Ich glaube, wir haben eine neue Spur.«

Interessant, er sagte »wir». Aber ich ging nicht darauf ein, schließlich war ich viel zu neugierig auf die Neuigkeiten.

»Goldman hat als Austauschstudent ein paar Semester Geschichte zusammen mit Neupert studiert. Sie verstanden sich gut, verloren sich aber aus den Augen, als Goldman nach Amerika zurückging. Umso mehr freute er sich, seinen alten Studienkollegen in Kassel wiedergetroffen zu haben. Jetzt kommt's: Neupert habe auf der Tagung mit einem Mann gesprochen, in dem Goldman einen schlimmen Betrüger erkannt habe. Er selbst sei durch ihn vor ein paar Jahren in den USA geschädigt worden. Er habe ihm ein hochwertiges Auto verkauft, das sich nach Zahlung des nicht unbedeutenden Kaufpreises als geliehen erwiesen habe. Da sei der Typ aber schon über alle Berge gewesen. Er sei leider nie gefasst worden.«

»Ja, und, hat er nichts unternommen, als er ihn jetzt wiedererkannt hat?«

»Er habe gleich die Polizei einschalten wollen, aber Neupert wollte sich selbst darum kümmern. Da er sich natürlich nicht zu hundert Prozent sicher gewesen sei, habe er Neupert geraten, sich vorher mit dem Mann im Wellnessbereich zu verabreden.«

»Wie bitte?«

»Der Betrüger, auf den Goldman seinerzeit gestoßen war, hatte ein Muttermal. Unter dem linken Schulterblatt, herzförmig.«

»Woher weiß er denn, dass sein Autoverkäufer ein Muttermal auf dem Rücken hat? Die Leute rennen doch immer im Anzug herum.«

»Kuriose Geschichte, aber durchaus schlüssig. Der Mann hatte sich als Doktor ausgegeben und sich mit einer Tochter aus reichem Hause angefreundet. Als deren Familie verreisen wollte, hatte er sich angeboten das hochherrschaftliche Anwesen in ihrer Abwesenheit zu hüten. Dieses Ambiente trug natürlich dazu bei, die Autogeschichte glaubhaft wirken zu lassen. Goldman hatte keine genaue Zeit angegeben, wann er sich den Wagen anschauen wollte. Als er ankam, wurde er von einer Bediensteten zum Pool geführt, mit einem Drink versorgt, während der Typ dem Becken entstieg und zu dem Liegestuhl ging, auf dem sein Bademantel lag. Bei der Gelegenheit ist ihm das Muttermal aufgefallen.«

»Gibt es eine Akte über den Kerl?«

»Davon kann man sicher ausgehen. Es war Goldman peinlich, auf so einen windigen Deal hereingefallen zu sein, aber später hat er dann gehört, dass er nicht der Einzige gewesen ist.«

»Klasse Habbo! Rufst du bitte den Goldman fix noch mal an und erkundigst dich, unter welchem Namen er den Mann kannte, damit wir nachfragen können, wer da drüben für die Akte zuständig ist?«

Wieder traf ich bei der Pension Baumann ein. Der junge Mann öffnete erneut.

»Hallo, kann ich jetzt mit Doortje Bernsen sprechen?«, trug ich mein Anliegen vor.

Ehe der junge Mann antworten konnte, hörte ich im Hintergrund die bekannte Stimme. »Ivo, wer ist das?«

»Xenia Wiese. Geschichtsstudentin!«, soufflierte ich.

»Eine Geschichtsstudentin!«, verkürzte Ivo.

Doortje marschierte zur Tür, sich die Hände an einer Schürze abwischend. »Sind Sie nun Ihre Schwester oder Sie selbst?«

Mit solch einer philosophischen Fragestellung hatte ich weiß Gott nicht gerechnet. »Ich gehe davon aus, dass ich ich bin, aber so genau weiß ich das auch nicht.«

Doortje lachte. »Kommen Sie herein. Ich bin gerade am Backen. Ich bin gespannt, ob Sie mich über Geschichte oder über Neupert löchern.«

Am liebsten über beides, hätte ich gern gesagt, überblickte aber rechtzeitig die Grenzen meiner Rolle.

»Sagen Sie, welche Währung war damals, so vor zweihundert Jahren, aktuell?«, wollte ich wissen, während ich Doortje durch einen schlauchartigen Gang in die Küche folgte.

»Keine Ahnung. Tut mir leid, Frau Wiese. Aber eigentlich ist das natürlich schon interessant. Würden Sie es mir verraten, wenn Sie es herausfinden?«

»Natürlich!«

»Wissen Sie zufällig, wann es die erste Fährverbindung zwischen Langeoog und Bensersiel gab?«

»Da fragen sie am besten den Frieder aus dem Schifffahrtsmuseum. Ich denke, das war so um 1830.«

»Und früher war da keine? So 1814 oder 1815?«

»Davon habe ich noch nichts gehört. Wenn es da eine gab, war sie wenig erfolgreich.«

Mein Blick wanderte durch die wohnliche Küche. Auf dem Holztisch stand eine Schüssel mit Teig. Dies war aber offensichtlich nicht der erste Kuchen, den Doortje produzierte. Aus dem Ofen stiegen nämlich betörende Düfte auf. Ein Bauernschrank schien dem vergangenen Jahrhundert entsprungen. Daran hing eine jener sorgsam hergestellten Bordüren mit Stickschrift.

Denn wo euer Herz ist, wird auch euer Schatz sein. (Lukas 12,34)

Meine religiöse Sozialisation in einem protestantischen Pastorenhaushalt sprang sogleich an. Wie oft hatte mein Vater beim Abendbrot seine Predigten an der Familie erprobt! Was mich auf die Palme brachte, weil ich das Gleiche am Sonntag im Gottesdienst noch einmal hören musste, jedenfalls so lange ich diesem Familienritual treu blieb. Irgendetwas störte mich an dem Zitat. Außerdem war ich fast sicher, es in den Briefen des Oberlehrers gelesen zuhaben.

»Sie haben da aber eine schöne Handarbeit!«, lobte ich.

»Die ist schon zweihundert Jahre alt, stammt aus der Familie, von Stientje Bernsen. Die Stoffe und Garne hatten eine hohe Qualität damals. Können Sie sich vorstellen, dass ein Produkt von heute die nächsten zweihundert Jahre überdauern wird?«

»Der Kerl scheint ein ganz großer Fisch zu sein«, resümierte Habbo, der die Telefonate mit leuchtenden Augen und roten Ohren geführt hatte. »Es gibt einige Fälle von Hochstapelei und Betrug in mehreren Staaten der USA. Zuletzt hat er sich immer als Doktor ausgegeben, das gab ihm einen Vertrauensvorschub, wenn er fremde Autos und Häuser verkaufen wollte. Dann hat er es auf eine Planstelle an einer Uni geschafft, verließ den Staat jedoch, als sich die Anhaltspunkte verdichteten, dass er vor seiner akademischen Karriere auch schon eine kriminelle hatte. Die Behörden vermuten, dass ihm die Luft in den USA schließlich zu dünn wurde. Immerhin hat man seit einem halben Jahr nichts mehr von ihm gehört.«

»Vielleicht ist er ausgewandert, im Gepäck ein paar Doktortitel.«

»Zum Beispiel nach Deutschland. Müsste der Typ eigentlich nicht mit Akzent sprechen?«

»Vielleicht hat er ja Verbindungen hierher und spricht regelmäßig deutsch. Auf welchen der Tagungsteilnehmer trifft das zu? Hat Goldman irgendwelche Hinweise gegeben?«

»Nicht viele. Alter 35-45, dunkle Haare. Fällt dir dazu jemand ein?«

»Nachdem, was meine Kollegen in Kassel recherchiert haben, gab es beim Kongress unzählige Teilnehmer, auf die diese Beschreibung zutrifft. Ich selbst habe mit Herrn Overberg gesprochen, der dem auch entspricht. Der hat im Ausland studiert. Ich glaub auch in den USA, hat die Seesen gesagt.– Weißt du übrigens, was mich wundert: Ein amerikanischer Professor identifiziert einen mutmaßlichen Hochstapler, aber nicht er, sondern Neupert wird ermordet.«

»Für mich hat sich das so angehört, als ob Neupert, gewissermaßen als Gastgeber, dem Goldman die Arbeit abnehmen und den Mann der Polizei übergeben wollte, nachdem er sich davon überzeugt hatte, dass er tatsächlich der gesuchte Betrüger war.«

Ganz schön clever der Habbo. Wenn ich den in mein Team bekommen könnte, im Tausch würde ich denen hier Lewinski geben. »Ja, und der Typ hat das irgendwie spitzgekriegt und durch einen Mord zu verhindern versucht. Ich glaube wirklich, wir haben hier eine ganz heiße Spur. Wir müssten nur rauskriegen, wer es war.«

Habbo hatte neuen Tee gekocht. So langsam gewöhnte ich mich an diese Zeremonie. Sie half mir beim Denken.

»Vielleicht hat sonst noch jemand dieses auffallende Muttermal gesehen. Einer, der im Hotel die Sauna und das Schwimmbad benutzt hat und ihm dort begegnet ist!« Ich griff zum Handy und wies Tina an, sofort die gesamte Soko-Energie auf die Nutzer des Hotelpools zu richten.

Im Wellenbad schwimmen zu gehen, war wirklich eine hervorragende Idee. Vielleicht wurde mir, wie Archimedes, die Lösung meines Problems in der Wanne klar.

Alexander wartete schon am Eingang neben seinem Fahrrad. Und beschwerte sich auch nicht, dass ich, bedingt durch meinen spontanen Besuch bei Doortje, eine Viertelstunde zu spät kam. Im Gegenteil. Er umarmte mich und drückte mir Küsschen auf beide Wangen.

Meine Langeoog-Card wurde eingelesen, und wir passierten einen offenen Raum, ausgestattet mit Spiegeln, Haartrocknern und Steckdosen.

Ich war zuletzt in meiner Schulzeit in einer Sammelumkleide. Eine sommersprossige Brünette blies einem ähnlichen Mädchen einen Schwimmreifen auf, eine ältere Frau wrang ungeniert ihren Badeanzug über den Fliesen aus. Kurz nach mir betrat eine griesgrämige, drahtige Blondine den Raum, die mir bekannt vorkam und mich abfällig musterte. Warum? Ich passe zwar nicht in Kleidergröße 34, habe aber die guten Figur-Gene von Oma Xenia geerbt. Ohne die Zicke weiter zu beachten, schlüpfte ich in meinen türkisfarbenen Bikini mit Muschelaufdruck.

In der Dusche hatte ich schon wieder das Gefühl, dass jemand mich beobachtete, konnte aber niemanden entdecken. Wurde ich verrückt? Meine Schwester hält mich mitunter ohnehin schon dafür.

Alexander erwartete mich in der Schwimmhalle. Ein sehr ansehnlicher Body in schwarzer Badehose. Allerdings kein Vergleich mit Milan, der karategestählte Muskeln aufweisen kann. Am Schwimmerbecken bis 2,50 Meter Tiefe wurde per Gongschlag die künstliche Brandung angekündigt, äußerst kraftraubend, gegen sie anzuschwimmen. Gleich zwei Bademeister observierten vom Rand aus das Geschehen im brodelnden Nass. Eine Horde Schüler, wahrscheinlich auf Klassenfahrt, krakeelte halbstark herum. Während Alexander bis nach vorn durchschwamm und Gefallen daran fand, in vorderster Front den Wellen zu trotzen, begab ich mich in das angenehm warme Erlebnisbecken, genauer gesagt in die kuschelige Grotte. Eine große Halbkugel, innen mit blauen Mosaiksteinchen ausgelegt, zwischen denen kleine Lämpchen in verschiedenen Farben blinkten. Gerade, als ich es mir auf dem Fliesenbänkchen gemütlich gemacht hatte, begann das Wasser zu blubbern und die Unterwasserdüsen nahmen ihre Tätigkeit auf. Perfektes Timing! Während mein Körper unter den Massagestrahlen entspannte, ging mein Geist auf Wanderschaft.

Denn wo euer Herz ist, wird auch euer Schatz sein. (Lukas 12,34) Was störte mich daran? Ich erinnerte mich allmählich an eine Abendbrotpredigt meines Vaters. Zuvor hatte Papa mal wieder einem Bedürftigen großzügig unter die Arme gegriffen. Nicht, dass meine Mutter prinzipiell dagegen gewesen wäre. Aber sie fand doch, dass es Grenzen gibt, die die Existenzsicherung der eigenen Familie betreffen. Für die hatte mein Vater ihrer Meinung nach mitunter nicht den richtigen Sensor. Ich weiß noch, dass meine Eltern darüber stritten. Am Abend dann Papas Predigt. Irgendwas mit Lilien auf dem Felde. Und der Botschaft, alles zu verkaufen und Almosen zu geben. Das war offensichtlich eine der Lieblingsstellen meines Vaters aus der Bibel und tauchte in vielen seiner Reden auf. »Macht euch einen Schatz, der nimmer abnimmt im Himmel, wo kein Dieb zukommt und den keine Motten fressen, denn wo euer Schatz ist, da wird auch euer Herz sein.« Kaum war die Stimme meines Vaters in mir verklungen, traf mich die Erkenntnis mit der Wucht eines Stromschlags. In Stientjes Stickerei, die von ihrem Vater inspiriert war, waren die zwei zentralen Wörter vertauscht, was den Sinn komplett verdrehte. Papa äußerte in seinen Predigten den Gedanken, dass das Horten von Reichtümern, die man gerade nicht bräuchte, unfrei machen würde. Alle Gedanken würden nur darum kreisen, wie der Besitz gesichert und vermehrt werden könne. Was hatte der alte Thoms im Sinn, als er den Spruch neu prägte?

Leider stellten in diesem Moment die Unterwasserdüsen ihre Tätigkeit ein. Zwei Damen marschierten Wasser tretend hinaus, während ich mutterseelenallein der weiteren Attraktionen harrte. So allein fühlte ich mich schon wieder umlauert, was rational betrachtet Blödsinn war. Als ich gerade erwog hinauszugehen, ergoss sich eine kreisförmige Prasseldusche aus der oberen Öffnung. Ich schloss die Augen und spürte den Strahl wohltuend auf meinem Nacken. Als sich plötzlich jemand mit Kraft auf meine Schultern stützte und mich nach unten drückte. Ich war so überrumpelt, dass das Vorhaben gelang. Dummerweise hatte ich gerade auf halbem Weg eingeatmet, so dass mir nicht viel Luft zur Verfügung stand. Ich hörte dumpf das Gluckern und Rauschen, fing an, wild um mich zu schlagen. Mein Gegner war stark und in der besseren Position. Er brauchte nur sein Körpergewicht gegen mich einzusetzen, während ich verzweifelt versuchte, mich und ihn mit all meiner Kraft nach oben zu drücken. Ich brauchte dringendst Luft, als der Druck plötzlich nachließ. Ich schoss aufwärts. Mein Zwerchfell reagierte reflexartig. Kaum waren Mund und Nase über der Wasseroberfläche, sog ich tief Luft in mich hinein. Sechs Paar Teenageraugen glotzten irritiert und interessiert.

»Gut, dass ihr gekommen seid. Wer war das? Habt ihr jemanden gesehen?«

»Da war eine Frau«, erklärte einer.

»Blond«, fügte ein Dunkelhaariger hinzu. »War das etwa Ernst? Wir dachten, ihr macht Spaß.«

Ich ging nicht darauf ein. »Wohin ist sie gegangen?«

Sie zuckten die Achseln. Ich schwamm aus der Grotte, so schnell ich konnte. Leider also relativ langsam. Eine blonde Frau kam nicht in Sicht. Ich stieg aus dem Wasser und beobachtete vom Rand aus die Badenden. Nichts. Ich ging zum zweiten Becken. Alexander kletterte soeben die Leiter herauf.

»Was ist mit dir los?«, fragte er irritiert.

»Mich hat gerade eine blonde Frau unter Wasser gedrückt. Es fehlte nicht viel, und ich wäre ertrunken.«

»Um Gottes willen!« Er drehte sich um, holte sein Handtuch. Unter seinem linken Schulterblatt hatte er ein herzförmiges Muttermal.

Wie niedlich.

»Brauchst du mich wirklich nicht?«, fragte Habbo und schaute auf die Uhr.

»Geh mal ruhig zu deiner Mutter. Man wird nicht alle Tage 65.« Ich erinnerte mich nur zu gut an das Geschrei, das meine Mutter bei ihrem 60sten angestimmt hatte, als ich eine Viertelstunde zu spät kam.

»Was hast du denn jetzt vor? Vielleicht ist Overberg ja unser Mann. Er war auf alle Fälle in den USA. Aber du wirst ihn doch nicht jetzt besuchen, ganz allein?«

»Nein, nein«, beeilte ich mich zu versichern. »Das hat Zeit bis morgen. Ich warte auf Tinas Anruf. Sie wollte durchgeben, was meine Soko in Kassel so herausgefunden hat. Dann werde ich wohl in die Pension zurückgehen, mir einen Joghurt aus dem Kühlschrank holen und in meiner Zimmerchenhälfte meine Aufzeichnungen durchgehen.«

Habbo zog eine Schreibtischschublade auf und gab mir einen Schlüssel. »Arbeiten kannst du hier besser. Bleib so lange, wie du willst. Du kannst auch das Telefon und den Computer benutzen, was immer du benötigst. Wenn du Tee kochen willst, nur zu. Fühl dich wie zu Hause. Wenn du gehst, kannst du dann abschließen und den Zettel mit der Handynummer aufhängen?«

»Wird gemacht. Danke. Viel Spaß.«

Als er hinausging, zog Habbo ein Gesicht, dem ich entnahm, dass er lieber in der Polizeistation als beim Geburtstag seiner Mutter herumgesessen hätte.

Ich lächelte ihm aufmunternd zu. Familienfeiern muss jeder hin und wieder überleben. Bei Familie fiel mir gleich Xenia ein. Ob sie diesen komischen Taler zurückgegeben hatte? Was war das überhaupt? Musste doch herauszufinden sein.

Habbos Rechner summte leise. Ich griff nach der Maus. Die Fische und Kraken, die träge über den Monitor geschwommen waren, verschwanden abrupt. Ein Klick und ich war im Internet. Was hatte noch einmal auf dem Geldstück gestanden? »Friedr. Wilhelm, König von Preußen«, oder so ähnlich. Ich gab »Friedrich Goldmünze Preußen« ein. Google verwies mich auf Wikipedia. Der Taler hieß Friedrich d'or, eine Goldmünze, die erstmals unter

Friedrich dem Großen geprägt wurde, nach dem französischen Vorbild Louis d'or. Friedrichs Nachfahren ließen munter weiter prägen bis in die Mitte des 19. Jahrhunderts.

Bei einem Auktionshaus fand ich einen Taler, der Xenias zum Verwechseln ähnlich sah. Er sollte für über tausend Euro den Besitzer wechseln. Du meine Güte! Das durfte doch nicht wahr sein! Meine Wut auf Xenia flammte heftiger auf. Der Raub dieser Münze war eine andere Kategorie als auf der Straße mal eben eine herrenlose Zweieuromünze aufzusammeln.

Alexander hüllte mich fürsorglich in sein großes, weiches Handtuch und wollte die Bademeister alarmieren oder sogar die Inselpolizei einschalten, so aufgebracht war er darüber, mich bedroht zu sehen. Fand ich lieb, aber wenig hilfreich. Was sollte Habbo da schon ausrichten? Meine letzte Anzeige hatte er ja auch nicht ernst genommen. Wahrscheinlich würde er sagen, da habe sich jemand einen schlechten Scherz erlaubt. Und da die brutale, blonde Tussi sowieso nicht mehr aufzutreiben war, gäbe es keinerlei Anhaltspunkte. Zeitverschwendung also. Alexander bemühte sich nach Kräften, mich über den schrecklichen Zwischenfall im Wellenbad hinwegzutrösten und lud mich zur Entschädigung zu einem kleinen Imbiss bei sich zu Hause ein. Ich war immer noch etwas durcheinander, als wir am Gerk-sin-Spoor eintrafen. Alexander öffnete einen Schuhschrank, zog seine Turnschuhe aus und stellte sie ordentlich auf ein Regal. Ich schlüpfte aus meinen Wanderschuhen, er richtete sie parallel aus. Der Typ war ja fast so ordentlich wie Frau Jensen, die täglich mit dem Staubsauger durch das ganze Haus fuhr und den Teerflecken vom Strand mit Terpentin zu Leibe rückte. Der Hausherr ging vor in die geräumige Küche.

»Möchtest du einen Kaffee? Oder lieber was Stärkeres? Ich habe da einen sehr guten französischen Rotwein. Oder Cognac.«

»Rotwein klingt gut.«

Er goss uns einen 1997er Saint-Émilion ein und stellte den Herd an. »Habe heute früh eine Zwiebelsuppe gekocht. Magst du?«

»Gerne!« Nach dem Schwimmen habe ich immer Hunger wie ein Bär, außerdem schlägt mir Aufregung ähnlich auf den Magen. Am meisten hilft da Süßes. »Du hast nicht zufällig Schokolade?«

Alexander schaute überrascht auf. »Doch, da habe ich eine ganz besondere. Bierschokolade aus der Langeooger Brauerei. Ich weiß aber nicht, ob die zum Rotwein passt.«

»Nacheinander wird es schon gehen. Auf Langeoog gibt es eine Brauerei?«

»Ja, im Süderdünenring. Die Produkte kannst du aber auch im Lottoladen an der Barkhausenstraße kaufen.«

Die Schokolade war wirklich klasse. Skrupellos aß ich die halbe Tafel dann doch zu meinem Rotwein und beobachtete, wie Alexander Toasts röstete, sie zusammen mit Käse in einen tiefen Teller legte und Suppe obendrauf schaufelte. Ich finde es wunderbar, einem Mann beim Kochen und Anrichten zuzusehen.

»Jetzt gibt es erst mal etwas Herzhaftes. Die restliche Schokolade kannst du zum zweiten Glas Rotwein verputzen«, grinste er.

Ich hörte ein Klappern, wie wenn eine Tür zugemacht wird. Wahrscheinlich wieder meine Paranoia. »Sag mal, Alexander, ist dir das auch schon mal passiert, dass du dich verfolgt fühlst?«

»Wie bitte?« Der Löffel blieb auf halbem Weg zum Mund stehen. Irgendwie schien mein Gastgeber alarmiert.

»Verfolgt. In dem Sinne, dass jemand hinter dir her ist. Die Suppe ist übrigens lecker.«

»Wer sollte hinter mir her sein?«

»Keine Ahnung. Mir geht es manchmal so. Hier auf Langeoog. Ich gehe durch die Barkhausenstraße und fühle, dass mich jemand beschattet. Wenn ich mich umdrehe, ist da nichts Verdächtiges.«

»Was würdest du denn als verdächtig ansehen?«

Gute Frage. »Wenn ich es mir recht überlege, bin ich bisher davon ausgegangen, dass ganz einfach mein Unterbewusstsein mir eine Warnung schickt. Warum oder vor wem es warnt, ist nur leider nicht bis zu mir vorgedrungen.«

»Meinst du nicht, dass du etwas überreagierst?«

»Nein! Eine blonde Tussi will mir ans Leder. Sie ist im Schwimmbad ja gesehen worden. Ich weiß bloß nicht, warum.«

»Du solltest deine Schwester informieren.«

»Ne, lieber nicht, die denkt sicher, ich sei total übergeschnappt. Sie war übrigens höchst überrascht, dass ich dich kenne. Konntest du ihr irgendwie weiterhelfen?«

»Ich fürchte nicht.«

»Wo warst du eigentlich, als Neupert bei der historischen Tagung war?«

»Bei der historischen Tagung.«

»Du warst in Kassel?«

»Ja. Was ist so schlimm daran? Du bist die meiste Zeit da.«

»Warum hast du nichts davon erzählt?«

»Hab ich das nicht? Die Stadt Kassel ist übrigens besser als ihr Ruf. Nicht nur, weil du da wohnst! Ich war im Bergpark und im Schloss Wilhelmshöhe. Im Vorderen Westen habe ich schöne alte Häuser gesehen.« Er schenkte uns beiden Rotwein nach. »Magst du noch einen Teller Suppe?«

»Nein, danke.« Mein Magen war aus irgendeinem Grund zusammengeschnurrt. »Aber so ein Latte macchiato wäre fein.«

Zusammen mit der Tasse Kaffee servierte er mir die halbe Tafel Schokolade. »Bitte sehr! Alles okay?«

»Klar«, sagte ich großzügig, wenn auch nur halbherzig überzeugt. »Willst du auch ein Stück?«

»Nur, wenn du es entbehren kannst.«

Ich schob die Süßigkeit zwischen uns.

Da hatte meine Schwester aus dem Museum eine Münze abgezweigt, die mehr als tausend Euro wert war! Unglaublich! Dafür musste eine Polizistin lange schuften. Wahrscheinlich war Xenia der Ansicht, dass dort, wo eine Münze war, leicht auch noch eine zweite oder dritte sein könnte. Ich konnte nur hoffen, dass sie nicht noch mehr illegale Aktivitäten entwickelte. Ihrer wirren Geschichte um Thoms Tönges Bernsen und die Briefe seines Nachfahren konnte ich nicht ganz folgen. Ich setzte lieber auf handfeste Polizeiarbeit und die Hochstaplerspur. Overberg war dafür zweifelsohne ein Kandidat. Was wusste ich eigentlich über ihn? Nicht viel.

Ich begann wieder zu googeln. Overberg. Zuerst erschien die Homepage des Forschungsinstituts. Ein Artikel im Lokalteil der Ostfriesenzeitung, der ihn als neuen Leiter des Instituts vorstellte. Auf dem grobkörnigen Foto war er neben einem strahlenden Neupert und mit einem Sektglas in der Hand abgebildet. Dann gab es noch acht Verweise auf Englisch, die sich auf Publikationen bezogen, bei denen Overberg als Koautor mitgewirkt hatte. Ich brauchte eine Weile, um zu kapieren, dass es sich im Endeffekt nur um zwei verschiedene Artikel handelte, die im letzten Jahr erschienen waren und in unterschiedlichen Kontexten immer neu zitiert wurden.

Keine Spur von Overbergs Doktorarbeit. War das nicht etwas ungewöhnlich? Musste ein solches Werk nicht in irgendeiner Form veröffentlicht werden? Zumindest in Deutschland gab es eine solche Bestimmung, da war ich mir sicher. Aber Overberg hatte in Frankreich und in den USA studiert. Mit den wissenschaftlichen Gepflogenheiten dieser Länder kannte ich mich nun gar nicht aus. Wie stand es dort mit der Veröffentlichungspflicht einer Dissertation? Und eine gute Arbeit würde doch von anderen zitiert werden, auch im Internet. Wie hatte Frau Seesen gesagt: Ein ganz renommierter Historiker.

Ich versuchte es weiter mit den unterschiedlichsten Suchwörtern bei Google, ohne Ergebnis.Schließlich rief ich Tina an und bat sie, die Internet-Cracks im Präsidium einzuschalten. Wo ich schon mal am Rechner saß, gab ich noch Jean Fayard ein, über den Overberg etwas schreiben wollte. So lange ich auch suchte, nichts, was auch nur von ferne an einen napoleonischen Feldherren erinnerte. Nur ein Schriftsteller gleichen Namens fand Googles größere Beachtung. Was sollte ich damit anfangen? Jetzt fehlte mir Habbo. Ich ging in die Küche, um selbst einen Tee zu kochen. Ich fand sogar noch Kekse.

Gerade als ich die Tüte öffnen wollte, klingelte mein Handy. Tina. So schnell hatte ich nicht mit einer Antwort gerechnet. Unsere Experten hatten weder auf den amerikanischen noch auf den französischen Seiten des World Wide Webs eine Doktorarbeit von Overberg aufspüren können. Eindeutiges Ergebnis.

Darauf gönnte ich mir einen Tee und begab mich wieder auf die Suche nach Overbergs französischem Feldherrn . Ein passionierter Historiker hatte eine Liste aller bekannten militärischen Würdenträger dieser Zeit ins Netz gestellt. Zum Glück war sie alphabetisch geordnet. Einen Jean Fayard gab es nicht darunter.

Alexander hatte eine neue Bierschokolade herbeigeholt. »Was hast du eigentlich mit dem Goldstück vor?«, fragte er leichthin.

Mein inneres Barometer stellte sich auf *unwoh*l und signalisierte Vorsicht. »Ich überlege noch, was ich damit machen soll.«

»Ich habe eine verrückte Theorie entwickelt. Willst du sie hören?«

»Na, klar!«

»Die Münze, die du mir gezeigt hast, stammte vom Anfang des 19. Jahrhunderts. In diese Zeit fiel auch die Kontinentalsperre. Ich habe mich gefragt, ob an der Idee von Herrn Neupert, irgendwo könnte ein Schatz versteckt sein, doch was dran ist. Wenn jemand zu der Zeit eine halbwegs krisensichere Geldanlage suchte, hätte er vermutlich Friedrich d'or gewählt.«

Friedrich d'or. Den Begriff hörte ich zum ersten Mal. Warum hatte er mir den nicht gleich gesagt? Oder hatte er nachgeforscht, weil er es selbst nicht wusste? Schließlich konnte auch ein Historiker nicht alle Zahlungsmittel aus verschiedenen Zeiten kennen.

»Wo hast du den Taler eigentlich gefunden?«

Ich trank einen Schluck Kaffee, um Zeit zu gewinnen. »Sagen wir mal so. Der Fundort ist halblegal. Ich habe gründlich nachgesehen, und es war nur dieses eine Stück da.«

»Dann kannst du mir doch verraten, wo das war. Ich bin eben neugierig. Geschichten von versteckten Reichtümern sind sowieso meist Legenden. Ich vermute, dass dieser alte Schatz, wenn er überhaupt jemals existiert hat, von einem Verwandten geklaut und verschleudert worden ist.«

Ich verschluckte mich fast an der Schokolade.

Er kaute zufrieden. »Es gibt schließlich in jeder Sippe mindestens ein schwarzes Schaf. Wetten, dass du das in eurer Familie bist?«

Damit hatte er zwar Recht, aber mir stand nicht der Sinn nach Neckereien. »Wie kommst du da drauf?«

»Du bist so herrlich unkonventionell und wechselst von einer Sekunde zur nächsten dein Gesicht.«

»Ich meine auf die Sache mit dem Schatz und dem schwarzen Schaf.«

»Durch Neupert, der hat so etwas erwähnt, glaube ich«, grinste Alexander.

Vor meinem inneren Auge erschien Neupert im La Paloma. Er machte zwar eine Menge Andeutungen zu den alten Briefen, wurde aber nie wirklich konkret. Über die Familiengeschichte der Bernsens hatte er mir zumindest nichts erzählt. Dann fiel mir die erste Begegnung mit Alexander wieder ein. Da hatte er so getan, als kenne er keine Langeooger Schifferfamilie, die mit Hilfe des Schmuggels Geld verdient hatte. Da passte was überhaupt nicht zusammen. Die Erkenntnis durchzuckte mich blitzartig »Nein. Du weißt das nicht von Neupert!«, sagte ich mit scharfer Stimme und stand auf. »Du hast ihm die Briefe abgenommen und inzwischen genug Zeit gehabt, sie auf Hinweise zu prüfen, wo der Schatz verborgen sein könnte. Ich arbeite an einem Zeitschriftenbeitrag. Ha, dass ich nicht lache. Aber viel schlimmer: Du hast Neupert umgebracht!« Vielleicht hätte ich das jetzt besser nicht sagen sollen?

»Ich habe was?«, fragte Alexander gefährlich ruhig und kam auf mich zu.

Ich rannte um den Küchentisch herum an ihm vorbei, war schon durch die Tür, da wurde ich von hinten gepackt.

»Was soll ich mit ihr machen, Alex?«

Die Stimme war schneidend und weiblich. Ich tippte darauf, dass die Besitzerin blond war. Alexander war mittlerweile bis zur Tür vorgerückt.

»Du meine Güte! Jennifer! Was machst du denn hier?«

»Ich helfe dir. Wohin mit dem Weibchen?«

Alexander erholte sich schnell von seiner Überraschung und kam langsam auf mich zu.

Es war hochwahrscheinlich, dass Alexander Overberg der ominöse Hochstapler war, und diese Vermutung konnte ich überprüfen. Jetzt! Ich schwang mich auf mein Leihfahrrad.

Ich überlegte, wie ich am besten operieren sollte. Einfach ein paar dumme Fragen stellen, ihn aufscheuchen sozusagen, mich dann vor seinem Haus auf die Lauer legen, um zu sehen, ob er wenig später hinausgerannt käme. Mit einem Koffer in der Hand, auf dem Weg zur Fähre oder zum Flughafen. Ich beschloss, mich von meiner Berufserfahrung leiten zu lassen, mich aus der Situation heraus für ein Vorgehen zu entscheiden, und klingelte.

»Ach, Frau Wiese.« Er blieb abwartend in der Tür stehen.

»Kann ich hereinkommen?«

»Selbstverständlich. Entschuldigen Sie. Einen Cappuccino?«

Der Kerl erinnerte sich sogar daran, dass ich am liebsten Cappuccino trank. Im Flur standen ein paar Wanderschuhe, denen meiner Schwester nicht unähnlich. Fricko beschnüffelte sie eifrig. Wahrscheinlich gehörten sie dem griesgrämigen blonden Mäuschen, das in der Küche an einem Milchkaffee nippte, bei meinem Erscheinen die Augen weit aufriss und im Aufspringen fast den Stuhl umgeworfen hätte. Etwas nervös, das Mädel. »Frau Schmitz, Frau Wiese, Kripo Kassel.«, machte Overberg uns bekannt.

Er stellte den Cappuccino vor mir ab. »Ein Stück Schokolade dazu? – Haben Sie schon etwas herausgefunden?«

Frau Schmitz hatte sich gefangen, saß da mit der Miene einer gequälten höheren Tochter und musterte mich ebenso verstohlen wie feindselig. Ich konnte mir vorstellen, dass Männer sie attraktiv fanden. Sie hatte eine knabenhafte, athletische Figur und lange Beine.

»Wir arbeiten dran. Ist Ihnen auf der Tagung jemand aufgefallen, mit dem sich Herr Neupert besonders intensiv unterhalten hat?«

»Herr Neupert war sehr kommunikativ. Er hat sich nahezu dauernd unterhalten, wenn nicht gerade ein Vortrag war, versteht sich.«

»War jemand darunter, mit dem er häufiger gesprochen hat?«

»Mit den Herren, die im selben Hotel einquartiert waren, würde ich sagen.«

»Mit Ihnen?«

»Natürlich auch mit mir. Aber da er mich ja täglich sehen konnte, hat er sich doch mehr an andere gehalten.«

»War irgendjemand von den Herren aus den USA?«

»Das weiß ich nicht. Warum?«

»Weil wir heute eine Meldung bekommen haben von amerikanischen Kollegen. Der Gastredner kam daher.«

»Stimmt. Ein sehr spannender Vortrag!«

»So spannend, wie einen geliehenen Wagen zu verkaufen?«

»Wie bitte?«

»Unsere amerikanischen Kollegen haben berichtet, dass der Gastredner in Kassel einen Mann wiedererkannt habe, der in mehreren Staaten Amerikas gesucht werde und ihm einen Rolls Royce angedreht habe, der gar nicht sein Eigentum gewesen sei.«

»Es ist doch absurd, dass ein amerikanischer Krimineller eine Tagung in Kassel besuchen soll.«

»Der Gastredner hat uns einen Hinweis gegeben. Der Gesuchte hat ein herzförmiges Muttermal unter dem linken Schulterblatt.«

»So?«

Blondies linker Fuß im weißen Sportschuh mit schwungvollen schwarzen Streifen zuckte vor. Sie reckte ihre Beine und schlug sie graziös in umgekehrter Reihenfolge übereinander.

»Das Hotel in Kassel, in dem Sie sich mit Herrn Neupert aufgehalten haben, hat eine Sauna und ein Schwimmbad. Ist Ihnen da ein Tagungsteilnehmer mit einem solchen Muttermal aufgefallen?«

»Wenn ich meine Brille absetze, sehe ich gerade noch so viel wie unbedingt notwendig. Es tut mir leid. Mit einer solchen Beobachtung kann ich nicht dienen.«

»Tja, wir werden weiter forschen. Danke für den Cappuccino.«

Ich stand auf, mein Hund ebenso, wir gingen zur Tür, vom Hausherrn geleitet. Mein Blick fiel wieder auf die Wanderschuhe und auf einen sichelförmigen Dreckfleck im Oberleder. Verdammt! Das waren Xenias Schuhe, aber wo war Xenia? Wieso hatte Overberg nichts gesagt? Das war mehr als suspekt, aber konnte ich hier allein etwas unternehmen?

Da sah ich, wie sich die Tür längs des Ganges öffnete. Ich zog meine Dienstwaffe, während Fricko leise knurrte.

Was war ich doch für ein dummes Huhn! War diesem aalglatten Typen auf den Leim gegangen! Ich hätte mich ohrfeigen können, wenn ich denn meine Hände freigehabt hätte. Alexander und seine saubere Komplizin hatten mich mit einem seidenen Tuch geknebelt, das nach Rasierwasser schmeckte. Igitt. Für die Hände hatten sie einen Wollschal verwendet, mit dem sie mich an den Stuhl fesselten, auf den sie mich unsanft geschubst hatten. Sie diskutierten gerade, wie sie meine Füße befestigen sollten, als es klingelte. So ließen sie mich allein zurück. Draußen im Flur begrüßte Alexander den unwillkommenen Besucher. Ich meine, ihm war er nicht willkommen, aber ich habe mich noch nie so sehr gefreut, die Stimme meiner Schwester zu hören.

He, Luise, spürst du nicht, dass ich hier bin? Durch die Zimmertür sendete ich telepathische Hilferufe. Leider nicht sehr erfolgreich. Schritte entfernten sich im Flur, gefolgt vom Klappern der Hundekrallen auf den Dielen. Eine Tür wurde geschlossen. Gedämpfte Stimmen. Hoffentlich war Luise vorsichtig. Immerhin eine klassische 2:1-Situation. Obwohl: Fricko war dabei.

Ich zerrte an meinen Fesseln, ein hoffnungsloses Unterfangen. Wolle erreicht mit Synthetikbeimischung erstaunliche Festigkeit. Meine Handgelenke waren bestimmt schon rot, die Blutzirkulation ließ ohnehin zu wünschen übrig. Also anders. Ich musste aufstehen. Stellen Sie sich das nicht zu einfach vor! Die Sitzgelegenheit war solide Handarbeit aus deutscher Eiche. Verdammt schwer. Ich probierte eine Weile herum, kam aber nicht aus meiner geknickten Haltung heraus und konnte nicht genug Schwung entwickeln, den Stuhl nach oben zu reißen. Erst als ich beide Beine zur linken Seite stellte, schaffte ich es mühsam. Beinahe wäre ich umgefallen, weil die schwere Holzkonstruktion auf dem Rücken die Gleichgewichtsverhältnisse gefährlich verschob. Mit einiger Anstrengung schaffte ich es, die Balance zu halten.

Ziemlich ungelenk bewegte ich mich zur Tür. Sie ging nach außen auf. Ich musste nur die Klinke hinunterdrücken. Irgendwie. Das Stimmengewirr war wieder lauter. Offensichtlich war meine Schwester auf dem Sprung. Luise, bleib!, flehte ich innerlich.

Xenias Kinn war rot. Wahrscheinlich hatte sie damit den Türgriff heruntergedrückt. Sie stand da, gebeugt unter der Last eines soliden Stuhls, einen Knebel im Mund.

Dieser Anblick brachte mich so auf die Palme, dass ich den Hahn meines Dienstrevolvers spannte. Ich kann mich nicht erinnern, jemals so wütend gewesen zu sein, wie in diesem Moment – und das will schon was heißen, denn ich bin ziemlich schnell und oft wütend.

»Losmachen, sofort!«, wies ich Overberg an. Blondie ging einen Schritt nach vorn. »Keine Bewegung! Ich schieße!« Auch Frickos Knurren klang äußerst angriffslustig. Blondie hielt erschrocken inne, während Overberg wortlos meine Schwester entknotete. »Los, darüber, zu Ihrer feinen Freundin!«, winkte ich ihn in Richtung seiner Komplizin und griff mit der freien Hand in meine linke Jackentasche. »Xenia, hier sind Handschellen.«

Als Xenia die beiden aneinander und mittels Schal an das Heizungsrohr in der Küche fesselte, fingerte ich mein Handy hervor und drückte, die Waffe unbeirrbar auf die Gangster gerichtet, die Nummer von Habbo.

Der blonde Inselbulle kam superschnell mit einem Pferdetaxi, das seine Mutter sonst an Touristen vermietete. »Mensch Luise, bin ich froh, dass dir nichts passiert ist!«, sagte er zur Begrüßung. Und was war mit mir?

In der Polizeistation fing Blondie an zu flennen. Sie sei völlig unschuldig. Zufällig hineingeraten. Das war natürlich Quatsch. Mir war mittlerweile klar, dass die doofe Kuh für sämtliche Anschläge auf mich verantwortlich war, und erstattete gleich mal Anzeige. Sie habe ja nichts gegen mich persönlich, buhuhu, aber ich sei doch eine Konkurrentin um die Gunst von Alexander. Blödsinn! War ich nie, und werde ich nicht sein! Von mir aus kann sie ihn täglich in seiner Zelle besuchen und ihm beim Prozess das Händchen halten. Bestimmt wird er wegen Neupert angeklagt.

Habbo hatte, sofort nach Luises Anruf, Unterstützung vom Festland angefordert, um die Verdächtigen zu übergeben. Es war eine Menge Protokollkram zu erledigen.

Schließlich waren Overberg und Blondie in Begleitung zweier muskulöser Zivilpolizisten auf dem Weg nach Wittmund, Luise mit ihnen. Habbo wollte zurück zum Geburtstag seiner Mutter gehen. Da hatte er wahrscheinlich die Show im Kasten, und die Langeooger waren heute Abend noch bestens im Bilde über die Neuigkeiten auf der Insel.

Wir hatten übrigens die Briefe von Thoms Tönges auf dem Nachttisch neben Overbergs Bett gefunden und sie vorsichtig in eine Hundekotplastiktüte aus dem Tütchenspender am Strand gleiten lassen. Das war ein ernst zu nehmender Nagel für Alexanders Zellentür. Denn sie waren zweifelsfrei von Neupert geklaut. Luise bestand darauf, dass die Dokumente ein Beweismittel seien und bis zur Abwicklung des Prozesses in Polizeigewahrsam bleiben müssten. Das würde dauern!

»Arme Doortje, sie hat sich schon so ungern von den Briefen getrennt, als Neupert sie ausleihen wollte.« Nutzloser Einwand, man beachtete mich einfach nicht.

Habbo hatte die Beweismittel ordnungsgemäß eingeschlossen, als wir die Wache verließen, und den laminierten Zettel mit seiner Handynummer für alle Fälle an den dafür vorgesehenen Haken an der Tür gehängt.

Ich ging direkt zu Stedelers und erstattete Bericht. »Und deshalb können Sie jetzt sagen, was Herr Neupert Ihnen am Telefon erzählt hat.«

Herr Stedeler seufzte. »Sie stellen sich das so einfach vor, Frau Wiese. Ich habe Höllenqualen durchlitten.«

»Das bestreitet ja niemand, aber mit Ihrer Aussage können Sie Ihrem toten Freund nutzen. Sie können seinen Mörder festnageln.«

»Das macht Emerich nicht lebendig.«

»Nein, aber es schafft wenigstens etwas Gerechtigkeit. Also ...«

»Sie sind sehr hartnäckig!«

»Und Sie machen Ausflüchte!«

Er lachte unlustig auf. »Emerich hat mir erzählt, dass sein neuer Institutsleiter vermutlich ein Hochstapler sei. Das würde dem Ruf des Instituts schaden, wenn es herauskäme. Er war regelrecht verzweifelt, sein Institut, das ging ihm doch über alles. Ich schlug vor, Overberg ein Rücktrittsangebot zu machen und Massmann sofort wieder einzustellen. Wenn der Hochstapler irgendwann gefasst würde, wäre über die Sache mit dem Institut längst Gras gewachsen, und keiner würde sich mehr dafür interessieren. Ich riet ihm, sich an einem nicht öffentlichen Platz zu treffen, um nicht belauscht zu werden. Ich konnte doch nicht ahnen, dass der Gangster Emerich gleich umbringt.«

»Ja, das erklärt alles. Erzählen Sie die Geschichte gleich morgen der Polizei!«

»Ich möchte eigentlich nicht ...«

»Es ist wichtig. Und wenn Sie von der Polizeiwache kommen, bestelle ich fünf Kisten Riesling und jede Menge Müller-Thurgau.«

Da ich ohnehin gerade am Wasserturm war, hatte ich es nicht weit zum Strand. Ich stapfte über die Holzbohlen und durch den Sand, drehte einen Strandkorb so, dass ich im Licht des Mondes die Schaumkronen auf den entfernten Wellen aufblitzen sah. Das Meer flüsterte mir zu, dass die Welt nicht so schlecht sei, wie ich, selbstverständlich nur ganz kurzfristig und an einen Stuhl gefesselt, anzunehmen bereit war. Das versicherte mir auch Milan, den ich per Handy über die neuesten Entwicklungen auf dem Laufenden hielt. Natürlich war er geschockt über die Gefahr, in die ich geraten war. Erstaunlicherweise machte er mir keine Vorwürfe. Seine liebevolle Telefonseelsorge tat mir gut. Und er forderte mich auf, nach Hause zu kommen. Ich lehnte ab. »Was soll jetzt noch passieren? Alle Gangster sind hinter Schloss und Riegel!«

In der Pension traf ich auf Frau Jensen, die am Telefon saß und gerade ausrief: »Das gibt es doch gar nicht! Bei uns auf der Insel!« Mit einer Handbewegung forderte sie mich zum Bleiben auf. »Liesel, ich muss mal Schluss machen, ich ruf dich gleich wieder an!«

»Nun sagen Sie mal, Frau Wiese, Sie waren dabei, als Ihre Schwester und der Habbo diesen Hochstapler verhaftet haben?«

Es gab kein Entrinnen, ich musste über die Ereignisse berichten, immerhin bekam ich einen Sanddorngrog spendiert.

Dann hatte ich endlich wieder Zeit, mich um den Schatz zu kümmern. Ich durchsuchte Luises Koffer und fand die Briefe unter ihrem Zweit-BH. Ab ins Bett! Im Schein der Nachttischlampe machte ich es mir gemütlich. Gemurmel auf dem Flur. Ich meinte etwas zu hören wie »jetzt auf keinen Fall stören« und »schon genug Stress«. Grinsend vertiefte ich mich in meine Lektüre.

Brief von Lehrer Thoms Tönges Bernsen an Hinrich Herrmann
Freitag, 22. Juli 1910

Mein lieber Hinrich!
Man sagt ja manchmal, das Wetter könne ein Spiegel unserer Befindlichkeiten sein. Ich erwachte früh. Der Himmel war teils freundlich, teils bedeckt. Wolken zogen in schneller Folge vorbei, meine Stimmung wechselte ebenso rasch. Von freudiger Zuversicht bis hin zu einem Zustand, den man nur als ausgewachsene Melancholie bezeichnen konnte.

Wir trafen uns an der Strandhalle. Und brachen sofort zu einem Dünenspaziergang auf. Henriekes rotbraune Locken flatterten im Wind. Um ihren Mund lag ein entschiedener Zug, den ich nicht zu deuten wusste. Wir schritten aus. Bis hin zur Meierei, wo wir eine Dickmilch mit Schwarzbrot aßen, wozu eine kleine Menge Sanddornsirup gereicht wurde. Wir unterhielten uns über alles Mögliche, Bücher, die wir gelesen, Dinge, die wir erlebt hatten. Dann gingen wir zurück.

In den Dünen waren wir allein. Ich nahm ihre Hand. Sie überließ sie mir mit einem traurigen Lächeln. Und wenn ich Dir nun unser Gespräch wortgetreu berichte, lieber Freund, so magst Du sehen, wie sehr es sich mir ins Herz gebrannt hat, und kannst hoffentlich mit mir fühlen.

»Henrieke, ich wollte fragen ... ich möchte dich bitten ... könntest du dir vorstellen, meine Frau zu werden?«

Sie blieb stehen und schaute mich an. »Lieber Thoms, wenn ich jemals heiraten wollte, dann nur dich.« Sie drückte meine Hand und ließ sie los. »Aber ich kann nicht.«

»Warum?« Ich fühlte mich unendlich hilflos. Wenn sie mich mochte, und das glaubte ich zu spüren, was stand dann unserer Heirat im Wege?

»Ich möchte nicht, dass mich jemand hindern darf zu tun, was ich will. Das gibt mir Kraft und macht mich wahrscheinlich auch zu der Frau, die du liebst.«

»Liebste Henrieke, wie kommst du darauf, ich könnte dir irgendetwas verbieten? Du könntest lesen, dich im Garten beschäftigen, unsere Kinder großziehen, ihnen schwimmen beibringen, ganz wie du willst. Ich werde dich nicht einschränken.«

»Du vielleicht nicht. Aber andere. Ich habe hart dafür gekämpft, in dem Lehrerinnenberuf zu arbeiten. Ich habe gelernt und lerne noch. Ich möchte das nicht aufgeben. Es ist mir wichtig. Da ist die Gesellschaft ungerecht. Männer können Lehrer sein und gleichwohl Familie haben, Frauen nicht, wie du weißt.«

Das Lehrerinnenzölibat! Es ist noch gar nicht lange her, dass wir miteinander über diesen Ministererlass von 1880 gesprochen haben und es beide richtig fanden, dass der Beruf nur der kurzfristigen Versorgung unverheirateter, junger Frauen aus bürgerlichem Hause dienen soll, erinnerst Du Dich? Schließlich kann der Mann die Frau ernähren.

»Du könntest unsere Kinder unterrichten«, schlug ich hilflos vor.

»Vielleicht werde ich mich irgendwann grämen. Vielleicht werde ich, wenn ich in der Schule arbeite, darüber nachdenken, wie wohl ein Leben mit eigenen Kindern gewesen wäre. Und ich werde meinen Schülern noch mehr Liebe geben und ihnen meine Kraft widmen. Ich kann nicht anders entscheiden. Sei mir nicht böse. Ich werde dich und unsere wunderschönen Spaziergänge und Gesänge nie vergessen!«

Sie lächelte mir zu und ging dann mit zügigen Schritten die Dünen hinunter.

»Henrieke!« Ich stolperte hinter ihr her.

»Glaub mir, es ist besser, wenn wir uns hier trennen. Außerdem beginnt da vorn das Gelände vom Damenstrand.«

Ich sah eine Aufseherin auf mich zukommen, während Henriekes schmaler Rücken zwischen zwei Sandhügeln verschwand.

Ich weine mir die Augen aus, während ich dies schreibe. Mein lieber Freund, kannst Du das Glück ermessen, das Dir Deine Lotte beschert?

Dein Thoms

Lehrerinnenzölibat! So ein Quatsch! Ich kann ein Liedchen davon singen, da sich im Virgilanum, meiner früheren Mädchenschule unter Nonnenleitung, im weltlichen, weiblichen Personal des Lehrkörpers manch Auslaufmodell dieser vergangenen Tage getummelt hat.

Wirklich traurig, dass Henrieke Thoms nicht heiraten wollte.

Ich las die Briefe wieder und wieder durch. Ich merkte, dass die Konzentration nachließ, Müdigkeit mein Denken verlangsamte, aber ich wollte unbedingt eine Erklärung finden für die Veränderung der Bibelstelle, die der alte Thoms so gern zitiert hatte, dass Stientje es auf ein Band gestickt hatte. *Denn wo euer Herz ist, wird auch euer Schatz sein.* Wo war das Herz des alten Thoms? Ob Stientje es gewusst hat? Schließlich soll sie seine Lieblingstochter gewesen sein. Hoppla, dann muss also sein Herz bei ihr gewesen sein. Aber inwiefern führte das zu seinem Schatz?

Plötzlich wusste ich, was passiert war. Der alte Thoms wollte Stientje damit sagen, dass das ganze Geld für sie bestimmt sei. Er wollte es an Felde und den anderen vorbeischleusen zu seiner Lieblingstochter. Als Felde die Truhe zerschlug, tat er das wirklich aus Wut, denn das Geld hatte Thoms schon für Stientje versteckt. An einer Stelle, die sie finden sollte. Hatte sie das Rätsel verstanden und gelöst? Oder war der Schatz noch immer zu heben?

Sonntag, 12. Oktober 2008

Ich erwachte um 9:15 Uhr, nach aufregenden Träumen, in denen der alte Thoms herumgeisterte. Da es ruhig und friedlich war, nur ein paar Möwenschreie drangen von außen herein, hatten Luise und Fricko wohl irgendwo auf dem Festland übernachtet.

Eigentlich endete die Frühstückszeit bei Frau Jensen um 9:00 Uhr. Aber zwei Gedecke und eine Thermoskanne standen noch auf dem Tisch im ansonsten verwaisten Aufenthaltsraum. Frau Jensen schwebte mit einem voll beladenen Tablett herein: Marmelade, Honig, Aufschnitt, Käse und Toastbrot. Sonntags gab es leider keine Brötchen.

»Sie brauchen eine Stärkung, Frau Wiese. Haben Sie wenigstens gut geschlafen? Kommt Ihre Schwester auch noch?«

»Nehme ich nicht an, sie hat wohl in Wittmund übernachtet.«

»Habe ich mir schon gedacht, weil gestern Abend keiner mehr geklingelt hat, und Sie hatten ja Ihren gemeinsamen Schlüssel.«

Frau Jensen war, wie immer, auf Draht. Sie stellte ein halbvolles Nutellaglas vor meine Nase.

»Schokolade soll ja so gut sein gegen Stress. Vielleicht möchten Sie das mal ausprobieren?«

Ich hatte die ganze Urlaubszeit Michel heimlich um seinen Brötchenbelag beneidet, aber ich bin kein Typ, der gleich meckert, wenn er nur Marmelade kriegt. Begeistert bestrich ich sechs knusprige Toasts damit. Bei der Gelegenheit fiel mir auf, dass ich gestern Abend glatt das Essen vergessen hatte. Deshalb war ich nach dem Sanddorngrog wohl so groggy gewesen.

»Und was wollen Sie heute machen, Frau Wiese?«

»Ausruhen und entspannen.«

»Haben Sie sich denn das Museumsrettungsboot schon angesehen, das vor dem Schifffahrtsmuseum steht?«

Pling! »Danke Frau Jensen! Guter Tipp!«

Ja, es gab eine Stelle, wo das Geld sein konnte, heute noch!

Ehe ich aufbrach, steckte ich, einer Intuition folgend, außer den Briefkopien den Taler ein, der mittlerweile in einem anderen Paar Strümpfe eine vorübergehende Zuflucht gefunden hatte, und mein großes Schweizer Taschenmesser, das alles enthält vom Zahnstocher bis hin zum Korkenzieher und diversen Werkzeugen.

Kurz nach 10:00 Uhr schwang ich mich auf meinen Drahtesel. Ich würde ihn vermissen. Er rollte besser als mein Fahrrad zu Hause.

»Ich wollte Ihnen wenigstens die Kopien der Briefe geben«, sagte ich zu Doortje, die wie üblich Sonntagsdienst im Seemannshus tat. »Die Originale werden noch eine Weile benötigt, bis der Täter hinter Schloss und Riegel sitzt. Schönen Gruß auch von meiner Schwester!«

»Das ist aber lieb von Ihnen. Was war das für eine Aufregung gestern. Mein Telefon stand nicht mehr still.«

Und dann erzählte ich ihr alles aus erster Hand, zumindest in groben Zügen und unter Aufrechterhaltung meiner Examenslüge. Wahrscheinlich würde sie die Version später zur Freude der Telekom weiterverbreiten.

»Mich interessiert noch einmal Ihr Urahn Thoms Tönges. In dem Buch war so ein schönes Bild, wo er inmitten zahlreicher Besitztümer in der Stube sitzt. Es wäre fantastisch, wenn ich ein paar Originalgegenstände aus der Zeit fotografieren könnte, falls es sie überhaupt noch gibt.«

»Der Kompass und das Fernrohr, die habe ich Frieder gegeben für sein Museum. Aber die sind ja dann geklaut worden.«

»Von Overbergs Freundin. Hatte ich das vergessen zu erwähnen? Die kriegen Sie nach dem Prozess bestimmt wieder.«

»Unheimlich, wie eine solche Hochstapelei funktionieren kann, finden Sie nicht? Ich befürchte, wenn jemand ein guter Schauspieler ist, kann er den letzten Dreck für Gold verkaufen. Entschuldigen Sie, aber ist das nicht wirklich traurig?«

Ich schluckte etwas, weil mir meine Diplomarbeit einfiel.

»Ach ja, die Sachen vom alten Thoms. Das Schiff habe ich auch dem Frieder gegeben. Wusste sowieso nicht, wohin damit. Die alten Tierpräparate sind wohl im Müll gelandet. Das Teeservice ist bestimmt längst zerschlagen. Was war sonst denn noch drauf auf der Zeichnung?«

»War da nicht noch ein Schiffsmodell. Von der *Stientje*.«

»Das ist hier. Fast einen Meter groß. Ich will es demnächst ausstellen. Ich meine, wir können ja nicht immer das Gleiche zeigen. Es gibt viele Stammgäste auf der Insel, die immer mal kommen, wenn das Wetter schlecht ist. Denen muss man doch was bieten.«

»Versteht sich!«, bestätigte ich.

»Ich habe es im Kartoffelkeller gelagert. Da haben wir noch viele Exponate.«

Wir gingen in die Küche, und Doortje stemmte die Kellerklappe auf, nachdem sie einen großen Krug mit heraushängenden Ketten von Updröögt Bohnen weggeräumt hatte, die die Besucher für die Konservierungsmethoden vergangener Zeiten interessieren sollten. Sie drückte mir eine Taschenlampe in die Hand. »Können Sie mal leuchten?«

»Sicher, aber ich kann auch hinunterklettern.«

»Ich ebenfalls. Und ich weiß, wo ich suchen muss«, wies Doortje mich zurecht.

Brav richtete ich die Taschenlampe aus nach »Rechts!« und »Links!« und »Halt, jetzt so bleiben!«

»Können Sie doch mal runterkommen? Es ist ziemlich schwer.«

Ich kletterte in die Grube. Als wir mit unserer Last auftauchten, hatte Doortje Spinnweben im Haar, aber ein triumphierendes Lächeln im Gesicht. Das Schiffsmodell war in der Tat gewichtig, deutlich schwerer als ein Kasten Mineralwasser. Die Segel waren vergilbt und zerfleddert, wie sturmzertost. Im Museum hatten mir Schiffsmodelle wenig zugesagt, aber dies hier hatte seinen Reiz. Filigran waren alle Details ausgearbeitet vom Segelmasten bis zur Tonne.

»Ich dachte, die *Stientje* sei ein Ruderboot mit Segeln gewesen, ich habe sie doch im Museum gesehen!«, sagte ich, als wir das gute Stück an dem Tisch im Trauzimmer in Augenschein nahmen.

»Thoms hat wohl immer von einem Schiff mit Unterdeck geträumt, in das man auch mal flüchten konnte, wenn das Wetter auf hoher See allzu rau war. Und in dem Modell hier hat er seinen Traum anscheinend schon verwirklicht. Deshalb ist es geschlossen, als gäbe es ein richtiges Unterdeck.«

Eine Gruppe historisch interessierter Senioren fiel ein. Die, nachdem sie ihren Obulus entrichtet hatten, Doortje mit Beschlag belegten und vor jedem Ausstellungsstück einen kleinen Vortrag erwarteten.

Mir war das gerade recht. Als sie im Nebenraum verschwunden waren, nahm ich das Modell noch gründlicher in Augenschein. Der Mast ging durch das Unterdeck hindurch und war im Schiffsboden verankert. Er ließ sich entgegen dem Uhrzeigersinn losdrehen. Zusammen mit dem Segel legte ich ihn zur Seite. Die Fässer waren am Unterdeck befestigt. Das war aber wahrscheinlich kein Problem. Mit klopfendem Herzens zückte ich mein Taschenmesser. Das Unterdeck war mit einigen angerosteten Schrauben befestigt. Meinem Präzisionswerkzeug konnten sie jedoch nicht lange Widerstand leisten. Als ich gerade alle Schrauben gelockert hatte, bereit, den Deckel anzuheben, kam eine vierköpfige Familie herein, die mich natürlich zum Inventar zählte.

»Die alten Sachen müssen auch mal repariert werden«, erklärte ich leutselig, »Zwei Erwachsene, zwei Kinder, das macht drei Euro. Meine Kollegin ist im Raum gleich um die Ecke. Wenn Sie Fragen haben.« Sie folgten meinem Rat.

Als ich wieder allein war, begann ich vorsichtig, den Deckel zu heben. Mein Herz klopfte, als ich den Innenraum freigelegt hatte. Muffige Stoffrollen, übereinander gestapelt und in weiteren Tüchern gepolstert. Ich nahm eine heraus. Schwer. Ich wickelte das Tuch ab. Da lagen ordentlich aufgereiht wie in der Papierverpackung heutiger Geldinstitute lauter Goldtaler, die dem aus dem Museum ähnlich sahen wie ein Zwilling dem anderen. Der legendäre Schatz des Thoms Tönges Bernsen. Er existierte wirklich!

Näherkommende Schritte. Schnell zog ich meinen Friedrich d'Or hervor und steckte ihn dazu. Ich rollte die Dukaten halbherzig ein und platzierte die Deckplatte obenauf. Die Seniorengruppe verabschiedete sich. Die Familie ging gleich mit nach draußen. Der kleine Sohn fand es nämlich »Langweilig!« und wurde nicht müde, dies lautstark zu betonen. Die Eltern und die große Schwester hätten sich wohl gern noch ein wenig länger umgesehen, aber das Bürschchen hatte sie fest im Griff.

Doortje eilte herbei. »Na, Frau Wiese, haben Sie Ihre Fotos schon gemacht? Wenn ich es recht bedenke, lasse ich das Boot am besten gleich hier oben. So schwer, wie das zu tragen war.«

»Vielleicht können Sie es ja auch erleichtern.« In diesem Moment war Doortje nah genug herangetreten, um angesichts des nur locker aufliegenden Decks die Stirn zu runzeln. Ich hob langsam die Platte an. »Frau Bernsen, schauen Sie mal!«

Doortje sah die Stofffetzen. »Was soll das sein?«

Ich drückte ihr die mühsam restaurierte Rolle in die Hand. »Packen Sie mal aus.« Sie entrollte das Gewebe. Die Dukaten fielen in einem unordentlichen Haufen blitzend übereinander – und Doortje fast in Ohnmacht. »Du meine Güte! Da gab es ihn doch, den Schatz! Ich fasse es nicht! Wem gehört er denn?«

»Den Nachfahren, also Ihnen, denke ich.«

Doortje tauchte ihre Hand hinein. »Wie viel die wohl wert sind?«

»Keine Ahnung. Da müssen Sie einen Experten fragen.«

»Frau Wiese, nehmen Sie das!« Sie hielt mir eine Münze hin. Ich sah bereits Luises erbost-belehrendes Gesicht vor mir, aber ein wenig Finderlohn stand mir schon zu, wer sonst wäre auf die Idee gekommen, die Schrauben zu ziehen. Und dann wäre mein Schatz, Pardon, der Bernsen-Schatz, unentdeckt geblieben. Ich zierte mich also nicht lange, packte dankend die Münze in ihren Strumpf, machte noch ein paar Fotos für meine »Arbeit« und überließ die aufgewühlte und begeisterte Doortje der Hinterlassenschaft ihres Urahns.

Hochzufrieden radelte ich los, beschwingt und fröhlich. Warum eigentlich gleich zurückkehren? Frau Jensen hatte mir die Teestube am Hafen empfohlen. Die Sonne lachte vom Himmel herab und teilte mein Glück. Ich setzte mich auf die Terrasse und bestellte wie die Gruppe nebenan einen Dünenfeuertee mit Sanddornpunschtorte.

Dann schrieb ich Milan eine SMS, weil ich hier nicht in Ruhe reden konnte. »Schatz gehoben. Da staunst du, was?«

Die Antwort kam prompt. »Dann miete Dir von dem Geld einen privaten Flieger und komm nach Hause, mein Schatz!«

Am Spätnachmittag war ich wieder auf der Insel. Tagsüber waren die Temperaturen auf stattliche 18 Grad gestiegen. Trotzdem hatten Xenia und ich vorsichtshalber warme Pullover im Rucksack, als wir zu unserem abendlichen Picknick gingen. Es würde empfindlich kalt werden, sobald die Sonne sich in die Fluten stürzen würde. Es war knapp davor. Wir drehten einen grünen Strandkorb so, dass wir das Naturschauspiel gut verfolgen konnten und packten unsere Deichkäsebrote aus. Dazu saftige Muskattrauben aus dem Bioladen »De Grünhöker«. Ich schraubte den Becher von der Thermoskanne und goss Kräutertee ein. Das Leben kann so schön sein! Manchmal jedenfalls. Ich vergaß für einen Moment, dass ich im Dienst war. Oder hatte ich Urlaub? Fricko lag uns zu Füßen im Sand und schielte nach dem Käse.

»Hier willst du?«, bot ich Xenia Tee an.

»Danke.« Xenias Finger umschlossen den Becher. »Du wärst bei Overberg einfach so rausmarschiert, ohne mich zu retten. Starkes Stück! Hast du denn gar nicht gespürt, dass ich da war?«

»Erst, als ich deine Wanderschuhe zweifelsfrei erkannt habe – dank meines Fußabdrucks darauf.«

»Diese blonde Tussi, was hat die ausgesagt?«

»Ist eigentlich intern. Aber weil es dich betrifft. Die Dame ist eine Stalkerin. Zumindest auf dem besten Weg dahin. Sie himmelt Alexander Overberg an, seit sie ihn vor etwa zwölf Wochen auf einer Feier kennengelernt hat. Sie hat dort gekellnert. Er hat sie wohl vernascht, kleines Versehen, und wollte sich dann zurückziehen. Da hatte er die Rechnung ohne die Frau gemacht. Sie war nämlich sogleich in tiefer Liebe zu ihm entbrannt, hat ihn verfolgt und beobachtet, ist um sein Haus gestrichen, auf leisen Sohlen, hat durchs Fenster geschaut, ist in seinen Räumlichkeiten heimlich herumgeschlichen, weil es ihr gelungen war, sich einen Schlüssel zu besorgen. Und sie hat dir aufgelauert. Weil sie dachte, du wärst eine ernst zu nehmende Konkurrentin.«

»So'n Quatsch!«, beeilte Xenia sich zu sagen. Vielleicht ein bisschen zu vehement? Ich hab für so was ja ein Gespür! Ich schaute sie prüfend an, und sie begann plötzlich in ihrem Rucksack zu kramen. Holte zwei Plastikbecher und eine Flasche Rotwein hervor. »Wir haben schließlich was zu feiern. Wir haben einen Hochstapler und Mörder zur Strecke gebracht.«

»Mutmaßlichen Mörder«, korrigierte ich, wenngleich ich im Grunde meines Herzens davon überzeugt war, dass er wirklich genau das war. Ich musterte die Flasche. »Wie willst du die denn aufkriegen?«

»Schraubverschluss. Nero d'avola di Siciliana.«

»Taugt der was?«

»Wenn es nach dem Preis geht, auf jeden Fall. Aber das will auf der Insel wohl nicht viel heißen. Übrigens habe ich heute den Schatz gehoben.«

»Du hast was?«

Eine wilde Geschichte. Ich war beeindruckt! »Super, kleine Schwester! Du hast die Dukaten gefunden, von denen keiner wirklich glaubte, dass sie existieren. Und das in einer Woche. Sind sie wertvoll?«

»Ich glaube schon. Die sehen alle so aus wie der Taler aus dem Museum.«

»Pro Stück über tausend Euro.«

Xenia pfiff durch die Zähne. »Woher weißt du das denn?«

»Internet. Übrigens: Hast du den Taler zurückgegeben?«

»Ja, Frau Moralapostelin.«

»Wie waren übrigens zur Überprüfung einiger Aussagen Overbergs noch mal im Institut. Frau Seesen ist natürlich aus allen Wolken gefallen. Aber sie hatte auch eine Neuigkeit für uns. Der Restaurator habe sie nämlich in Kenntnis gesetzt, dass neu erworbene Dokumente, die Overberg aufgetan hatte, möglicherweise Fälschungen seien.«

»Passt doch, oder?«

Der Wein war ziemlich gut. Und als wir im letzten Licht des Tages, angetan mit Pullovern, die Becher ein zweites Mal füllten und das Meer dazu rauschen hörten, fühlte ich mich so unbeschwert, wie schon lange nicht mehr.

Montag, 13. Oktober 2008

Der letzte Tag.

Schade. Ich hatte mich gewöhnt an die salzgeschwängerte Luft, an den enormen Wind, selbst an das Schnarchen meiner Schwester, das mir mittlerweile wieder ein vertrautes Geräusch war. Schließlich hatten wir einträchtig schnorchelnd etwa 18 Jahre im selben Zimmer zugebracht.

Ich hatte mich sogar nahezu damit abgefunden, über Luises zweiten Koffer zu stolpern, der häufig irgendwo im Weg stand. Und mir als kleinen Ausgleich erlaubt, immer mal wieder ihrer Zahnbürste einen neuen Aufenthaltsort zu verpassen. Sogar Frickos Ausdünstungen konnte ich zunehmend gut ertragen. Katzen riechen natürlich besser.

Frau Jensen servierte uns zum Frühstück ein nagelneues Glas Nutella zu acht Inselbrötchen.

»Vielleicht wollen Sie sich was schmieren? Wie war es denn eigentlich in Wittmund?«

Luise erzählte flüssig und verbindlich etwas, das sich bei genauem Hinsehen als eine freundliche Luftblase entpuppte.

»Schwesterchen, du hast richtig Hochstaplerqualitäten«, neckte ich sie, als wir in unserem Zimmer gemeinschaftlich Koffer packten. »Erzähle was Logisches oder Unlogisches, völlig egal, Hauptsache, du erzählst es mit Power.«

»Blödsinn, sag mal, hast du noch ein Paar Socken für mich?«

Luise langte ins Strumpfregal, ehe ich eingreifen konnte. »Was soll das?« Bühnenflüstern. »Du wolltest den Taler doch zurückgeben!«

»Habe ich auch!« Entrüstetes Fauchen! »Ich habe ihn in den Schatz gemischt. Aber Doortje fand, ich hätte einen Finderlohn verdient, und schenkte mir eine Münze.«

»Wirklich?« Strenges Raunen.

»Herrgott nochmal!« Unwilliges Zischeln. »Warum glaubst du mir nicht?«

Schweigend packten wir weiter. Bis Luise fragte. »Weißt du, wo meine Zahnbürste ist?«

»Nie gesehen.«

Abschiedsbesuch bei Doortje. Sie bot uns gleich einen Tee an. »Ich weiß gar nicht, wie ich Ihnen danken soll. Niemals wären wir auf die Idee gekommen, dass Felde das Geld gar nicht stehlen konnte, weil der alte Thoms es vorher schon versteckt hatte.«

»Haben Sie schon jemandem davon erzählt?«

»Um Gottes willen! Langeoog ist ein Dorf!« Sie trank einen Schluck Tee. »Und letztlich haben wir es ja meinem lieben Onkel Thoms zu verdanken, dass der Schatz gehoben wurde.«

Nun, ich finde, »letztlich« war es ja wohl eher mein Verdienst. Aber ich nahm das mal nicht so genau, bei dieser freundlichen alten Frau. »Ein interessanter Mann. Was ist eigentlich aus ihm geworden?«

»Es gibt noch weitere Briefe von ihm. Wollen Sie mal reinschauen, Frau Wiese? Vielleicht ist für Sie als Historikerin ja noch etwas Interessantes dabei.«

Luise verdrehte die Augen, aber ich griff begeistert zu.

Brief von Lehrer Thoms Tönges Bernsen an Hinrich Herrmann
Freitag, 6. Januar 1950

Mein lieber Hinrich!
Ist es nicht ein Wunder, dass der Herrgott uns so lange leben lässt und seine Hand über unsere unverbrüchliche Freundschaft hält? Ich bin jeden Tag dankbar dafür, dass ich jenseits des großen Teichs in New York einen solchen Herzenskameraden habe. Es freut mich sehr, dass Du noch einmal Opa geworden bist und einen kleinen Enkel in Deinen Armen halten kannst. Beim Betrachten des Fotos ist mir aufgefallen, dass Deine Hände ähnlich aussehen wie meine: mit Altersflecken, hervortretenden Adern und rauer Haut.

Du hast in Deinem Brief noch einmal die alten Geschichten wiederbelebt. Ja, ich bin auch froh, dass ich Dir und Lotte mit den Kindern helfen konnte, rechtzeitig außer Landes zu fliehen, ehe der Wahnsinn in Deutschland Methode wurde. Aber lass uns darüber jetzt nicht mehr reden. Immer wenn wir darüber sprechen, laden wir die Vergangenheit mit neuer Energie auf. Sie sollte zur Ruhe kommen. Und die Gegenwart ist so schön. Auch wenn ich Dich natürlich gern in meiner Nähe wüsste.

Etwas ebenfalls sehr Beglückendes hat sich in diesen Tagen zugetragen. Es war einen Tag vor meinem 75. Geburtstag. Meine liebe Nichte Doortje war sehr beschäftigt mit der Vorbereitung der Feier, die sie mir zu Ehren ausrichtete. Dein dicker Brief war gerade hier auf Langeoog angekommen, ich hatte ihn voller Freude gelesen und beschlossen, das Geschriebene bei einem Strandspaziergang nachklingen zu lassen.

Ein eisiger Wind aus Osten hatte alle Wolken weggeblasen und trieb mir Sandschleier entgegen, als ich am Strand flott ausschritt. Die Touristen und Strandkörbe waren verschwunden. Die Landschaft erschien karg und rau. Mir ist das mittlerweile lieber als die vielen Menschen, die im Sommer die Insel bevölkern. Es ist mehr wie früher. Unwillkürlich schleichen sich Bilder zurück. Von

1910. Ich ging noch etwas schneller, denn meine Füße wurden kalt, und die Hände ballte ich in die Taschen meines Mantels. Nase und Augen begannen zu tränen. Trotzdem bemerkte ich, dass mir eine Gestalt entgegenkam. Eine Frau, deren Gang Erinnerungen weckte. Graue Locken, die der Wind in ihr Gesicht wehte. Eine etwas füllige Figur. Und Augen. So kristallblau. »Henrieke!« Ich schrie es fast, obwohl sie doch inzwischen fast vor mir stand.

Schon bald waren wir in ein Gespräch vertieft, so vertraut, als hätten wir uns gerade erst getrennt. Und sie hatte sich ihren Sinn für Humor bewahrt. »Das Lehrerinnenzölibat wird aufgehoben. Das liegt in der Luft. Jetzt, wo ich gerade pensioniert bin.«

»Ich schon länger.«

Henriekes Grübchen blitzten wieder auf. Wir gingen einträchtig am Strand entlang. Kaum hatte ich bemerkt, dass ich die Richtung geändert und den Wind nunmehr im Rücken hatte.

»Ich bin ein alter Mann, ich darf das sagen: Ich habe mich oft nach dir gesehnt.«

Henrieke schaute mich an, mit der ihr eigenen schelmischernsten Art, und begann dann leise zu summen. »Die Gedanken sind frei ...« Ihre Stimme zitterte etwas, aber meine ebenfalls, als ich mit der Begleitmelodie einfiel.

Was, mein lieber Hinrich, gibt es Schöneres, als gemeinsam zu singen?

Dein alter Thoms

Mein Dank gilt:

– den hilfsbereiten und engagierten Mitarbeitern im Schifffahrtsmuseum, vor allem für das Bereitstellen spezieller Materialien zu Aspekten des Schifferlebens

– den hilfsbereiten und engagierten Mitarbeiterinnen im »Seemannshus« für die kompetenten und geduldigen Auskünfte zum alltäglichen Leben auf Langeoog um die vorletzte Jahrhundertwende

– Uwe Garrels für die amüsante und höchst informative Flinthörnwanderung

– der sicher nettesten Pensionswirtin auf Langeoog für zahlreiche Inspirationen in angenehmer Umgebung

– und meiner Lektorin für viel konstruktive Kritik, Geduld und Energie.

Die Autorin

Klara G. Mini (Pseudonym) ist begeisterte Nordsee-Reisende und leidenschaftliche Krimi-Autorin. In ihrem Langeoog Krimi „Badezeiten" hat sie beide Passionen vereint.
Ihre dritte Passion gilt der Musik. Als Sängerin steht sie im Opernstudio Belcanto (Kassel) in verschiedenen Rollen auf der Bühne.
Das Leben kennt sie von Geburt an nur als Zwilling ... Vielleicht liegt es daran, dass sie es mitunter als ein Theaterstück mit fantastischen Pointen begreift, die eigentlich nur noch aufgeschrieben werden müssen.
Mehr Informationen zur Autorin unter: www.klaragmini.de

Von derselben Autorin

Klara G. Mini
Trau deinem Zwilling nicht
207 Seiten, Paperback
Originalausgabe 2007, Prolibris Verlag
ISBN 978-3-935263 54-2 / 9,90 EUR

Luise Wiese ist Kassels jüngste Kriminalhauptkommissarin. Als ein bekannter Psychiater ermordet wird, übernimmt sie erstmals eine Soko-Leitung. Die pflichteifrige Polizistin hat den Fall schnell gelöst: Eine typische Beziehungstat, der Sohn ist der Mörder, denkt sie. Luise nimmt die Jagd auf.
Xenia Wiese lebt in einer einträchtigen Hausgemeinschaft mit ihren Mietern in Kassels Vorderem Westen, einem Computerspezialisten, einer Geigenlehrerin und einer Fleischerei. Die Phantasie der impulsiven Krimischriftstellerin wird beflügelt, als der vermeintliche Vatermörder genau vor ihrer Haustür die Flucht ergreift.

Humorvoll beschreibt die Autorin Klara G. Mini das Wettrennen der ungleichen Zwillingsschwestern, die aus sehr unterschiedlichen Motiven beide den Fall aufklären wollen.

Langeoog Krimis bei Prolibris

Antje Friedrichs, Letzte Lesung Langeoog
181 Seiten, Paperback, Originalausgabe 2000
8. Auflage 2008, ISBN 978-3-935263-00-9 /
11,00 EUR

Onno Tjadens erster Fall

Bombenalarm beim Dünensingen, ein Erpresser droht, das Ostfriesenmüsli zu vergiften ... Schon reisen Gäste übereilt ab. Hauptkommissar Onno Tjaden aus Wittmund soll vor Ort die Vorfälle aufklären und wieder Ordnung in die Ferienidylle bringen. Doch schon bald nach seiner Ankunft gibt es einen Toten. Dann verschwindet jemand spurlos.

Verdächtige unter den Gästen und auch unter den Langeoogern gibt es genug. Tjaden stürzt sich in die Ermittlungen.

Antje Friedrichs, Die Langeoog-Lektion
240 Seiten, Paperback, Originalausgabe 2007
2. Auflage 2008, ISBN 978-3-935263-48-1
12,00 EUR

Ein neuer Fall für Onno Tjaden

Onno Tjaden muss wieder die Polizeiwache auf seiner alten Heimatinsel Langeoog in einem Mordfall unterstützen. Als endlich die Identität des Toten ermittelt ist, wird schnell klar, dass das Opfer viele Feinde unter den Feriengästen hatte.

Bis zum Showdown, in dem Tjaden alle Verdächtigen versammelt, um die Lösung des spannenden Kriminalfalls zu präsentieren, begegnen dem Leser einige schillernde Personen – selbsternannte Ordnungshüter, verschrobene Künstlerinnen, Freizeitkapitäne, eine Rabenmutter und ein Marlboro-Mann. Damit erweist sich die Autorin Antje Friedrichs wieder als genaue Beobachterin des bunten Treibens auf ihrer Lieblingsinsel.